麻雀放浪記（1）青春編

阿佐田哲也

双葉文庫

目次

チンチロ部落

一

もはやお忘れであろう。或《あ》るいは、ごくありきたりの常識としてしかご存知ない方も多かろう。が、試みに東京の舗装道路を、どことい わず掘ってみれば、確実に、ドス黒い焼土がすぐさま現われてくる筈《はず》である。

つい二十年あまり前、東京が見渡す限りの焼野原と化したことがあった。当時、上野《うえの》の山に立って東を見ると、国際劇場がありありと見えたし、南を見れば都心のビル街の外殻が手にとるように望めた。つまり、その間にほとんど建物がなかったのだ。

人々は、地面と同じように丸裸だった。食う物も着る物も、住む所もない。にもかかわらず、ぎらぎらと照りつける太陽の下を、誰彼なしに実によく出歩いた。盛り場の道はどこも混雑していた。ただ歩くだけなのだ。闇市《やみいち》もまだなかった。

映画館も大部分は焼失していた。けれども人々は、命をとりとめて大道を闊歩《かつぽ》できることにただ満足しているようであった。

時折り、背中のリュックをはずして地面におく男があると、忽《たちま》ちそのまわりに黒山の人垣《ひとがき》ができた。そうしてリュックの中のふかし芋《いも》や芋饅頭《まんじゆう》を奪い合って買った。人群れと一緒に歩きながら、着衣や時計などを持った手を高く差しあげて、いくらかの金にしようとしている男も居た。

バタ屋部落はその頃からあった。しかし、まだその名前では呼ばれてなかったように思う。浮浪者というのは、その頃、職と住所を失った人の名称であり、それはすこしも珍しい身の上ではなかった。どれほどの数が居たかは知らないが、彼等は上野駅の地下道を占領し、山の上の公園内にも、不忍池《しのばず》のほとりにも瘡蓋《かさぶた》のように拡がっていた。毎日、どこかの路上には行き倒れが転《ころ》がっていた。

そうして人々は、その姿にもまったく無感動で、石ころを眺《なが》めるように通りすぎていった。

昭和二十年十月――。

敗戦後まだひと月あまりしかたっていない、そんなある日、不忍池に近い部落の奥まった部分、警官も立ち入れなかったような場所に、ボロボロのシャツ一枚に戦闘帽という貧相な中年男が入りこんできた。

服装の汚なさは、むろん奇とするに足りない。だが彼には部落の衆の視線を押し返してここまで立ち入らせる条件が、一か所だけ備わっていた。右腕が、肩のつけ根のあたりから綺麗《きれい》さっぱりと無かったからだ。

突き当りの一劃《いっかく》で立ち止まり、戸口代りの莚《むしろ》をはねのけて中へ身体を突込むと、男は眼に笑みをのぼらせた。

「やっと来たぞ。ずいぶん探したんだ。皆さん、お初さんで」

中で円座を作っていた五、六人が、いっせいに顔を向けた。

「小面倒な仁義は抜きにいたしやす――」男はそれでも古風にいった。「あっしは樋口虎吉、上州虎《じょうしゅうとら》てえケチな男でござんす。どちらさんもご昵懇《じっこん》に願えます」

円座の一人が答えた。「名前なんかいいや。用事は何だい」

「お仲間に加えてもらいてえ。へえ、ひとつ張らしてもらいてえんで」

「ああ、それじゃ場所が違ってるよ、ここはほんの仲間の遊びなんだ。他を探しな」

だが上州虎は動じなかった。どころかなおのこと二、三歩足をふみこんだ。

「博打《ばくち》の主《ぬし》のような人が集まって昼も夜も打ちまくっている所《シキ》が、上野のどこかにあってきいて、一度そこで打たしてもらうのが夢だったんでさ。嘘《うそ》じゃねえ、強盗《たたき》、空巣《のび》、かっぱらい、あっしにできることは皆やって金を貯《た》めて、ようやくここまできたんだ。帰れるもんかい」

「くどいな。仲間の遊びだといったろう。放り出すぜ」

上州虎はちょっと黙った。それから、ダランとさがったシャツの右腕をポンと叩《たた》いて哀願するようにこういった。

「あっしゃ、これだ。博打しか楽しみがねえんだ。殺生なことをいわずに張らしておくんなさい」

年嵩《としかさ》の一人が、ポツンといった。

「現金《おしん》を見せな。ひやかしはご免だぜ」

上州虎が左腕をズボンの中へ突込んでかなり分厚な十円札をとりだした。すると、円座がすこしずつずって席をあけた。どういうわけか博打打ちという奴《やつ》は、昔も今も、弱者に甘いようである。

「おや、こいつァ何だい」

勇躍して座についた筈《はず》の上州虎が、円座の中央の丼《どんぶり》と三個のサイコロを見て呟《つぶや》いた。

「なんだとは、なんだい」

「あっしゃ又、バッタ巻きか丁半だと思ったんだが」

「チンチロリンさ。新時代だぜ。古い奴とはお別れだ。だいいち、フダや丁半はイカサマが多くていけねえ」

「それにさ――」と他の一人も続けた。

「こいつは胴が廻《まわ》りもちなんだ。どうだ、民主主義だろう。俺《おれ》っちだって生まれ変ったのさ」

二

チンチロリン――。これは又、実に単純な遊びである。三個のサイコロを丼の中に、チンチロリンと落して、そのうち二個の目が同数なら、残り一個の目が持ち目となる。⚄⚄⚃ならば四である。数の多い目の方が強い。子方はそれぞれ最初にコマ金を張っておき、胴と目を出し合って勝負する。役もあって、⚃⚄⚅は張ったコマの倍をとれる。⚀⚁⚂は逆に倍払いである。
三個同数のゾロ目も文句なく勝ちであり、五ゾロは特に倍づけになっている。二個同数の目が出なければ五回までやり直せる。表面的には何の技巧もなく、ツキと勘の問題であるが、しかしやはりコマの張り方その他に巧拙の差が出るらしい。

上州虎は、ざっと説明を受けたがほとんど聞いちゃいなかった。

「へえ、何でもいいや。博打と喧嘩《けんか》は早く張れ、だ。——いきましょ」

何枚かの札を前に押し出した。

胴は正面の薄禿《うすは》げであった。進行！　とかけ声がかかり、一座は顔を寄せ合って丼《どんぶり》の底を注視した。

まず胴がやる。

⚁⚃⚄——ダメ。⚀⚃⚅——ダメ。⚀⚀⚂。

へへへ、と上州虎が笑った。

「産（三）で死んでも苦しゅうない、ってね」

「おい、笑っちゃいけねえ。三や二が案外強いんだぜ」

子方が順に勝負して、上州虎の番になった。彼はサイを摑《つか》むとちょっと拝む真似をし、

「胴は三だね、じゃ、四でいいぞウ」

⚂⚃⚄——。

「大きくは要《い》らねえ。四でいいんだよゥ——」

⚅⚅⚁——。

彼はもう一度振り直そうとした。

「駄目だ。二だよ。悪い目でも一度出たら振り直せねえんだ」

「へえ、こいつはどうも——」

「面白いかい」

「——面白え！」と彼はいった。「いいねえやっぱり。こいつが病気だ、そりゃそうだがね、やっぱりいい！」

一《ピン》の目か、目にならずで終るかすると次と変る規則である。薄《うす》禿《は》げは三回で落ちた。次のモンペをはいた老人の胴が五回続いた。だがその次のチン六という男の胴が凄《すご》かった。四五六を三回続けて出したのだ。

「カキ目（総どり）が続くなァ。本ヅキだねえ」

「なァに、四回は続かねえよ」

「どうかな、チン六さんだ、強いからねえ」

見《ケン》！——といって棄権する者も居た。

「見《ケン》はないぜ、四回は出ねえさ」とチン六。

「さァ、ないかないか。もっと張れもっと張れ」

「糞《くそ》ォウ——」

上州虎が大きな声を出した。彼は札を鷲掴《わしづか》みにして張り足した。

「ブルってたまるかい。さァどうだ！」

チン六はなめるように張られた札を見渡し、器用に指先きをひねってサイを落した。丼《どんぶり》の中で、サイが奔流のようにいつまでも廻《まわ》った。

⚄⚄⚄——。

「五ゾロだね。はい、倍づけで願うぜ」

「本ヅキだ、アツいねえ」と手拭いで鉢巻《はちま》きした男がいった。「いつでもこうなんだからな、チン六のは目が続くんだ」

「気合だよ。こうなったら又出すよ。さァないか」

見《ケン》——、見——、が続出した。薄禿《うすは》げと鉢巻きと、上州虎である。だが、胴の出目は⚄⚄⚀。笑ったのはチン六だけだった。

「いい落ちだねえ。張ったのは二人だけか」

虎は気をとり直すように丼を手元に引き寄せた。

「今度はあっしの胴だろう。さァ、張っておくんない」

「ツイた胴のあとは張れっていうぜ。ここは勝負だ」

「皆、受けるかい、おっさん」

「大丈夫、どんと来い」

　さァお前、頼むぜ、と虎はいい、サイをチュッと吸って丼に落した。

⚂⚂⚅――。

「はいッ、六。かく（とる）ぜ。有難《ありがと》う、ご苦労さん」

　次はチン六だけが押して前と同額を、鉢巻きとモンペとが一枚ずつ、薄禿《うすは》げと角刈りの中年男は見《ケン》だった。虎は⚁⚁⚄を出した。

「五だ、又、かきだな」

「そうはいかねえ、五が怖《こわ》くてサイが握れるかい」

　モンペが二ゾロを出した。これは文句なくツケ。鉢巻きは⚃⚃⚄で別れ。チン六は何度も振り直して五回目に、⚄⚄⚅を出してツケ。胴のトリ目は一軒もない。

　五ビンだ、と誰かがいった。強い五の目で胴の収支が損になることを五ビンといって、下り坂の象徴になっている。

「いやなら胴は次に渡してもいいんだぜ。どうする」

「やるとも」と上州虎は一歩も退《ひ》かなかった。張りコマがここぞと多くなった。角刈り五枚、薄禿げ三枚、モンペ三枚、チン六大一枚、鉢巻きも同じく百円札を半分に折って出した（折ると半分の五十円という印だ）。

「よおし。今度は、四五六と出ろウ！」

だが一発で、⚁⚁⚀だった。一《ピン》なら文句なく総づけである。虎の左肩ががくりとさがり、膝《ひざ》の前においた札がぐっと減った。
二、三周まわるうち、今度は薄禿げが猛烈にツキ出して、コマが薄禿げとチン六に二分される形勢となった。
「こんなものツキさ。ツくまで待ちゃァいいんだよ。簡単よ」

とほざいていた上州虎が、三回目の胴がまわる頃には、コマがぐっと減っていた。

「コマが薄いな、胴を見送るかい」

「冗談じゃねえ。やるよ。これから増《ふ》やすんじゃねえか」

虎もさすがに博打打ち、胴をとらなければ大きな利を手中にし得ないと知っている。

「よし、一度で潰《つぶ》してやろう」鉢巻きがすばやく虎のコマを目で読み「ハイ七十円の胴、立たしてやろうよ！」

十円札が三枚、それに半折りが一枚、場に立った。倍づけの役があるので七十円の半分の三十五円が張りの限度なのだ。

気合と共に、虎がサイを手から放した。

⚀⚂⚃——。⚀⚁⚃。

「目が悪いなァ。こんな筈《はず》じゃねえんだが。久し振りだて、サイの奴《やつ》、俺《おれ》の顔を忘れちまったかな」

虎がはじめて気弱い声を出したとたん、三回目の振りが、⚀⚁⚂。

「倍づけだ。悪い目を呼んだね」とチン六。

最後の七十円が四散し、丼《どんぶり》はもはや角刈りの方に渡っていた。

虎が叫んだ。「ええい糞《くそ》！」

彼はズボンの中から汗で濡《ぬ》れた何枚かの札を掴《つか》み出した。

「これがとられたら、俺ァ餓《う》え死だ。面白えね！博打はこれだから面白え。死ぬも生きるもサイの目ひとつ、どうせなら、こんなふうに簡単に死にてえものさ」

恐ろしい形をしたいくつもの黒雲が、すごい早さで空を横切っていた。低気圧が来ているらしい。

三

私はその頃、中学の制服を着たまま、毎日上野へ来て、浮浪者と一緒にぼんやり坐《すわ》りこんでいた。家には商事会社（つまり闇屋《やみや》の会社だ）に勤務していることになっていた。私の親もご多分に洩《も》れず敗戦で失職し、おまけにインフレで、学校どころではなかった。

しかし、私はまだ就職していなかった。まだ見つからぬうちに、家の中の暗い空気に居たたまれず、出勤と称して、毎日家を出ていたのだ。

外に出ても、気分はいっこうに晴れなかった。ひとつの嘘《うそ》が、私をがんじがらめにしたのだ。私は、月給日という存在を恐怖していた。その日には、家に、月給袋を持って帰らねばならない。だが、誰も私に、金を払う者は居ないのだ。私は朝から晩までそのことばかり考えていた。何もしていないのに、一日が過ぎていくのが馬鹿に早かった。

もう、夕方であった。

私はいつものとおり、国電で帰宅するために、西郷さんの銅像の下を離れて公園の道を歩き出した。

細道のきわに痩《や》せこけた中年男が、一人立っていた。おい兄さん、と男は私を呼んだ。

「ちょっと話があるんだ。此方《こっち》へこいよ」

男の片腕が肩のつけ根から無かった。

「なんだい、そこでいえよ」

「煙草《モク》がいっぱいあるんだ。お前、吸いたかァないか」

男はちょっと四辺を見廻《みまわ》し、うす笑いしながら近づいてきた。アッという間に私は手を摑《つか》まれて草叢《くさむら》の方に曳《ひ》きずりこまれ、押し倒されていた。腹にチクリとナイフが触れた。男も私と同じように長く這《は》う形になった。

「きついことはしたくねえ。金と、洋服と靴を、おいてきな」

「金なんか持っていない」

「いうとおりにしろよ、俺《おれ》ァヤケなんだぜ」

格闘すれば或《ある》いは勝ったかもしれない。しかし私は騒ぐ気力に欠けていた。その最中にも頭の中は月給袋のことで占められていたのだ。そんなわけで私はその時になってはじめて、男の歪《ゆが》んだ顔を直視した。

「上州、さんじゃないか」

「なに――?」と男は低くいった。

「ダイカストで腕を怪我《けが》した上州さんだろう。俺だよ、紅星中学の阿佐田だよ。忘れたのかい」

男は明らかに狼狽《ろうばい》したようだった。

「誰だろうと同じだ。欲しいものは奪《と》る」

「鶴見工場じゃよく博打を教えてもらったなァ――」私は相手の張りつめた気を挫《くじ》くためにつとめて愛想よくいった。「丁半、チョボ一、オイチョ、麻雀《マージャン》もあんたに習ったんだぜ。ホラ、ボイラー室の大屋根でさ」

上州虎は、空襲で焼けるまで私たちが勤労動員に行っていたN工場の工員で、腕一本失くしたのをいいことに博打ばかりやっていた男だった。私たちは見つかる心配のないボイラー室の大屋根の上だった。そこにはさまざまな経歴を持つ人々が集まったが、中学生は結局私一人だけだった。子供の小遣いの範囲では勝ち続けていない限り常連にはなれなかったからだ。

一度、大屋根に居てグラマンの機銃掃射を浴びたことがあった。工場の者の眼があるから下には降りられない。私たちは屋根のあちこちを逃げまどうだけだった。グラマンは面白がっているように旋回しては何度も襲ってきた。その末に、強制徴用で来ていた若い朝鮮人労務者が足をすべらして屋根から落ちた。その若者は頭を打って即死した。同じ職場のよしみで私たちは寮まで死体を担架で運んでいった。それが、博打で死んだ人間を見た最初の経験だった。

「空襲ってえと機械をとめて、皆、屋根へ集まったからなァ」と虎もいった。ナイフはもう私の身体から離れていた。

「そうだ、お前は強かったっけなァ」

「でも、上州さん、大分シケてるようだね」

「戦争中は腕がなくとも公傷なので工場で保証してくれる。が、戦争が終ればパアさ。誰も鼻もひっかけねえ」

「だって、天下晴れて博打がやれるだろう。あンた、ずいぶん稼《かせ》いだじゃないか」

「その博打がいけねえのさ」上州虎は苦笑いした。「俺《おれ》ァ三十年もこの道で年季を入れてるよ。ずいぶんいろんな奴《やつ》から一目おかれた。めったに負けなかった。だが、ここ一番という奴が、どうもいけねえ。大事な勝負に悪い目が出る。俺ってのはそういう男なんだ」

虎は、チンチロ博打の不運を、ポツリとしゃべった。

私は身をおこして虎の話をきいた。

「上州さん――」と私はいった。「俺をそこへ連れてってくれないか」

虎が眼を剝《む》いた。「坊や。お前がやる気か」

私は懐中に自分の給料の足しにするために少しばかりの小銭を貯めていた。博打にはむろんすくなすぎる額だった。でもそれ以外に方法はない。給料袋が天から降ってくるわけはないのだ。

「勝つと思うかね。甘いぞ。工場の頃とは相手がちがう。三十年やってる俺でさえ――」

「勝負はわからないよ。勝ったら、歩《ぶ》（分け前）は払うぜ」

「――半分だな。それでいいか」

上州虎は夕闇《ゆうやみ》の中をすかすようにして私の顔を見た。

四

台風の前触れの驟雨《しゅうう》が、降りつ止みつしている。その道の絶好の日和《ひよ》りとしてしまえばそれまでだが、上州虎の話以上に部落はさかっていた。

チン六、薄禿《うすは》げ、鉢巻き、角刈りなど虎の話に出てきた人物以外に、おりんという男娼《オカマ》、耳の下に大コブのある老人、ドサ健と呼ばれている生ッ白い若者が居、私は上州虎とドサ健の間に学生服の膝《ひざ》を揃《そろ》えて小さく坐《すわ》った。

チンチロリン！　と丼《どんぶり》の中でサイが鳴るたびに、この九人の頭がぶつかりそうに重なる。うっ、という溜息《ためいき》が洩《も》れ、タネ銭が飛び交うと、四方に立てた蠟燭《ろうそく》が大きく揺れた。

上州虎にはいわなかったが、私のタネ（持ち金）は四十円と小銭少々だった。タネともいえないすくなさである。一回の場で最低百円は動くのだから、むろん胴はとれない。こういう博打は胴をとらなければ大きく浮くチャンスはないのである。

私はしかし、子方でも一回も張らなかった。ただ坐って、二時間ほど、皆の張りざまを見ていた。

運だけを頼りにベタ張りをしていったら、面白い時間をすごせるだろうが、素人の私が勝てるわけはない。私は遊びに来たのじゃない。給料袋を作りに来たのだ。

やるからには私なりの方法論を持ちたかった。勝つか負けるか、結果はわからない。だが、セオリイを作れば、それに賭《か》けられる。負けた所であきらめもつく。

私は、サイの目の流れとその次に現われる結果を周到に観察していた。たとえば、胴が五ピン（強い目五を出しながら子方に負ける）の場合、運が落ち目で次回には弱い目が多い。これは私にもすぐわかった。しかしこんな時は胴も承知していてすぐに次の胴へ権利をゆずってしまう。

たとえ胴が子方に対して四勝一敗でもその一敗が大張りの所で足を出すような時、次回はやはり胴が悪い。

もうすこし細かくいえば、ラス張りの所に対する勝敗も、微妙に次の局に影響する。カタ（上家）の方で勝っても、ラス家でしくじるような時は、次の目が弱くなる。

ところが隣りのドサ健も、私と同じくめったにコマを張らなかった。私が来る前に大分ウカっているらしいので、私よりはるかに豊かなタネを持っている筈《はず》だが、ひどく慎重なのだ。

私は、この場でただ一人洋服（クタびれた服だが）を着て、伸ばしかけた髪にべっとりポマードをつけたシャレ者らしいこの青年を注目した。年齢が近い親しみなどではない。この男が張る気をおこすのはどんな時なのかそれを観察していたのだ。

ドサ健も、私と同じように目の流れを見ているようにも思える。又、そうばかりでもないようにも思える。こんなに簡単な博打なのに、奥が、かなりあるようだ。

そのうち、はじめて私の気を動かした回があった。チン六が胴だったが、目の流れが典型的だった。隣りのドサ健もきっと張りに出るだろう、と私は思いながら、タネの半分の二十円を、膝《ひざ》前に押し出した。

「よせよ、おい——」寝転がっていた後見の上州虎が飛び起きた。「奴《やつ》は強えぞ。今まで見てたんだから、弱い胴を狙《ねら》えよ」

案に相違してドサ健は手を出さなかった。チン六の目は⚁⚁⚃だった。胴の目としては悪くない。駄目かな——と私は思った。やっぱり素人判断はむずかしいかな——。

カタの薄禿《うすは》げが三、おりんが六、大コブが凡（目なし）、次が私だった。

——⚀⚂⚃

——⚁⚂⚅

——⚂⚃⚅

——⚀⚄⚅

「ラストか——」と私は呟《つぶや》いた。

——⚃⚄⚅

「シンゴロウ、倍づけだ！」上州虎がかわって叫んだ。四枚の十円札がフワッと飛んでいた。「いいぞ、初買いの目じゃゲンがいい、そのままにしときな、押すんだよ、坊や」

だが私は張りコマと合わせて六枚の十円札をそっくりポケットにしまいこんだ。私は遊びに来たわけじゃなかった。

（わかるときだけ行こう。わからないときは忍の一字だ！）

しばらくして、角刈りの胴のときに、半分の四十円を張った。今度はドサ健も一緒で二百円張っていた。角刈りの目は⚂⚂⚀で文句なしの総づけだった。私たちは顔を見合した。

「しっかりしてるね、坊や」ドサ健はいくつも年齢のちがわない私を、虎に倣って〝坊や〟と呼んだ。「はじめてなんて嘘《うそ》だろう」

「本当さ。だからあンたを見習ってるんだ」

「ふうん――」と健はいった。

嵐《あらし》は本格的になったようで、蠟燭《ろうそく》が風で何度も吹き倒された。突然、烈しい音がして屋根代りのトタンが大きくめくれた。おりんが小さな卓袱台《ちゃぶだい》にのって直したが、何度直しても同じことなので、ついにそのままになった。滝《たき》のような豪雨が盆の上に降りだした。だが誰も顔もあげなかった。

五

私の膝《ひざ》前には大分コマが増えていた。ある時点から胴も受けはじめ、最初の胴は少し足を出して潰《つぶ》れたが、二度目は立派に立ち胴（胴でウカること）になっていた。

誰かの仕事着が中央に吊《つ》るされ、盆をわずかに雨から守っていたが、その仕事着にも満々と雨水が溜まり、八方から洩《も》れだしている有様だった。私たちはもちろん、私たちの金もずぶ濡《ぬ》れだった。

張っているのは、チン六、鉢巻き、おりん、健、それに私の五人となり、他の者はタネを失ったまま周囲にへばりついて見守っていた。どうせどの囲いに戻っても洪水と化している筈《はず》で、寝られやしないのだ。

この頃から上州虎が急にうるさくなった。コマを廻《まわ》せというのだ。私は頑《がん》として応じなかった。

（ここでコマを出したら、運が狂っちまう。まだ笑える身分じゃないんだぞ——）

「おい、いいか、もう一度いう——」虎が私の肩に頬《ほお》を乗せるようにしていった。

「百両よこせ。連れてきたのは俺《おれ》だぞ。歩を廻すといった筈《はず》だ。百両じゃ安いが、負けてやる。おとなしくいってるのはこれが最後だぞ」

「ああ、駄目さ。何度いっても同じだ。途中でアヤをつけられたくない。終ってからならあげるよ」

「俺は宵から一発も張ってないんだ。おい、この気持も考えてみろ」

「損がなくていいじゃないか」

「よし。よこせとはいわねえ。貸せ。すぐ返す。ウカったらすぐにだ」

「うるせえぞ、おっさん。コマの貸し借りは無しのキメだ。ガタガタいうな——」ドサ健が口を出した。

「そっちに関係ないんだ。内々のことよ」

「内々でもうるせえんだ。そんなに欲しけりゃこれをくれてやらァ。だからトタずたにぶるさがって屋根の代りでもやんな」

ドサ健は十円札を上州虎の方へ投げた。虎は一本腕と足を使ってその札をずたずたに裂いた。

「関係ないといったがわからねえか。すっこんでろい、ちんぴら奴《め》！」

ドサ健は私の顔を見、そして虎の方へ眼を移した。それから自分のタネ銭をしまうと立ち上がった。

「ひっこめ、といったのか。誰が誰にものをいったんだ。ちょっと外へ出てゆっくり訊《き》いてやろう」

及び腰になって、俺も戦前は××組のとかいっている上州虎の肩をつかむと、ドサ健は嵐《あらし》の中へ出ていった。

場の男たちは嵐に対してと同様に、この騒ぎにも無関心だった。張りコマがぐっと大きくなっていたのだ。胴はおカマのおりんで、サイを握った手を合わせて拝む恰好《かっこう》になった。

「さァ神様ひふみ（一二三）は嫌《いや》だよ。何でもいいから、目と出て頂戴《ちょうだい》！」

その形がなんとなく不自然に思われた。待ってくれと——私はいった。

「僕のコマは退げる」

「駄目よ――」おりんが叫んだ。「一度立ったんだもの、そのままにするんだよ」

私は咄嗟《とっさ》に別の理由をつけた。「だって、背後でゴタついたから、気を抜きたいんだ」

押問答になり、おりんがゆずらないまま、私も強硬にいい張った。もうどうしても張りたくなかった。

「よかろう、まだサイを投げたわけじゃねえんだから――」鉢巻きがとりなす恰《かっ》好《こう》になった。「まァ、坊やのいうとおりにしてやんな」

「チェッ、人が女だと思ってなめやがって」

おりんの目は⚄⚄⚄だった。次も、続けて五ゾロを出した。私はおりんが胴の間は一発も張らなかった。

私が胴をとった時、おりんの顔つきは凄《すご》かった。濡《ぬ》れて斑《まだ》らになった化粧を横なぐりに拭《ふ》きとりながら、

「坊や、受ける気かい、それとも、臆病犬《おくびょういぬ》かい」

「好きにしてくれ――」と私はいった。

「だが拝むのは無しだぜ。僕は神様は嫌いだ」

おりんは私の膝前を眼で読み、私のタネ銭ギリギリの四百円を押し出した。

私はサイを握り、丼《どんぶり》を見据えた。

「やめなよ、胴をゆずるんだ、坊や」

不意にドサ健はいつのまにか一人で戻って私の背後に立っていた。

「相手の気合を受ける手はねえよ――」彼は坐《すわ》りながら私に小声でいった。「大張りをして胴の気分に重みをかける。胴が緊張するから肩に力が入る。そんなとき、サイの目はよく崩れるもんだ、奴《やつ》はそこを狙《ねら》ってるのさ」

「臆病犬《おくびょういぬ》かい」とおりん。

「ああ、降参だ――」と私は不承不承にいった。

次の胴は五人のうちで一番敗色の濃い鉢巻きだった。私は弱い胴を追い打つもりでコマを張ろうとし、今度もドサ健にとめられた。

「やめなよ。一回は見《ケン》だ――」

「何故《なぜ》。奴《やつ》は今さがってるんだぜ」

「駄目だ。奴の今夜の目は一カキ二ピンだ」

「一カキ、二ピン？」

「ああ、最初の一回はカキ目（総どり）で、二度目が悪いんだ。張るなら二度目だぞ」

私は半信半疑だったが、ドサ健のいうとおりだった。

「信用したかい。――お前、今夜の皆の出目をそっくり覚えちゃいねえだろう。俺《おれ》は覚えてる。商売だもの」

ドサ健は先刻《さっき》までとガラリちがって親しみに溢《あふ》れていた。彼は又、こうもいった。

「子方じゃいつも皆よりあとから張れ。落ちてる奴と逆に行くんだ。落ち目が力を入れた回は見《ケン》さ。逆にそいつが見《ケン》なら突込むこと」

「おい、健――」と鉢巻きがいった。

「コーチはいいが、手前は張らねえのか。もうウカったからやめか。ヘッ、しっかりしてやがら」

ドサ健は平気な顔で、私に胴がまわってくると、俺が中盆《なかぼん》になってやるよ、といい、私のタネ銭を片手に握ると身構えた。

私の目は、⚁⚁⚂だった。

だが鉢巻きが一、チン六が凡、おりんが二。

そのたびに健の手が派手に伸びて札をさらった。

「立ち胴だ、坊や、押すんだぞ！」ドサ健は雨滴をハネ飛ばしながら叫んだ。

「いくら来たって構わねえ、みんな受けちまえ、さァ張ったり張ったり！」

私はドサ健の叱咤《しった》を追い風にして、異常なほどのツキ目を迎えていた。

六

翌《あく》る朝は嘘《うそ》のような晴天だった。

私はまだ濡《ぬ》れている服を気にしながら、ドサ健に誘われるまま焼跡を歩いて御《お》徒町《かちまち》まで行き、国電の高架沿《ぞ》いにポツンと建ったバラックに入った。

それはしもた屋に見えたが、入口に半紙が一枚張りつけてあり、かに屋、と小さく書きつけてあった。

「朝飯おくれ、二つだ――」

健の一言で、銀シャリと、アツい味噌汁《みそしる》、むろ鯵《あじ》の干物、新香などがひと揃《そろ》えずつ運ばれた。私にはそのどれもが夢の中でしか口にできないようなものばかりだった。

「気に入ったぜ、坊や。お前、中学は何年だ」

「もう卒業してる。坊やはやめてくれ」

「いいじゃねえか――」ドサ健は笑った。「チンチロ部落で勝った中学生はお前がはじめてだよ」

「チンチロってのは――」私は口一杯に飯をほおばりながらいった。「サイの振り方にも技術があるのかい？」

「さァ、俺《おれ》にもわからねえ。大体俺ァああいう博打は苦手なんだ。花札や麻雀《マージャン》みてえに、技巧中心の勝負の方がいい」

「でも、勝ってたじゃないか」

「ツイてたんだよ」

「そうかな。腕もいいんだろ」

「いや、運だ」とドサ健は強くいった。

「結局は、理屈じゃねえんだ。お前の勝ち方と同じことさ。だから長くやってりゃ元に戻っちまう」

「おやじ、アツいのはあるかい――」と健は奥へいった。「濡《ぬ》れ鼠《ねずみ》だ。腹がクチくなっただけじゃ眠れねえや」

それから健は又、私に向かってこういった。「俺にゃァ自分の運の限度ってものがわかってる。年老《としよ》り臭えいいかただが、そうなんだ。だから限度まで運を使って勝ったら、その晩はさっとやめちまうんだ。商売だからな」

「なるほどね――」と私はいった。

「博打を道楽にしてる奴《やつ》がいるが、気が知れねえね。こんなもの、身体も辛いし、楽しみ代だって馬鹿にならねえ。――お前も呑《の》むか」

「いいや。でも注いでやる」

「ありがとう――」と健はいい、ひと口にコップを呑み干した。「だが、世の中には、そんな阿呆《あほう》が多いんだぜ。生きてくためなら、こりゃ仕方がねえ。もっと間尺に合わねえことをやってる奴《やつ》もいるが、商売なら笑えねえさ。だが、ひまつぶしなら、もうすこし他にすることがあらァ。お前もそんな阿呆にならねえようにしな」

「わかったよ、いろいろどうも有難う――」私は満腹して立ちあがった。「ここは、いくらだろう」

「酒ともで二百円だ」

酒？　と私はきき返した。

「それからな――」とドサ健は表情も変えずにいった。

「お前の勝金は千五百両ってところだろう。千両といいてえが、まァ負けてやらァ。俺《おれ》に八百両、この店に二百両、そこに置いて帰んな」

私は、この二つ三つしか年のちがわない男をみつめた。

「どうした。俺ァずいぶんお前のために働いたぜ」

「わかったよ――」と私はいった。「なるほどね。この先もあンたとは、こういう交際なんだな」

「俺ばかりじゃねえや。学校の友達とはわけがちがうぞ、甘えことを考えるなよ」

私はいわれたとおりの金を、そこに置いた。置くより仕方がなかった。

「それから、ひとつ訊《き》きたいんだけど――」と私はいった。「あの、おりんというおカマの巣はどこだろう」

「それを訊いて、どうするんだ」

「一人とだけ交際《つきあ》ってちゃ、何をされるかわからないからね、四方八方と、同盟を結んでおくんだ」

深い疲労と虚脱感が、私を急速に捕え、帰りの国電の中で眠りこけた。

何度も降りる駅を乗りすごした末、ようやく家にたどりついた。何か非常に大きな仕事をしたようにも思え、又、金を得るということがこれまで考えていたよりもずっと大変なことのようにも思えた。

それでも、ともかく私の給料袋の中味は、一夜で七百円あまりの金が増えていたのだ。若いサラリーマンの平均給与が五、六百円という頃であったから、最初の給料袋だけ出来あがったことになる。

私は、母親には、嵐《あらし》で帰れなくなって、会社に泊《と》まってしまった、と告げた。そして布団《ふとん》にもぐりこんだ。

どうしたことか、今度は逆に眼が冴《さ》えてしまって寝つかれなくなった。私は又起き出して親たちの所へ行った。

「会社も大分景気がいいらしいよ——」と私は自分の弾《はず》んだ気持をそのままに話を作った。

「この所いそがしくなってねえ。僕なんかも結構役に立つらしいよ。近いうち出張もあるかもしれない」

「そりゃよかったね——」と母親はいった。

「それで、今日は、お休みかい」

「ああ、濡《ぬ》れて風邪《かぜ》を引いたらしい」

「でも、入社したばかりなんだから、風邪ぐらいなら行った方がよくはないの」

「大丈夫、ことわってきたんだ。——出張は、急にきまったりするから、帰らないことがあっても心配しないでよ」

私はその時、現実に就職がきまっているかのような錯覚に落ちこんでいた。すくなくとも、朝、家を出てからの居場所が出来たのだった。

さっき喰《た》べたばかりの銀シャリの味を、眼の前を飛び交った札の匂《にお》いを、私は改めて思いおこした。

最初の天和《テンホー》

一

私はそれからずっと、上野へ〝出勤〟しはじめた。チンチロ部落はいつもさかってはいたが、私の給料袋の中味はそう簡単に増えはしなかった。

要するにチンチロリンなる博打は、ツキの領分が非常に大きい。それだけに一歩まちがえば元も子も失う危険にとり巻かれている。

そうならなかったのは、石にかじりついてもここで給料を生みだして家に持帰らねばならぬ、という思いが束《つか》の間も念頭を去らなかったからであろう。

チンチロは廻《まわ》り胴だったが、私は警戒して胴をとらなかった。こういう勝負は胴をとらなければ大勝はできない。しかしその半面、胴は無残に潰《つぶ》される可能性もある。張り子で張っている分には、とられても、覚悟して張った分だけですむ。

張り子としても私は用心に用心を重ねて、ここぞと思う時がくるまでは二時間でも三時間でも黙って見ていた。実際、それは根気のいる仕事だった。

で、私は考えた。

（これじゃ駄目だぞ。現状維持じゃ意味はない。なんとか他の道を考えなくちゃ
――）

弱い相手をみつけるか、ツキよりも技術がものをいう仕事にのりかえるか、道は二つしかない。

チンチロ部落の連中はどれをみても古強者《ふるつわもの》で、私の手に負えそうもなかったが、たった一人、ある意味で、坊やの私でも主導権が握れそうな人間がいた。それは男娼《オカマ》のおりんちゃんだ。

彼女に私は話があり、それはいつも私の頭の中にあったのだが、なかなかよい折りがなかった。チンチロの場でもよく顔を合わせていたし、夕方、電車通りを妹分（？）を引具《ひきぐ》して商売に出ていく彼女の姿を見かけてもいた。だが私の話は、一対一でないと拙《まず》い性質のものだった。

そうこうするうち月末が来て、ともかく一回目の給料袋をお袋に渡した。すると私の持ち金は二百円と少々ぐらいしか残らず、チビった金ではますます危険度が多くなるように思え、部落にもあまり足を向けなくなっていた。

ある日、焼け残った竹町《たけちょう》のあたりを歩いていると、目の前の銭湯から不意に、おりんが、ロングスカートの裾《すそ》をひるがえして出てきた。おりんちゃん、と思わず私は声をかけた。

「どうしたの、坊や。今日はあっちには顔を出さないのかい」

「話があるんだ。僕、前から話そうと思ってたんだけど――」

「なにさ。――早くお言いよ」

声は野太いが、顔はチマチマっとして女っぽい。おりんは片眼をつぶってみせ、笑いながらすかさず寄ってきた。

「わかったわよ、皆までいうな。お前さん、ちょっと可愛《かわい》いね。その気ならいつだっていいわよ」

私は頰《ほお》に手をかけられたままいった。

「そうじゃないんだ。グラ賽《さい》(仕かけのある賽)を売って貰《もら》いたいんだよ」

おりんの表情が一変した。

「なんだって!」

「僕も、よそで、使ってみたいんだよ」

おりんは偽《にせ》サイを時折り使っている。私はその気配を最初の夜から察知していた。ただ、どう言おうか、雑誌などで読むようには簡単にいかなかっただけだ。

「誰に聞いたんだい」

「誰にも聞きゃァしない。ただ、おりんちゃんに頼めばいいような気がしたんだ」

おりんはちょっと周辺を見まわし、芋餡《いもあん》を売っている店に私を連れこんだ。

「いい度胸だね、坊や」

「怖《こわ》いよ、ほら、ここへ触《さわ》ってごらん。慄《ふる》えてるんだ」

「うるさいよ！」

おりんは私の手を振り払った。

「あたいだって一人で生きてやしないよ、ノガミのおりんさ、わかるだろ。ちょっと声を出しゃ男衆が集まってくるわ。坊や、そんなことといわれて、あたいが黙っててると思ってるのかい」

「僕は一人さ。スジ者じゃない。だから何にもいいやしないよ。いえるわけないだろ。ただ、グラ賽《さい》を売ってくれっていってるだけさ」

「そんなもの、知らないわよ」

「じゃ、他の人に頼もう。おりんちゃんが知らないっていうなら、チン六さんにでも頼むよ」

「おとしまえを、あたいからとる気なんだね」

私は黙っていた。

「何が欲しいのさ。ほんとならお前さん、男衆にぶっ殺されるところなんだよ。坊やだから勘弁してあげる。早くおいいよ、何が欲しいのさ」

私はやっぱり黙っていた。

「いいよ——」とおりんはいった。「畜生奴《め》、あたいの負だね。稼ぎ場をひとつ紹介してあげるわ。銀座のHビル二階、オックスクラブってバーに行ってごらん。日本人オフリミットだよ、奥で場がさかってる。稼げるわよ」

「チンチロリンかい」

「主に、ポーカーとアンダーオーバーね。坊や、できるんだろ」

「進駐軍だね、相手は」

「日本人なんかシケててしようがないわよ。そこに鈴木ってバーテンが居るからね。ナシを打っといてあげる」

私は芋餡《いもあん》を口に運んだ。

「ポーカーじゃ敵が本場だからね、甘くないな」

「坊や、わかってるでしょ」とおりんはまじめな顔でいった。「博打打ちが稼ぎの場を教えるってのは、よくよくのことなんだからね。――あ、それから、学生服は拙《まず》いわよ。工夫してうまくおやり」

私は簡単な地図を書いて貰《もら》って立ち上がった。たったこれだけのことで、私もぐっしょり汗をかいていた。

二

この前のことがあるのでずいぶん考えたが、私は結局ドサ健に話して仲間に誘いこまないいわけにいかなかった。彼が片言の英語を使えたからだが、しかしそれだけじゃない。やはり一人じゃ心細かった。

「おりんの所へ行ったのか、そうか」

とドサ健は笑った。

「だがお前、博打を打って生きるならよく考えなくちゃいけねえぜ。おりんのグラ賽《さい》なんか皆知ってるさ。自分だけが気がついて他が盲目なんてことは、この世にたんとは無え。そう思ったら穴ぼこにおちるぜ」

「じゃァ、みんな何故黙ってるんだ」

「奴《やつ》は素姓《すじょう》のいい客を連れてくる。その客が金をおとしてるうちは、あれでいいんだ。奴だってその限度を知ってるから、客引きに精を出すさ」

「でも、僕にはそんなこと関係ないや」

「あるさ。お前だって負けちゃいねえだろう」

「もうあそこへは行かない。チンチロじゃ僕なんか稼ぎにならないよ」

「うん——」とドサ健もうなずいた。

「そいつァそうだ。俺《おれ》たち流の博打をやらなきゃな。よし、そこのアメちゃんたちと一丁やるか」

「おりんを信用していいだろうか。あいつ、逆に穴ぼこを作ってるんじゃ——」

「大丈夫だろう。奴《やつ》だって弱味を握られてるんだから」

まったくその頃の私は臆病《おくびょう》だった。この世界の西も東もまだよくわからなかったし、そのうえ、負けるわけにはいかなかったからだ。

ドサ健は貸衣裳屋《かしいしょうや》に行って派手な背広を二着借りてきた。そうして私たちはその夜、オックスクラブに出かけた。

銀座もまだ焼跡が目立ち、通行人の半分ぐらいが外国の兵隊であった。オアシスオブ銀座なんていう駐留軍専用クラブが表通りに堂々と構えていたころである。

Hビルもご多分に洩《も》れず焼ビルだったが、二階のオックスクラブの所だけは内装がきちんとできていた。

私たちは、日本人立入禁止という大きな札を横目に見て扉《とびら》を押した。カウンターとボックスの変哲もないバーである。兵隊と女たちがガヤガヤ呑《の》んでいる。

「バーテンの鈴木さんをちょっと——」

と私はボーイにいった。

狐《きつね》のような顔をしたバーテンが、すぐにカウンターの外に出てきた。じろりと私たちを見る。

おりんの名をいうと、

「こちらへどうぞ——」

案外簡単に、入口とは反対のドアを押して廊下に出た。すぐ右手のトイレットと書いたドアの前で立ち止まった。

「ここかい——?」

バーテンは無表情で右手を出した。

「二百円——」

私は慌《あわ》ててドサ健の方を振り返った。健は知らん顔をしている。

「二百円だよ」

バーテンの掌が揺れた。

「ああ――」

私は懐中からほとんど在り金全部といってもよい二百円を渡してしまった。

バーテンが又歩き出した。突き当りの世界経済研究所と表札の出ている部屋に入った。

「なるほど、経済研究所かア」とドサ健。

隅《すみ》の方にカードの円卓が四つほどあり、まん中の細長い大きな卓には、数字の絵模様が綺麗《きれい》に描かれてあった。この卓のまわりにはひときわ兵隊たちがたかって居、サイが投げられるたびに低い歓声があがった。

「外国映画みたいだな」

「そうだろな、俺《おれ》ァ見たこともねえが」

スラリ背の高い三十がらみの美貌《びぼう》の女が私たちの方へまっすぐ近づいてきた。鼻筋がスッととおってるので最初は外人と思ったがそうではなくここのマネージャーらしい。バーテンの鈴木がひそひそと私たちのことを告げていた。

なんといったかは知らない。おそらくヤミ成金とでもいったのだろう。当時、若くてもアブク銭を得たヤミ屋が珍しくなかった。

女が笑いながら目礼してきたので、私たちは中央の卓に近寄った。

「坊やは何をやる気だ？」

「僕かい――、そうだな」

私はポケットの中の小銭をむなしく握りしめていた。金が無い。せっかくここへ来たのに、タネが無いのだ。よっぽど、さっきの二百円の半額をドサ健に請求しようかと思ったが、健ばかりでなく部屋の人間にも足もとを見られそうで、平静を装おっていた。まずドサ健の出方を見て、奴《やつ》がウカるようならタカってやろう。

「健さんは？　ポーカーかい？」

「うむ――」

彼はあちらこちらの卓を見て歩いていたが、メンバーに加わろうとはしなかった。

ボーイが近づいてきて東洋人らしい訛《なま》りでいった。

「お客様、遊ぶなら、チップを買うのよ」

「ああ、もうちょっと待ってくれ。様子を見てからな」

さっきの鈴木がウイスキーの盆を片手に又部屋に入って来、まっすぐに奥のドアを押して中へ消えた。

「あっちじゃ何をしてるんだい？」

「あっち？　ああ、麻雀《マージャン》だよ」

「麻雀か――」

私は思わず口を出した。麻雀なら、チップを買わなくてもできる。精算は一勝負が終ってからだ。

「俺《おれ》、麻雀がいい」

「そうか。俺もだよ、麻雀をやろう」とドサ健もいった。「ヘッ、気が合うな」

突然、不安が私を襲った。ドサ健も、無銭《ハイナシ》で来てるのじゃなかろうか。奴《やつ》のことだ、おおいにあり得る。

ボーイが片手をあげて指を鳴らすと、すぐに女マネージャーが来た。麻雀ときいて、

「空卓があるかしら。でもこちらへどうぞ」

奥のドアを開けると、兵隊ばかりが五卓ほど卓を囲んでいた。

女マネージャーが突如、英語でいった。

「新客です《ヒヤー ニユーゲスツ》。日本の 財閥の《ゼア ファザーズ アー》 坊ちゃんがた《ベリービッグ ビジネスメン》ですの《イン ジャパン》。よろしくね」

そして私たちに対しても英語でいった。

「さア《ウエル》、貴方たち《ボーイズ イッツア》、規則《ルール》なんですの。メンバーの皆さん《ショーゼン オールマネー》にマネーを《ユーガット イン ハンド》見せてあげてくださいね」

私は慄《ふる》えた。マネー、という言葉が耳の中に轟《とどろ》いていた。

するとドサ健が内ポケットに手を入れた。

「これだけですが、いいですか？」

ドサ健の手には封をした札束二つ握られていた。

「なんなら、場銭を先にお払いしますか」

「いいえ、それには及びません」

女が私の方へ顔を向けた。ドサ健が、すかさず、こういった。

「兄弟なんです。だから、別々の卓でやらしてください。懐中が一緒だからその方がいいでしょう」

三

ちょうどメンバーが崩れた所があって、私とドサ健は別々の卓に入った。席がきまってみると、二人は背中合せになっていた。

私のメンバーは、鷲鼻《わしばな》の大男と銀髪の二枚目、この二人はアメリカ人らしく、あとの一人はターバンを巻いたインド人だった。

私は戦争中以来、久し振りで牌《パイ》を握った。むろん、牌の隅に数字が彫りつけてある外人専用の奴《やつ》だ。

だが、気合をいれている割りに手が悪かった。初回は鷲鼻《わしばな》が簡単にタンヤオツモであがった。

二局目は私の親だ。配牌《はいパイ》は、

クズ手だ。だが鳴いてアールシアールでもともかく連チャンしようと思っていた。ところが八巡目で、下家《しもチャ》の鷲鼻がいきおいよくを捨てると、「リーチ！」といった。
「リーチ？　リーチってなんだ」と思わず私は呟《つぶや》いた。
それまで私がやっていたのは本当のアールシアール麻雀で、リーチといえば、ダブルリーチのことを指すのが普通だった。途中で、リーチと叫ぶルールは全然知らない。

私は背中越しにドサ健にきいた。

「リーチって何だい？」

「知るもんか。奴等のルールなんだろ。よく見て一度で覚えちまえ」

「ヘイ――！」と鷲鼻がいった。「ここ《スピーク》は全部《イングリッシュ》英語《オンリイ》だ《ヒアー》。日本語を使うな。日本人《ウィキャント》は何をし《トラストゼン》ゃ《ダム》べるか《トーキング》わから《ジャパニーズ》ない」

私はまだ手らしい手になっていなかった。そのうえ、気配でテンパイのサインなのは想像できたが、リーチという役がどの程度に高い役なのか、それを見ないと出ていけない。せっかくの親なのに。

それから三巡目に、ワオーッ、という声を出して、鷲鼻《わしばな》がツモ牌を叩《たた》きつけた。

「ヘイママ！　これい《アイゴット》くら《ハウ》の手《マッチ》かね」

ツモである。リーチツモホンイチチャンタ中《チユン》（イーペイコウ役はまだ無かった）で文句なしの満貫《まんがん》だという。
次の鷲鼻の親で、奴《やつ》は又叫び声をあげた。

「ヘイ、バカツキねえ。又マンガンよ！」

リーチをかけて[東][東][三索][四索][五索][二萬][二萬][六萬][七萬][八萬][九萬][九萬][九萬]

[東]の方をツモったのだ。クンロクオールだった（当時の満貫は親三千で子二千だった）。連続パンチだ。

現在のインフレルールとはちがって、ホンイチやトイトイは一飜《イーファン》、チンイチだって三飜の時代だ。メンタンピンを一回あがれば悠々独走といわれた頃である。この二回のアガリは決定打といってよかった。

それでも点差に合わせて皆がガメリ出すようならまだチャンスもあったのだが、銀髪もインドも手なりでドンドンアガってしまい、結果的には鷲鼻のトップを助けるような傾向になってしまう。私は立ちおくれたままで表風を終えた。

しかし、それほどクサってはいなかった。

金は、ドサ健が持っている。

それに、ツイている鷲鼻《わしばな》も含めて、たいした打ち手とも思えなかった。この程度の相手なら、最初の一回は負けても、二回三回と重なれば必ずとり戻せる。

隣りの卓でもドサ健が声をあげていた。

「チートイツ？　そんな役があるのか？」

それをしおに、彼は立ちあがって便所へ立った。

「失礼《パードン》――」

私もすぐにあとを追った。

便所でドサ健と並ぶと、

「悪いけどすこしタネを廻《まわ》してよ。一人馬鹿ツキが居てね。でも甘いメンバーだから、大丈夫さ」

「金か――」とドサ健はいった。

「金なら、無《ね》えよ」

私は奴の顔をみつめた。

「ありゃァ色紙さ。服と一緒に貸衣裳屋で借りてきたんだ」

私は身体全体がふくれあがるほど驚いた。

「じゃァ、どうするんだ」

「お前、素人《しろうと》麻雀だなァ、一人をあんなにツケさせる手があるもんか。とにかく、今の半チャンを長引かせろ」

「で――」

「俺《おれ》は今、トップをセってる。こっちで何とか勝っとくから、こっちが終ったら金を廻してやるよ。いいか。お前の方が先に終ったら二人とも裸にされちまうぞ。なにがなんでもねばりこんで長引かせるんだ」

此方《こちら》は南入り、ドサ健の方は東三局であった。

四

むこうは混戦らしいから、皆が手を作りにかかるので進行がおそくなる。それにひきかえこちらは今のところ鷲鼻《わしばな》のワンサイドだ。彼は極力逃げるだろう。すればペースが速くなる。

もし差がつまらずに、こっちの卓の方が早く終ってしまえば、万事休す。なにしろ二人揃《そろ》って初回から無銭では、並みのことではすむまい。ここはなんとしてもドサ健にトップをとって貰《もら》って、その浮き金でこっちのマイナスを補って貰わなければならぬ。

（よし、とにかく鷲鼻を逃がさないようにすることだ――）

それには私が彼の上家《かみチャ》であることが一条の救いだった。

これが南入の配牌《はいパイ》。ひどく悪いというほどではないが、ともかくここはアガリ放棄で、初回にツモった中や發を抱きこんで、伍萬を二丁おろしていった。この辺なら初回からまさか喰《く》うまいと思ったからだ。だが三巡目がむずかしかった。ペン・カンチャンだけは喰わしたくない。といって鷲鼻《わしばな》の捨てた牌は一枚もない。手がつまるときは仕方がないものだ。

長考の末、を切った。待ち切れず先に次牌をツモっていた鷲鼻があわててツモ牌を山へ戻そうとした。

「次牌に手が触れたらチー無しだぜ」

「だがお前がおそかったんだ」

「おそくたって関係ない。お前が先にやるからいけないんだ」

「畜生奴《め》！――」と鷲鼻は立ち上りかけながら銀髪に向かって訴えるように、

「日本人は、汚ねえや！」

だが親の銀髪は悠々迫らざる表情で、

「ルール通り、やれ」と呟《つぶや》いたきり。

そして次の私のツモは又🀙だった。ははァ、と思った。こりゃ丁度ペースがおそくなっていいや。私は、又長考した。今度は鷲鼻も辛抱強く手を出さないで待っている。

ところが彼は大きく咳《せき》ばらいをし、それで気分がほぐれたのか、スルスルッと手が山の方へ伸びてきた。牌をつかんだ。すかさず私は🀙を捨てた。

「ウォーッ！」

と彼は遂に怒り狂って立ち上った。

立つと、やはり大きい。よくみるとまっ赫《か》な顔の皮膚にも筋彫りが走っているから、いずれ故国の暗黒街にでも放てば、ひとかどの人物なのかもしれない。

「こんな麻雀、やったことねえや。この小僧は腸《はらわた》まで腐ってる」

「ねえママ、きけよ」と鷲鼻《わしばな》は際限なくがなりたてた。

「俺《おれ》がツモるまで、捨てねえんだ」

「誰が？」

「此奴《こいつ》がよ！」

「何故？　この人が捨ててから貴方《あなた》がツモるんでしょ」

「そうよ、――だが」

「まァ、お客同士は仲好くやって頂戴《ちょうだい》な。でないとあたし、クビになっちゃう。苦情は何でも引き受けますからね」

「そうだ、早くやらないとノーゲームにするぞ」

トップ候補の鷲鼻がそれで急におさまって卓についた。ところがそのとたんに、インドへ振りこんだのだ。ピンフタンヤオ、ヤミで四八〇点（現今だとヤミの二〇〇〇点）でかなり大きい。鷲鼻が又、ウーッ、ウーッ、と低い唸《うな》りをあげはじめた。

向こうじゃドサ健が連荘《レンチャン》で二本積んでいるらしい。私の気持もはじめて開いてきた。

私は親であった。今度は積極的に出た。さっきとはちがう。四巡目でをひき、五巡目でをひいた。

私は一度〝リーチ〟なるものをかけてみたかった。待ちは悪いが、親だったし

先制すれば敵の進行を牽制《けんせい》できるだろう。

するとと女マネージャーが卓に近寄って、鷲鼻《わしばな》と私の肩へ手をのせながら、

「こちらはコーヒーとお酒と、どちらがよろしい?」

気のせいだろうか。肩に触れた指先きが、ぐりっと妙に力が入っているような気がした。私は打ちを中止し、と切り出した。
が誰かに当っていたのか、それともペン三索《ソー》待ちが無いというサインなのか、それともサインでもなんでもなかったのか、確かめるいとまもなかったが、すぐあとにを持って来てインドからのでアガった。問題はそのあとだった。

五

配牌《はいパイ》でとったままの感じで紹介しよう。

こんなような感じだった。まさかテンパイしてるなんて夢にも思わず、
(ともかくは一応カンしておこう――)

というわけでリンシャンから持ってきたのが。おはずかしいが懸命に捨てる牌を探した。その頃はそんな雀力しかなかった。

「アッ、アガってる！　天和《テンホー》だ、天和だ！」

私は飛びあがった。

隣りの卓のドサ健もこちらをのぞきこみ、一瞬、不審顔になったが、卓上にはまだ誰も一枚も牌を捨ててない。

「天和だろう、これ。じゃなかったら何だ？」

「そうとも、天和さ。親の役満だとさ、チェッ、ツイてらァ」

だがこっちの卓の三人は納得しなかった。おとなしそうな銀髪までが色をなしてこういった。

「何故、天和になる。説明してくれ」

「いいかね」と英語が私よりいけるドサ健が又身をのりだした。「誰もまだ第一ツモをツモらない、その前にアガってしまった。つまり天和さ」

「ごまかされるな――」と鷲鼻《わしばな》。「こいつ等のいうことはすべて汚ねえんだ」

「天和は、親が配牌《はいパイ》でアガってるものだ。ユーの手は配牌ではアガってなかった。カンをしたからだ」

「カンぐらいさせてくれよ。北のカンなんかしなくちゃどうにもなるまい」

「つまり、山の尻《しり》から一枚ツモってアガったんだからな」

「そうさ。普通の天和よりむずかしいぜ。役満のもう一飜《イーファン》増しじゃねえのか、坊や」

「いいよ、健――」と私はいった。「それよりそっちの卓を片づけろよ」

私はどっちみち長期戦でごねまくるつもりだった。その方がどっちみちトクだからだ。しかしドサ健まで手を止めていたのでは何にもならない。

「じゃ、結局、この手はいくらにして貰《もら》えるんですか」

「リンシャンカイホウで一飜。面前ツモの一飜それだけさ。台はかなりあるがね」

「冗談じゃねえや、天和《テンホー》がたったの二飜《リャンファン》かい！　それじゃァ僕は続行できないね」とこれはもう英語にするのが面倒くさくて、オール日本語になった。

「だまれ！　いかさま野郎！」

「いつ僕が、いかさまをしたんだ」

「いつだろうとかまわん――」と鷲鼻《わしばな》も根っから頭に来ちゃった様子で、私の胸ぐらをつかみあげると、何か口をもぐもぐさせた。

ウォーッ、と吠《ほ》えた。それから、結局、銀髪のセリフと同じことになったが、

「リンシャンの一飜、面ツモの一飜、それだけなんだ！　ヘッ、それだけだってありがてえ手さ、ぐずぐず吐《ぬ》かすとぶちかますぜ」

「待って」

と女マネージャーが入ってきた。

「今夜は苦情係のいそがしい晩だわね。――ジョニイ（と鷲鼻《わしばな》の方へ身を寄せながら）、そんなに私を困らしたいの」

「とんでもないよ、ママ」

「なら、すこし静かにしてよ。堂々とした営業じゃないんですからね。あんたみたいな大きい人が飛んだりはねたりしてると――」

「俺《おれ》は静かにしてるよ、ママ、俺は静かだが、日本人をここへ入れるのがよくない」

「あたしだって日本人よ」

「ママはちがうさ、婦人はちがう、誰かと結婚すればすぐに外国の市民権がとれる」

私は、ドサ健の卓の状況を注視していた。下家《しもチャ》がかなり大きな待ちをしている。

ヤミだ。ドサ健の当り牌《はい》が浮いている。が、出そうで出ない。何度も手がかかるが首をひねってその手を放してしまう。そのうちその牌を生かしてうまく災害を喰《く》いとめた。これであっちはオーラスだという。

「わかったわ、こうなさい」と女マネージャーが大きな声を出した。

「それは役満はムリね。ダブルリーチだってカンがあれば消えるでしょ。でもこんなにこじれたんだから、人和《レンホー》相当の満貫にでもしたら如何《いかが》？　普通の満貫よ」

ちょっとおちついたかに見えた鷲鼻が又ハネあがった。

「ママはいったい、此奴《こいつ》とどんな関係があるんだ。こんな手に満貫分も払わせるなんて、俺《おれ》は絶対に嫌《いや》だぞ。黒棒一本だってもう嫌だ」

「なんだ、この坊やがゴネてるのかと思ったら、ジョニイなのね、ご本尊は」

ドサ健たちの組が終った。後半はドサ健のラク勝で、雀力の相違というより仕方がなかった。

幾枚かの大きな札が健の所へ集まった。

ドサ健は女マネージャーに場代とチップを払ったのち明かるい声でこういった。

「それじゃ僕はこれで失礼します。なんだかゴタついてるようですし日を改めて又カモっていただきます。皆さん失礼」

私は怒りと屈辱とで色を失いながら牌をみていた。

「健！」と叫んだ。

ドサ健ははじめて私を見るような眼でふり返った。

「なんだい。何か用か？」

「こっちは、まだ終らないんだ」

「じゃ、終らしてこいよ。俺は先へ帰る。ねむいのさ」

六

鷲鼻《わしばな》の一発がついにきた。私ももう今となっては荒れるより仕方がなかったし、鷲鼻のジョニイは、これはもう吠《ほ》えるために生きてるような人間だった。

私は部屋の壁をチリチリ震わして倒れた。

「やるなら外でやってよ。ここでやったらMPを呼ぶわよ——。だけど、ジョニイ、あんた自分の身体の半分ほどしかない子供を相手にしてるんだってことを覚えといてよ」

ビルの裏手の瓦礫《がれき》の中で、私はもう一度、頭から殴り倒された。鼻の奥から噴くなまぐさい自分の血を、ごっくり、呑《の》んだ。そして私は、水道の鉄管にすがって起き直った。

鷲鼻《わしばな》のパンチはなるほど強烈だったが、動きはそう早くなかった。ときに私は手の下をかいくぐり彼の腰に喰《く》いさがって押した。木が倒れるように素直に、彼はドタンと倒れる。

「コーッ!」というような悲鳴をあげる。だがすぐに膝打《ひざう》ちで逆襲してくる。何度目かに転がったとき、私は気を失いかけたが、(この方がいいんだ――)というような気になっていた。(健の奴《やつ》に頭を下げるよりは自分の身体で精算した方が、男らしいや――)

気がついてみると、最初にとおったバーの一番隅のボックスに寝かされていた。部屋の中が妙に冷え冷えしている。

私は半身をおこした。うっと方々がうずいた。バーテンの鈴木が無表情にグラスを磨《みが》いている。コートを羽織った女マネージャーが奥から出てきた。

「まだ痛む、坊や。かわいそうだから、家へ連れてってクスリでもつけてあげようか」

私は腕に顔をのせて虚空を見ていた。

「どうしたの、歩くぐらいはできるでしょ。ここにいたって看板後じゃ寒いだけよ」

私は彼女の肩にすがって立ち上ると、ビルを出た。なるほど歩いていた方がまだ気分がまぎれる。

「博打は、もうやめだ」と私はいった。

「何故？」

「博打で生きていくってのは、大変なことなんだなァ。明日から小市民になろう」

私は本当に、そのときそう思っていた。

「殴られて、痛かったから？」

「いや。——ママご免よ。俺《おれ》たち財閥のお坊ちゃんなんぞじゃない」

「そりゃそうでしょうよ。財閥の坊ちゃん方が二人揃《そろ》ってトイレに立ったり、ジヨニイなんかと殴りっこするもんですか」

「じゃ、あの打ちのとき、肩を押えてくれたのは？」

「さァね、忘れたわ」

私は、相棒にした健のことを逐一しゃべった。

「奴《やつ》は人間じゃない。いや、奴ばかりじゃなくて、この世界のバイニンは誰も彼も化け物みたいだ。博打で生きてくには、俺もあんなふうにならなくちゃいけないのかと思ったら、もういやになった」

「そりゃあんた次第じゃないの」と彼女はいった。「博打で生きてくのって、案外やさしいわよ」

「どんなふうに?」

「もし、誰かに所属する気ならね」

「——ここはどこ?」

「三原橋《みはらばし》よ」

「ママの家は、築地《つきじ》の方?」

「ええ。それも勝鬨橋《かちどきばし》に近い方よ。そこまで歩ける?」

私たちは焼けた歌舞伎座《かぶきざ》の前を通りすぎた。

「僕は、所属するのは好かないな」

「そうね、あんたはそうらしいわ。あんたはきっと、誰とでも五分に対しなければならないと思ってるんでしょう。あんたは小さくても独立国でいたいのね。そうなりたくて、博打なんかに興味を持ったんでしょ。つまり、悪いけど、子供っぽいのよ」

「――――」

「健という人とだってそうよ。あンたは健と五分につきあおうと思った。でもこの世界の人間関係には、ボスと、奴隷と、敵と、この三つしか無いのよ。相棒ってのは、どちらかがおヒキ（手下）の関係よ。お互い対等の関係なら、健としちゃ、あンたを敵（客）と思うのが当然よ。あンたが、友人と錯覚してるだけなんですもの」

「じゃ、僕が健の仔分《こぶん》になってたら――」

「そりゃあの人だってもう少し面倒見たでしょうね。あの人は性格破産者かもしれないけど、勝負師としちゃ本物だわ。――あンたは坊や、でもかわいいわよ」

「――――」

「ほめてるのよ。それに、立派だったわ。あたし、あンたがジョニイと外へ出ていくとき皆、わかっちゃった。あンた、健に頭をさげるより、身体で払おうと思ったんでしょ。博打打ちってそういうもんだわ。あたしにも覚えがあるけどね。あンたも今に、強いバイニンになるわ」

もうすぐよ、と女はいい、コートを脱いで、傷口を刺すような烈しい風を防ぐために頭からかぶせてくれた。

「ところで、ねえ――」と女はいった。

「あたしと、契約しない。麻雀のコンビを作るのよ」

「今夜のところは、もう嫌《いや》だ」

「あそこじゃないわよ。アメ公でも日本人でも、客なら居すぎるくらい居るわ。今まではいいコンビが見当らなかったの。あんたとならやれるかもしれない。すぐにはまだ無理だけどね」

「そんなに、僕、弱いかい」

「強い弱いじゃないわ。仕事でやる麻雀は全然第一歩からちがうのよ。それを覚えればね」

「ママが教えてくれるのか」

「そう、あたしが仕込んであげるわ」

「つまり、ママに所属するわけだな。独立国は潰《つぶ》しちまって」

「そうよ」

　私は黙った。

「不服そうね。でもさっき、足を洗うっていったじゃない。足を洗うなら、どうせどこかに所属するわけでしょ。なら、同じことじゃない」

勝鬨橋の、冷え切った橋桁《はしげた》に私は腰をおろした。

(負けるもんか――)と私は思った。

(ドサ健にも、鷲鼻《わしばな》にも、この女にも、負けやしない。敵の関係しかなけりゃァそのつもりでどこまでも戦ってやる)

「来るの?――来ないの?」

女が呼んでいた。

「あたし、頼んでるんじゃないのよ。寒いから、早く決めてよ」

私は立ち上ると、女の方へ歩きだした。女の家ではなく、銀座の方に戻ろうと心を硬《かた》くさせていたのだが、その途中で不意にへなへなっと気持が崩れた。

不吉な金曜日

一

その夜、私はママの所に泊まった。翌《あく》る日も、ずっとそこで寝てすごした。

むろん、傷養生に専念したわけじゃない。それどころか、ママの興のおもむくままに私の身体はかなり手荒くあつかわれ、私は私で、ほとんど敵意だけを燃やして、この柔らかいものを踏みにじろうとしていた。

だが結局、いつも（その夜ばかりでなく）ママのペースだったらしい。

「いいわよ、坊や」とママがいう。「血の匂《にお》いがする、あたし、こんなの好きよ――」

私はそれ等のことに、なんとか早く馴《な》れようと思った。それまで私は経験らしい経験を持っていなかったのだ。それが何故、それほど腹立たしいことだったのだろうか。とにかく私は一途《いちず》に彼女と対抗しようとしていた。

馴れさえしたら、こっちのものだ、と思っていた。馴れたら、おのれ、どちらが犬か、思い知らせてやるぞ。

女はそれを見すかしたように、私を二度、同じ姿勢にしなかった。私はいつも虚を衝かれ、慌て、じたばたし、「凄《すご》いわ、坊や――」などと女を含み笑いさせてしまう。

「坊やはよせ。それに、そんなにご機嫌《きげん》になるほどのこともないぜ」

「ほほ、ほほほほ、ごめん」

いいおくれたが、ママの名は、八代《やしろ》ゆき。セレベス生まれで、大戦中も南方で軍関係の仕事をやっていたという。こういうとかなりの年齢に思われそうだが、私より八つか九つ上、二十六、七だったろう。

軍関係の何をやっていたか、べつに訊《き》きもしなかったが、南方以来の交際だという青梅《おうめ》のパパなる存在があり、オックスクラブが休む日曜日には、毎週青梅まで出かけていく様子だった。

といって、この築地《つきじ》小田原《おだわら》町の焼け残りの一劃《いっかく》にある彼女の巣（足場の悪い細い路地を入った小さな一軒家だが、住宅事情の悪い当時はそれでも御殿住いのようなものだった）も、又別の力が加わっていた。つまり、月曜と木曜は、私も出入り禁止だったのだ。

こっちの人物は、築地のパパと呼ばれていた。オックスクラブの持ち主だったかもしれない。巣の方の調度の感じから推して、東洋系の人物だったように思う。

私はどちらのパパにも関心を持たなかったが、それでもこんなふうに訊《き》いてみたことはあった。

「青梅のパパって、何をしてるの」

「何もしてないわ。引揚者だもの」

「じゃ、君と会うことは、かなりのぜいたくってわけだな」

「あたしは女郎じゃないのよ。お金無しだって誰とでも会うわ。現に坊やがそうじゃない」

「でもよくわからないよ。何故だい。そんなに恩義を受けてるのかい」

「恩返しなんかじゃないわよ。いいでしょ、なんだって。他人のことなんだから」

だが又ある日、こんなふうにいった。

「あのパパとはもう肉親なのよ。そう思ってるの。戦争でお互いに家族と死別してしまったからね。あたしの子供の頃を知ってる人って、もうあのパパしか居ない。そんなふうな存在って必要なものよ。だから、もう何があっても離れないの」

「それで、築地のパパから金を貰《もら》って、そっくり青梅のパパに持ってってってしまうんだね。そうだろ」

彼女は怖い顔になった。

「悪い？」

「いや。――だが自分のことはいつ考える。ママは今、他人のことばかり考えていられるほど強い立場かい。そんなことしてたら、結局、先夜の俺《おれ》みたいに、二進《にっち》も三進《さっち》も行かなくなるんじゃないのかい」

「でも、パパは、あたしが行かなくなったら生きてられないわ」

「この前、ママが自分で言ったじゃないか――」私はここを先途《せんど》と攻めた。「この世界には、ボスと、奴隷と、敵と、この三つの関係しか無いんだって。ママは今、築地のパパの奴隷になっている。だから、自分の奴隷が欲しいんだよ。なにが肉親だい、ごまかすんじゃない」

「ひどいことをいうわね。あたしがいつ――」

「ああ、僕にはその様子が眼に見えるようだ。ママは毎週、お金と鞭《むち》を持って、青梅を訪ねていくんだ。そして、元の旦那に対する礼儀をつくし、古い知人として甘え、彼をいやがうえにも喜ばせ、涙を流させる。その限りじゃ天使のようさ。だが、相手が、ちょっとでも、元旦那の関係や肉親ムードを忘れたりしてだね、たとえば、通行人の女に視線を走らせたり、ちょっとでもママをないがしろにするようなことがおこると、ママはとたんに鞭をふるうんだ。人間だもの、他の女をチラッと見ることなんかいくらだってあるさ。それを百も承知で、むしろ、だから鞭を使う機会が多くなる期待にぞくぞくしながら、ママは青梅に出かけるんだ」

「坊やのいうとおりよ」と彼女は沈んだ声でいった。

「でもね、それほどスカッと割り切れてもいないのよ」

「そうだ。気持ってほんとに割り切れないものだね」と私もいった。

「さっきの三つの関係でいえば、僕はママを敵だと思ってる。ママのことを考えるときはいつもこういうふうに思うんだ、ベッドの中でもだぜ、なんとかしてこの女をぎゅっといわしてやろう。犬か豚みたいにあつかってやろう。今はまできないけど。——でもいつか必ず、そうしてやるよ、そうなるさ」

「好きよ、坊や、そういう坊やが好き」

「黙れよ！」私は怒鳴《どな》った。「——だけど、そうなったら、ママがすごく可哀《かわい》そうでしょうがなくなるだろう。そうなったらの話だけどね。もしも僕なんかのために、そんな目に遭わされたら、ママが哀れで、きっとママのことばかり真剣に考えると思うな」

その言葉は、この相手をかなり感動させたようであった。彼女は孤独の色を露骨に眸《ひとみ》に浮かせて、私の身体を引き寄せた。

「友情のキスをしましょう。せめてこの部屋の中だけでも」

「友情か——」

彼女は人が変わったように、その折り、優しくつくしてくれた。

「でも、早く、そうして」

「何？——」

「あたしを犬か豚のようにって、そういったじゃないの」

二

日曜日が青梅、月曜日と木曜がボスの御入来、そして金曜日は米軍のペイデイでなにやかにやといそがしく、結局夜明かしになってしまう。

だから、この時期、べったりと彼女と暮していたような気がしていたが、よく考えてみると、残りの火、水、それに土曜の三日しか、精々のところ、会っていなかったことになる。

もっとも顔を見るという意味なら、オックスクラブでほとんど連日、会っていた。私は、先夜と同じく財閥の坊ちゃんという触れこみで、クラブの麻雀室に通いつめていた。今度はママという後楯《うしろだて》があるから気が大きい。大勝ではないが私はほとんど勝ちとおした。だが、ママは一度も及第点をつけてくれなかった。

「駄目よ、払いの心配がない今の状態で勝つのが当り前。これで負けてるんじゃ先の見込みがないわ」

「だって、現に、これだけ利益があがったんだぜ。ほら、四、五日でこれだけだ。ママの着物だって買えるだろ」

「珍しがってないで、そんなものおしまいなさいよ。それより坊や、考えて勝ってよ」

「着物が買えるぞ、っていってるんだよ、おい、ママ、素直にきけよ」

「ありがとう。——でも今、もっと大事なことをいってるのよ、坊や、フルスピードで飛ばしちゃ駄目よ。これがあたしの店だから、まアなんとかやっていけるでしょうけど、知らないところじゃ、勝ちすぎると何かと風当りが強くなる、相手が居なくなる、まったくろくなことはひとつもないんだわ」

「負けるよりはいい」

「あんた、プロになりたいんでしょ。全速力で飛ばさなくちゃお客に勝てないようなプロなんか一人も居ないわ。お客の力が6ならば7で打つの。3のお客なら4で打つのよ。そして10のお客なら、11ね。――プロはどのお客とも好勝負をするのよ。お客を面白く遊ばして、遊ばせ代をいただくの。それが本当のプロよ」

「そううまく行くかな」

「そうしなければ、いいお座敷がかからなくなるわ。いい客がつかなけりゃ、黄金の腕があったって何にもならないでしょ」

「そりゃそうだが、しかし――」

「今の坊やにはまだ無理よ。でも、じきにそうなって貰《もら》わなくちゃ。とにかく今のことがプロ博打《ばくち》打ちの要諦《ようたい》よ」

彼女は店のボーイに命じて、牌《パイ》と卓とを築地の家に運ばせた。そして、ある日こういった。

「さァ、あたしの眼の前で、なんか積みこんでごらんなさい」

「積みこむって、インチキかい」と私はいった。

「あっ、それなら知らない。やったこと無いんだ」

「本当？」

「本当だよ、そんなことしなくても勝てた」

「じゃァ教えてあげるわ。あたしの手つきを真似《まね》て積んでごらんなさい」

「いや、いいよ。僕はインチキしたいと思わない」

彼女はキラキラした眼で私をみつめた。

ツと立ち上がると押入れから、犬用のらしい竹製の短い鞭《むち》をとりだし、それを私の頬《ほお》に振りおろした。

「生意気いわないで、おやんなさい」さすがに彼女の声は慄《ふる》えていた。

「友情って、これか――」

「友情以前の、こりゃ原則だわ。二人がこうしてるのは、コンビを作るためなんでしょ。コンビを作るなら、まだいろいろ覚えなければならないことがあるわ」

「どうも、嫌《いや》だな。気に入らねえや」と私はいった。「そんなに無理してコンビを作る必要ないさ。だいいち女なんかと組んで博打やったってうまくいくわけはないんだ」

「女で悪かったね。こうみえてもセレベスじゃ、十二、三の頃から博打で生きてたんですからね」

「僕もそのころからやってるが、インチキなんか一度もしなかったぜ。インチキなんかしなくたって負けやァしない」

「誰が、自分がアガるためにイカサマをするといった？」

「え——？」

「あんまり負けすぎるお客がいたら、お客の方にいい手を入れなくちゃならないわ。まだあんたにはわからないいろんな場合があるのよ。だまって覚えなさいよ」

私は結局だまった。そしてママがどんなことをやるか見てやろうという気になった。

「いいこと、はじめは一番簡単な奴《やつ》。ゲンロク積みね。上山なら上山、下山なら下山に一枚おきに必要牌を並べておけば、ポンチーが無い限り一人の人に入る理屈ね。つまりツモをベースにした積みこみ型の基本よ」

彼女は指先を鮮《あざ》やかに動かして、二色元禄（トイメンと此方《こちら》と二筋にそれぞれちがう系統が同時に入るような元禄）を作って見せてくれた。だが、べつにびっくりするほどのものではなかった。

「この積み方にはね、いろいろあるけれど、一番やさしいのは、まん中にひとしんを定めて、その両側に対称的に牌《パイ》をおいていく方法ね。一番端の牌を基準にして横に伸ばしていってもいいし、つまり積みこみやすい手順というものがあるわけよ」

「ところが、そんな手順どおりのことをやっていたら――」と、彼女は続けた。

「ちょっときついメンバーになると、積んでいる手つきだけでバレてしまうでしょ。だから、手つきだけではバレないように、積みこみには不便な手つきで、しかもそのうえ速く正確に積めるように練習するのよ」

私は親指と小指の間に六枚の牌を並べて持たされた。

「それがロッケーよ。この手幅の感覚を自分のものにするのよ。この感覚は元禄だけじゃなくて、何の場合も必要なの」

「六枚じゃなくちゃ駄目なのかい」

「やっぱり偶数の方がいいわね。奇数だと外筋と中筋が次のブロックで入れかわりになる面倒があるでしょ」

六枚を一ブロックとすれば、上下ほぼ三ブロックずつでひとつの山が成立するわけだ。この六枚の手幅が自然にでき、頭で考えることなく任意の六枚が集まるようになると、右手なら右手だけでつくる練習をする。左手は又左手だけで作っていく。右手と左手が同時に別のロッケーをつくれるようになれば仕上りである。

私は試みにやりはじめてみたが、どうもなかなかむずかしい。トイメンに女が坐《すわ》って、ドンドン牌を集めて山を作ってしまうので、私のめざす牌はいつも無くなってしまう。

それでも半分意地で、半分好奇心で、この妙なトレーニングをあきらめなかった。

三

彼女のレッスンは、積みこみばかりではなかった。〝通し〟(サイン)について、さらに〝蹴《け》とばし〟から〝エレベーター〟までの俗にすりかえ技《わざ》と呼ばれるもの、コンビ麻雀のセオリイなど、それぞれの第一科から教えこんでくれたわけだが、その全貌《ぜんぼう》をここに記すわけにはいかない。

おいおいと、折りに触れてすこしずつご紹介したいと思う。

それはともかく、彼女のその道の知識も眼をみはるものがあったが、教え方の熱心さについてもほとほと感じ入るばかりだった。彼女の目論《もくろ》みによれば、年末までになんとかコンビ麻雀が打てるほどに私をきたえあげておき、クリスマスから正月にかけて、がっぽりと稼《かせ》ぎまくろうという魂胆だった。

一番呼吸がむずかしい〝通し〟は、オックスクラブで私が打っているとき、通りかかるママとの間で、さりげなく練習を開始していた。クリスマスまでにはもう二週間ほどしかなかった。

ある朝、彼女の所へかかってきた電話は、私の母親からのものだった。私はベッドの中で身を縮めた。

彼女はこういう点は天才的で、瞬時にして母親の気持を察し、うまく話を合わせてやってくれた。

「ごめんよ」と私はいった。「会社の電話をきかれて、ここのを教えちまったんだ」

「お母さん、心配してるわよ」

「うん。もう家へ帰らなくちゃね」

「坊や。会社に勤めてるんですって。それどういう意味？　くわしく話してよ」

私はうんと簡単に事情を説明した。彼女は笑いころげてきいていた。

「ママが好きそうな話だな。嘘《うそ》で固めた話だからな」

「ううん、笑ってなんかいないわよ」

「笑ってるじゃないか」

「ちがうの。なんていったらいいかな。ウケたのよ。坊や、感動してるのよ」

「馬鹿にするない。ともかく、僕、帰ろう。家が恋しくなった、それに今日は木曜だしね」

「それがいいわ、お母さんによろしく」

私は夜勤明けの勤め人のように、朝の銀座を歩いた。途中でプレイガイドに寄った。

ポケットには、数か月分の給料に相当するような金が入っている。その余裕がひょいと思いつかせたのだろう。

芝居好きの両親のために、たった一軒やっていた東劇の猿之助歌舞伎の切符を三枚手に入れた。さすがに当日のは無く、翌金曜日の昼間の席だった。金曜の夜は、私の方がいそがしくなるからだ。

私は家に帰るなりその切符を出した。

「よく働くからって、社長がくれたんだよ」

「そうかい――」と母親は機械的に受けとって、「でも変な会社だねえ、どうして夜中ばかりいそがしいんだろう」

「夜中じゃないよ。夜がおそいから帰れなくなるだけだよ。気にしないでね、商事会社の特長なんだ」

「つい一昨日は、片腕のないルンペンがやってきて、金をよこせっていうんだよ。ああいう人とどこでつきあってるのさ、まさか会社じゃないだろうに」

上州虎だな、と私は思った。

「会社さ。あれでも労働者なんだ。さ、それより明日は久しぶりで皆そろって、芝居にいこうよ。たまには骨休みしなくちゃ」

父親も母親も、その切符を意外に喜ばなかった。むしろ一人息子《むすこ》を外に出していることの心労で、がっくり来ているようだった。

翌《あく》る日、出しぶる両親の背中を押すようにして、私は外に出た。なんとなく孝行息子のつもりになっていたのだが、しかし、その日はなんとついてなかったことだろう。

ともかく芝居がハネて、帰宅したのが夕方、夕食の膳《ぜん》をかこむ前に、私は父親と銭湯に行ったが、戻ってみると母親が半狂乱になっていたのだった。

「泥棒が――、泥棒が――！」

とそれだけいうのが一杯だった。

「泥棒が、どうしたって？」

「何もかも無いんですよ。簞笥《たんす》も押入れも空っぽよ――！」

すぐに近くの署から刑事が来た。紙に書きたててみると、被害点数が五十数点にも及んでいた。

近所の聞きこみから帰った刑事がこんなことをいった。

「あなた方が出かけられてから、片腕の男がお宅の周辺をうろついているのを見かけた者がいるんですが、何か心当りはおありですか？」

私は慌《あわ》てて母親から遠い所に刑事を引張っていこうとしたが駄目だった。

私は自分が両親から白い眼で見られていることに気がついた。

(我々をむりに芝居へ追いやっておいて、悪い仲間と組んで我が家の品物を盗んだのじゃないか――)

母親の眼がそんなふうに迫っていた。

四

その夜の九時頃、私はとうとう家を抜け出してしまった。

金曜日は米軍のペイデイだったので、オックスクラブは週で一番上客が多く、将校やシビリアンたちは夜明けまで遊ぶ者も多かった。私にとってもかき入れの夜だったのだ。

だが、そうした理由じゃなくて、ただ、家に居たたまれなかっただけだ。

刑事が帰ったあと、灯もつけず、咳音《しわぶき》ひとつしない静寂が家の中に続いた。戦争中も食糧と代えずにひたすら守ってきた物を失った母親は、虫が死んだように畳に横になったまま動かなかった。そのうえ、ただの泥棒じゃなくて、息子に裏切られたらしいという気持が重なっている筈《はず》だった。

もっとも親たちがそのことを口に出して私を責めたわけじゃない。だから私も弁明する折りがなかった。私自身もこの事件に仰天していたし、もしその機会が与えられても、どう弁明してよいかわからなかったのだが。

とにかく、こんな夜こそ、ちゃんと家におちついて居るべきだったろう。そして又こんな夜こそ、じっとしてはいられなかった。

オックスクラブは明かるく盛っていた。私はバーで、気つけにウイスキーを一杯貰《もら》い、ぐっとあおって奥の部屋へ行こうとした。バーテンの鈴木が近寄ってきた。

「おそかったじゃないの。待ってたんだよ、すぐ横浜に行ってもらわなくちゃ」

「横浜?」

「ああ、ママが、ぶち（打つ）に行ってるんだよ」

鈴木は牌《パイ》をツモる真似をした。

「あんたを待ってたんだけどね、おそいんで一人で行ったんだ。ところがそのあとで、ボスから電話さ。今夜、店に来るってんだよ。ママが居なきゃしようがねえだろう。だからすぐに行ってママと交替してきてくれよ」

「客は、誰なんだい」

「知らない。店の客じゃないらしい。ボスの電話の前にママから電話が一本入って場所を知らせてきたんだ。おそらくあンたをまだ呼ぶつもりだったんだろう」

鈴木は場所を記した紙片を私に手渡し、それからヴィックという店の客の、日本人運転手つきの車を用立ててくれた。

「いいかい。これにママを乗せてトンボ帰りだぜ。ヴィックも、ボスも、待ってるんだ」

私は運転手に紙片を渡すと、後部座席に横になって眼をつぶった。

ママは、私とのコンビ麻雀を試すつもりでお座敷を作ったのだろう。相手は、アメリカだろうか、日本だろうか。

だが今夜はコンビ麻雀はできない。その方が私は気楽だった。

あの頃の若い私が、まったくなつかしい。一人で自由に打たせたら負けるという気がしなかった。

私は徹底的な攻め麻雀だった。相手の手を読むなんてことはあまりしなかった。その必要がなかったからだ。何故《なぜ》といって、相手の手より、私の手の仕上りの方がいつも早かったからだ。

だがコンビ麻雀になるとそうはいかない。私はママに合わせなければならぬ。攻めと守りを時機に応じて使いわけるのである。すると、攻め、という私の武器を半分殺さなければならない。だからコンビを組むにはタイプを選ばないとかえって不利なのである。

おわかりかな。たとえば、三人が組んで一人のカモと打つとしよう。三人が組めばやすやすと勝てるだろうと思うのは素人である。

三人のうち一人が満貫をツモったとする。

カモが親なら満貫の半分の点数を払う。子ならば¼の点数である。いかにも満貫をアガったようだが、カモから出る点は微々たるものだ。三人が必死で満貫を一度ずつ三回ツモっても、カモが一度満貫をアガればパアなのである。

だから商売人はごく特殊な場合をのぞいて三人は絶対に組まない。振りこみが一箇所しかないという実に不便な制約があるからだ。二人コンビなら狙《ねら》いは二箇所になる。一人ならどこから出てもよろしい。力さえあれば、一人が一番打ちやすいのである。

――さて、車の中ですこし眠ろうと思ったが、眠れないうちに横浜に入っていた。本牧《ほんもく》の電車通りをまっすぐ走り、三溪園《さんけいえん》に近いあたりの赤いネオンの前でとまった。日本人立入禁止の札が出ていた。

（アメリカか――）

私はなんとなく、げんなりした。

五

二世が一人、白人が二人、それにママ。卓をかこんでいた四人がいっせいに此方《こちら》を見た。

「店に旦那《だんな》が来るんだってさ」と私は低い声でいった。

「僕がかわって打つからすぐお帰りよ。下に車が待ってる」

「アラ、そう。なんだろう。あの人もまたへんなときに来るわね。――それじゃ坊や、しっかり打ってよ。いつもよりレートが大きいんだから」

ママが三人の相手にそのことを伝えようと英語でしゃべりかけた。二世らしい男がママにしゃべらせなかった。

「オー、ノウ」と彼はいった。「私、ママたちの話、わかる。帰れないよ、ママ、駄目だ」

「何故なの、テディ――」ママもその男には日本語でいった。「あたし、用事ができたのよ、店に帰らないと、とても困るの」

「駄目さ。ママは一人勝ちじゃないか。勝ち逃げは、許さない」

「勝ち逃げじゃないったら」

「ママは、ここで、我々と、朝まで打つといった。一度言ったらそのとおりにするんだ。それがギャンブルさ」

「わからない人ね、テディ――」

ママはハンドバッグから財布を出すと私に持たせた。

「いいこと。あたしは帰るけど、お金は全部この彼に預けるわ。勝って帰るわけじゃないのよ。どうして勝ち逃げになるのよ」

「他の人間は関係ない。我々四人の問題さ」

なりゆきを見ていた白人が口を出した。

「どう《ホワッツ》した《アップ》、テディ」

「日本《ダム》人が《ジイス》逃げ《ジャップ》よう《ゴナ》とし《ゲット》てる《アウエイ》んだ」と二世。

「馬鹿《ドントビ》いわ《シリイ》ないでよ、彼《ヒズ》があ《ゴナ》たし《プレイ》の代り《インステッド》に《オブ》打つ《ミイ》のよ。逃げ《イッツ》るなん《ナンセンス》て《ツー》とん《シンク》でも《ゴナ》ないわ《エスケープ》」

「日《ユー》本人《ファッタン》は汚ね《ジャパニーズ》えか《プレイ》らな《ファアウル》――《ゲーム》」とテディははっきり英語で念を押した。「うまいこ《オールザタイム》と《ザッツ》いっ《ザ》て《ウエイ》これが手なんだ。この《ユー》手で《クリーン》我《ナス》々は《アウト》いつも巻きあげられるのさ」

白人たちは私の方を見た。

「彼《ダズ》が《ヒー》打つ《プレイ》って？」

「ま《ヒズ》だ子《ジャスト》供《ア》じゃ《キッド》ないか」

「弟《アイ》で《アム》す《ハー》――《ブラザー》」と私はいった。

「体《イズ》毛《ゼア》が《エニイ》生《ヘア》えそ《オンニユア》ろっ《チエスト》たかね《オールレディ》」

白人二人が変な笑い声をあげた。

私はママをうながしながらこういった。

「子供だって、博打は打つぜ」

「動いてみろ――――！」

二世は又、不意に日本語になった。

「明日、早速MPを店に行かせるぜ。そしたらどうなると思う」

「脅したって駄目よ」

「脅しじゃない。いいかい、この島は今、誰がとりしきってるんだ？　僕たちが怒ったら何でもできるんだぜ、忘れちゃいけないよ」

ママは煙草《たばこ》に火をつけて、ゆっくりと伏せた自分の手牌《てはい》を立て直した。

「妙なルールだことね」と彼女はいった。「じゃ、あたしが勝ってるうちは、いつまでたっても帰れないのね」

「オウ、それはちがう。いくらでも勝ちなさい。途中で止めちゃいけない。帰るのは、夜が明けたときか、誰かが破産したときだ、そういう約束だからね」

「わかったわ、やりましょう」

二世はニコッと笑ってサイドテーブルのウイスキーグラスを持ち、眼の上まであげて一人で呑《の》み干した。

「ロイ、ディック、ゲームを続けるよ《レッツゴー オブ カムオン》、さァ挽回しよう《レッツ テイク ア チャンス》」

「いいこと。あたし口惜《くや》しいからうんと勝つわよ。みんないくらぐらい持ってるのかしら、ねえ、レートを倍にしない」

「いいさ、いいとも」

急に愛想がよくなった二世がすぐに応じた。

「レートが倍だとさ《ディスタイム ゴーイング トウ ダブル ザ ベット》。ロイ、ディック、今度勝ちゃアいっぺんに戻せる《イフ ウイン ウイ キャン ゲット バック フォール ルート》んだ。面白えぜ《グッド アイデア》」

ママは私の方をじっと見た。

「車を帰してね。それから、そこで見て頂戴《ちょうだい》。せっかく来たんだもの、一緒に帰りましょう」

車を帰して部屋に戻ると、私は椅子《いす》をロイとディックの間に注意深くおいた。そこからは二人の白人の手が均等に見え、しかも対家のママが眼をあげれば、私の上半身の全貌がひと眼で視界に入る、そんな場所だった。

さっきの局はすんで、新しい局になっているらしい。ロイのもディックのも、配牌《はいパイ》はたいした手とも思えなかった。私は正面のママの顔に眼を移した。

彼女はオックスクラブでは絶対に牌に手を触れなかったから、私は彼女が打つのを見るのははじめてだった。

(――いい表情をしてるな)と思った。

戦争中、動員先の工場で、上州虎からこんなことをきいたことがある。

『勝負するときの顔つきを見りゃ、そいつの腕はわかるな。いい博打打ちってのは、勝負のときに、みんな、いい顔になるもんだ――』

(眼の動きがいい。三方に平均して視点を合わせている。かといって動きすぎてない。動くと同時におちつきの色がある――)

(きつい表情だが、きつさに湿《しめ》りがある。きっと柔軟な麻雀だ。筋がいいぞ。女の博打じゃァない――)

私は安心した。点棒をのぞいてみなくてもわかる。三局ばかりバタバタとすんだが、彼女の打ち方はトップ走者の動きだった。半チャンの後半を、早いテンパイで飛ばしてるところなのだ。ロイもディックも、一度もテンパイしなかったので、私はすこしも彼女の役に立てなかった。

私はポケットに片手を突っこんだままだった。それがノーテンのサインだ。

ママと私がきめた〝通し〟(サイン)はかなりの種類があったが、外人とやるときは、英語の不得意な私のために、言葉のサインでなく、動作のサインがきめてあった。

本当は複雑な会話は言葉のサインでないとできない。動作だけでは、何かを知らせる時の役にしかたたず、会話ができないのである。しかし、今日のところは私は実戦者でなくて、カベ役（実戦者のうしろに立ったスパイ役）なので、ロイとディックのテンパイを知らせるだけなら動作だけで充分役に立つ筈《はず》だった。

オーラスで、親のディックにチョイとした手がついた。

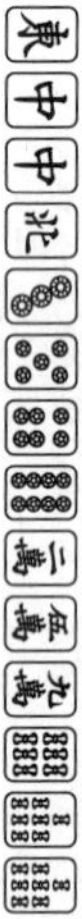

配牌《はいパイ》はなんということもない手だったのだが、ツモがよかった。筒子《ピンズ》がドッと入ってきた。ディックは万子《ワンズ》を切り出し、親なので中をポンして連チャンする構えを見せていたが、その中がしぼられているらしくなかなか出ない。

そのうち、筒子が貯まって索子《ソーズ》を圧迫しはじめた。

上家《かみチャ》のロイが筒子を二、三枚出していたが喰《く》う気配はおこしていない。そしてディックはをツモった。長考したのちを切った。すると次のツモがだ

った。私はハンケチを出して顔を拭《ふ》いた。親、危険、のサインだ。

ママは、しかし眼をあげなかった。

（わかったろうか——）

しかし二度、ハンケチを出すのは不自然だ。オーラスなのに、逃げの一手だ、彼女、何をモタついているんだろう。

ディックはをツモっていた。を切ればペン三筒待ちだ。だがを切った。二世が、をポンした。

ママが顔をあげた。を切った。ディックの右手がかすかに動いた。私は吸いなれない煙草をとりだした。次のディックのツモはだった。

私は煙草に火をつけて、鼻から煙りを出した。（筒子待ち——）右手の薬指を押さえ、左手の親指を押さえた。（四七、六九待ち——）

ママが又ツモ切りをした。だった。

ディックもをツモってそのまま捨てた。

「ロン——」

彼女が牌を倒した。万子《ワンズ》の面前チンイチだった。彼女の顔が美しく輝やいてみえた。

六

私は眠気を忘れて眺《なが》めていた。彼女はますますいい表情になっていた。私がここに来てからの半チャン四回とも、彼女のオールトップだった。

二世が一人でなだめ役にまわっていた。

「麻雀《マージャン》なんか《イズ》ツキ《オンリイ》だから《チャンス》な。レ《ヘイ》ディ《ディック》だと《ユー》思って《ウイプレイド》、最初《スチユーピッドリー》手を《ファスト》ゆる《タイム》めすぎたんだ。今度《ビコーズ》やる《シー》と《ワズ》きは《レデイ》そうは《ユーキャント》いかん《エクスペクト》がね《セイム》、な《ジス》ア、《タイム》ディック」

五回目の半チャンは三十分とかかからなかった。ママがアガリ放しで連チャンを許さず、ワンサイドにきめてしまった。

ロイが立ちあがって、オウ、ノウというジェスチュアをし、上衣やズボンのポケットを全部あけてみせた。

「借り《ブット》り《イット》だ《オン》――《マイ アカウント》」

「駄目《ノー》よ――」ママが鋭くいった。「キャッシュ《キャッシユ》という《オンリイ》約束だったわ」

ロイが又立ちあがって吠《ほ》えた。「なんて《ユー》女だ《サナマビッチ》！　俺は《アイブ》もう《オールレデイ》二千《ロスト》ドル《ツー》も出《サウザンド》して《ダラーズ》るんだぞ《ファッツ》。借り《ロング》が《ウィズ》何《ア》故悪い《クレジット》」

「テディー」とママがいった。二世は弱い笑いを浮かべてロイにいった。

「軍票でもいいがね《ユー キャン ペイ ウイズ アーミー ノート》」

「何だろうと無い！《イット ダズント マター ウイ ハブ ノー マネー アト オール》」

「いや、むろん、あったらの話さ《アイ シー ウエル ツー バット アイ キャント ヘルプ イット》。無きゃア、しかたがないだろう」

「そう、じゃアこれでやめましょ《ウエル ゼン ザ ゲーム イズ オーバー ナウ》」

「そうだな、やめるか《レッツ クイット》」と二世も案外素直な声を出した。「僕も八百ドルばかり負けてるがね《アイブ ロスト エイトハンドレッド ダラーズ ツー》」

ロイが叫んだ。「俺は二千ドルだ《ヘイ アイ ロスト ツーサウザンド ダラーズ》」

「あたしは主人をしくじったわ《アズ フォア ミー アイ ワズ ファイアード バイ マイ ボス》。このくらいの勝ちじゃまだ足りないくらいよ《イット ワズント ワース イット》」

「ちょっと待てよ、なァロイ《ウエイト ヘイ ロイ》、君も博打打ちだろう《ユー セッド ユー アー ハスラー》」二世がとりなし顔でロイとディックを立たせた。「勝負にケチをつけるもんじゃない《ドント プット ア ダンパー オン ザ ゲーム》。日を改めて又やろう《レッツ プレイ アナーザー タイム》、この次はこんなふうにはならないよ《ウィル メイク アワー オウン コンディションズ ネクスト タイム》」

二世は二人の白人をなだめすかしながら隣りの部屋に行った。

ママは放心したように牌《パイ》を見ていた。私はクスリと笑った。

「遠慮しなかったからね」と彼女はいった。「——もうこんな連中とは、二度とやらないもの」

二世が部屋に戻ってきた。

「やァママ、立派な麻雀だったよ、おめでとう、車がないだろ、東京まで送ろう」

「二人は?」

「帰ったよ」

ママと私は二世の車の後部座席に並んで坐った。急に疲れが出て、私はトロトロと眠ったようだ。ママも眠ったのかもしれない。

「どこなの? ここはどこ?」

というママの声で私は身をおこした。

「東京さ——」という運転席からの返事だった。

「東京はわかってるわ、東京のどこなの」

「さァ、そいつは日本人のほうがくわしいだろう」

左手に大きな河があり、車はその堤《つつみ》の上を走っていた。右手は畑だった。東の空が白みかかっていたが、まだ暗い。

「多摩川《たまがわ》、かしら——」

車がとまった。

「そう、こんなところでね」とママがいった。「テディ、あんたのやることって、いつもこうだわ」

「だが送ってきたぜ。ガス代を貰《もら》おうか」

「なによ、それ」

「ガソリンを喰《く》ってるんだよ」

「そうなの。いくら?」

「ママのバッグ全部さ」

二世が私たちの方に向き直った。右手に黒いものが握られていた。

「冗談でしょ、テディ」

「ノウ、僕は奴等に勝っちゃまずい。だからママにかわりに勝って貰ったんだ。今夜のアガリは、僕がもらうべき金なんだよ」

せまい車の中だった。二世は腕をのばしてバッグをむしりとったが、私たちは抵抗できなかった。

「さァ、おとなしく車からおりてくれ、射たないよ、射つもんか。でも弾丸は入ってるんだ、いいかい、この島をとりしきってるのは僕たちなんだからね。――さァ、弟さんから先へおりるんだ」

私たちは堤の上に並んで、二世の車が走り去るのを眺《なが》めていた。

ママが草の上に崩れ折れた。烈しい嗚咽《おえつ》が洩れた。私はすぐに抱えおこしたがなんの言葉もかけられなかった。

無言で、腕の中の白い顔をみつめていた。烈しい寒気が私たちを襲っていたが、そのおかげで、ママの身体の暖かさを感じることができたようだ。

麻雀を打っていたときのいい表情が、ママの顔から消えていた。でも、弱くて、小さな女の顔になっていた。私ははじめて、ママでなく、八代ゆきという女の顔を見たように思った。

ガン牌《パイ》野郎

一

数寄屋橋《すきやばし》の袂《たもと》にある広告塔がジングルベルをくりかえし流している。露店の品物に眼をおとしながらいく人波にも師走《しわす》の色が濃い。

餓《う》えと同居している心細さはあったが、ともかく人々は、平和なクリスマスを、空襲のない正月を、久しぶりで迎えようとしていた。

私は、日劇の地下にできた麻雀《マージャン》クラブにしばらく通いつめていた。街には、いつのまにか、麻雀をやらせる店があちらこちらに誕生していた。

戦争前には、盛り場の横丁には必ずビリヤードがあったものだ。玉突き場は大きな台を水平におく関係で本建築に近い足場が必要になる。麻雀ならばバラックでも何でも商売ができる。玉突きがすたれて麻雀が流行しだしたのもそんなふうな理由が含まれているだろう。

日劇の地下のクラブは、学生や勤め人が主な客で、いわゆる健全な遊び場だった。賭《か》け金は小さい。しかしほとんどが初心の客で確実に勝つことができた。昼頃にもうメンバーが集まり、夕方すぎには帰っていく客が多い。その点も私には好都合だった。

で、オックスクラブにはあまり顔を出さなかった。ママと仲たがいしたわけじゃない。それどころか、私の方では、この頃になってはじめて、燃えるような男の感情が芽生えていたのだ。

それは、多摩川の河原で二世野郎にカツアゲされて有り金を巻きあげられ、夜明けの寒風にさらされながら身体を寄せあった、あの時以来のものだ。

すべてのもくろみを叩《たた》きこわされて、切歯《せっし》しながら、それでも手も足も出ず泣きむせぶばかりだったママ。それは私を所有し、博打で男を手玉にとる女の姿とは思えなかった。偶然、私はその弱くあわれな生き物を胸の中に入れた。そのことで、ママにというより女に対する関心が育ちはじめたのかもしれない。

私は、ママを、弱い女としてずっと私のそばにおいておきたかった。ママを所有している旦那《パトロン》の存在が、不意に、うとましくなった。

ママから独立し、ママに攻めこみ、ママを虜《とりこ》にするためには、オックスクラブから離れて私独自の稼《かせ》ぎ場を作る必要があった。私はママに対して、一人前の男になろうとしていたのだ。

それはともかく——、日劇地下のクラブで清水という男と知り合った。

私よりずっと年上だったが、それでも二十五、六だったろう。みんながうす汚れていたその頃に珍しく、色白の美青年で、長髪にべっとりポマードをぬりたくっていた。

もっとも美青年であるなしにかかわらず、すぐに私は彼の存在を気にとめていただろう。

初心者クラスの多いそのクラブで、常連の中で必ず勝つのは、清水と私だった。

クリスマスイヴの日の夕方だった。私はそろそろ帰るつもりで入口近くの空いた椅子《いす》に腰をおろしていた。ポケットをまさぐった。すると横からラッキイストライクの箱がぬっと伸びてきた。

「煙草《たばこ》でしょ——」

それが清水と口をきいた最初だった。私は礼をいって一本抜きとった。

「あんた若いけどやるねえ」と清水はいった。「まだお相手したことはないけどどうして本筋の打ち手だよ。よっぽど小さい時からやってるでしょ」

「いや、まだヨチヨチ歩きですよ」

どうです、と清水は白い歯を見せながら誘った。

「これから日本橋の知ってるクラブへ行くんだけど、一緒に打ちませんか。なァに、メンバーは甘いですよ。レートはここより少し大きいけど」

私はなんとなくうなずいた。新しい仕事場は欲しかったところだ。

清水は白いオーヴァコートを羽織り、外へ出るとすぐに輪タクをつかまえた。私たちが行ったのは、小伝馬町《こでんまちょう》の問屋街の中にある焼け残りの一角だった。しもた屋風の家で二階の畳敷きの部屋にとおされた。しかしメンバーは誰も居なかった。

「今夜はイヴだからねえ。皆、呑《の》み歩いてるんじゃないかな。でももうくるでしょ。ちょっと待ってください」

主人《マスター》がいった。十畳ぐらいのその部屋の中で、主人は、電流が通じるようになった木の箱を使ってカステラを焼いている。子供が来て焼きあがったものに手を出そうとした。

「馬鹿、行儀が悪い、下へ行ってなさい」

そして、主人は一切れをつまみあげると、パクッとかみついた。

「そうだ、ここのルールを説明しておこう」

と清水がいった。

「あそことちがってね、ここは半チャン単位じゃありません。一局精算。振りこんだら点棒じゃなくてお金で払うの。ブン屋ルールね。それで千点五百円」

「五百円――」

こりゃ大きい。ヤミ市の品物が十円単位、勤め人の給料が五、六百円という頃だ。もっとも点数の方もアールシアール麻雀で小さいアガリが多かったが、日劇地下は同じルールで千点三十円だった。

ごくっと私は生唾《なまつば》を呑んだ。懐中にお金はすこし貯まっているが、それでも二、三回振りこんだらやめて帰らなくてはならない。

私たちはビールを呑み、主人はカステラを喰《く》い続けながら待った。

まもなく陽気な酔っ払いが二人、階段をあがってきた。

主人が用意した卓のところで、場所きめの牌《パイ》をつかんで張り切っていた。

「マスター、四人揃《そろ》ったよ。入らなくてもいい」

「いや、俺《おれ》やるよ」

「だって、四人居るんだってば」

「だから一人見ててもらってさ、なに、あとまたすぐできるよ」

「おい、客が揃ってるんだぜ」

「客もクソもあるかい。やらしてくれよ」

「しようがねえなァ」と酔っ払いも苦笑した。「ここの親爺《おやじ》、勝負になると見境いがなくなるんだ」

「いいよ、じゃ、こうしよう――」清水がいった。「五人麻雀やろう。振りこんだら見学者と交代さ。ツモあがりは交代なし。それなら五人でできるだろう」

二

私は東々と紅中《ホンチュン》をポンして居り、ツモ切りを続けていた。誰の眼にもテンパイだ。

清水が対家《トイチャ》だった。清水の下家《しもチャ》のマドロスパイプが筒子《ピンズ》をガメっていた。まァしかし、よくてイーシャンテンという頃合いだ。

私の下家のロイド眼鏡《めがね》が三萬を捨てた。山はマドロスパイプの山だった。ふうむ、と清水がいった。

「これは、喰《く》っとかなくちゃいけないな」

清水は四萬伍萬で喰って九萬を捨てた。マドロスパイプが北をツモ切りした。私のツモ牌はだった。私は手牌がオール索子《ソーズ》でできあがっており、ここが勝負と思っていた。で、をツモ切りした。

「ごめんなさァい、失礼、ほんとに失礼」

清水が女のような高い声をあげて牌を倒した。

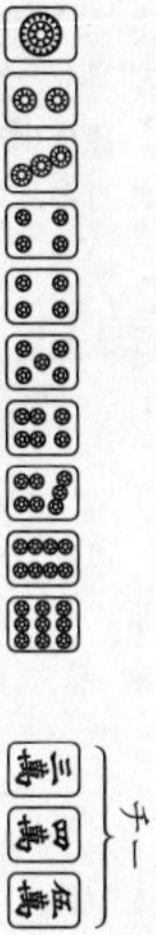

オヤ、と私は思った。どこがおかしいというわけじゃない。一気通貫で立派なアガリだ。安全な万子《ワンズ》を開いて、危険な筒子《ピンズ》ばかりにするだろうか。清水程度の打ち手ならそんな手がツマるような打ち方はしない筈《はず》だ。しかも喰ったためにはマドロスパイプに入らずに私の方に流れ、私の方に来れば不要なできわどく一気通貫をこしらえた。鮮やかすぎるような気がしたのだ。でも山は清水の所ではなかった。私は金を払うとだまって退いて主人と交替した。

なんとなく、清水の手をのぞいていた。次の局は簡単にマドロスパイプがツモって交替なし。

次は清水の親だった。

配牌《はいパイ》はどうという手でもなかったが、三、四巡目にと続けてツモって一気通貫が又出来あがった。

彼は、唇をペロリとなめまわして場をにらんだ。それからおもむろにを捨てた。

次のツモはだった。清水は当然のようにを捨てた。すると、すぐにロイド眼鏡がをツモ切りした。

「おお、勘が良い！」

清水はふりむいて笑うと牌《パイ》を倒した。

「僕のは勘の麻雀だからね」

私は半信半疑でこの奇妙なアガリを眺めていた。勘の問題じゃないのは明瞭《めいりょう》だ。しかし、どうなっているのだろうか。今度も清水の山でなく主人の山をツモっていたのだ。では偶然だろうか。

ロイド眼鏡の捨牌は筒子がいくぶん安くても先に一つ捨てられていた。そ

のへんを考えるとやはり偶然ではないように思われる。

私と交替するときに、ロイド眼鏡がこんなことを呟《つぶや》いた。

「又、清水ちゃんのガン牌読みにひっかかったな」

「全くな」と主人が応じた。「これがあるからかなわねえよ。この牌はつい二十日ぐらい前にオロしたんだぜ、それをもう、ガンで読みやがるんだ」

「そうじゃないさ、だって今のは下山だったぜ。竹の模様が下山で読めますかよ」

「ガンは竹の模様ばかりじゃねえ。そうだろ清水ちゃん」

「嘘《うそ》だよ、そんなこと。カン五索じゃ、この場は出やしないよ。出易いテンパイにしていくのは当り前じゃないか」

「いいさ、いいさ」とロイド眼鏡《めがね》がビールをあおりながらいった。「承知でやってるんだから、俺が悪いんだよ」

私は内心で、すこし安心していた。

(なんだ、ガン牌か――)

なるほどさっきのも今のさばきもガン牌のせいだとしたなら納得がいく。

ガン牌とは、牌の模様や色を目印しにして牌の中味をおぼえこんでしまうことだ（透明な薬液を塗って目印しをつける方法もある）。

おろしたての牌をおぼえるのは並々ではないが、使い慣れた牌ならよくあることだ。

レートの高い麻雀のために私は緊張して、清水の秘技を何かもっと奥深い技と考えすぎていたらしい。

とにかくいそいで私は対策を考えた。

アールシアール麻雀のひとつのコツは、相手のテンパイの時点を、確実に読んでいくことである。何のテンパイか、よりも、いつテンパイしたか、が大切なのだ。

リーチ麻雀とちがって、誰もテンパイを公表しない。だから中盤にきたら、公共安全牌の処理に注目する。安全牌を簡単にツモ切りしてる男は手の中に無駄牌をおく余裕がないのだからテンパイと見なければならぬ。手から安全牌が出てきたときも、テンパイした時と見なければなるまい。

清水がテンパイした時は、その直後のツモ牌に気をつけること。もうひとつ、清水がポンチーしたら、直後の牌をツモ切りしないこと。

しかし清水はワンサイドによくあがった。他の三人も決して拙《まず》い雀士ではないが、清水のスピードに押されてる感じだった。

清水が、主人の大きな手をスカすような感じで私の安い手に振りこむと、さっと交替した。

ちょうどそこに、私たちの注文した重箱弁当が届いてきた。

主人がまた大きな手をガメっているらしく一投一打に気合がこもりはじめた。

「おい、清水ちゃん、こりゃどう切るかね」

主人は対家のうしろで弁当を喰《く》っている清水に声をかけた。すると清水が、その場を動かず、首だけ向けてこういったのだ。

「ああそりゃ、今の切り出しがまちがってたよ。マスターの右から三枚目を切っておけばアガリになるけどね」

清水のところからは、牌の背のほかは、全然、主人の手は見えないのだ。

「そうか、なるほどね」と主人も不思議がらずに言葉を返した。「じゃこうするか」

「ア、そりゃ益々わるいよ」

「やァ、そうか、やっぱりだ！」二、三巡すぎてから主人が大声をだした。

「そうだろう」と清水も飯をほおばりながらいった。

「仕方がないから、左から五枚目を切っときなよ。それで様子を見るんだ」

私は慄《ふる》えた。彼は全部の牌を覚えこんでいるのだ。対家のうしろの方から、見てもいない手をコーチしている男を、私は呆然《ぼうぜん》として見守った。

三

何度目かの親で、私は緊張してサイを振っていた。サイは7と出た。すぐ対家《トイチャ》の清水が振って3。計10の所からとりはじめる。

サイの目は申し分なかった。私は必死の心境になっていた。生まれてはじめて、ママの所で練習した要領で積みこんでみたのだ。

私の山の右端から、🀞🀟🀠とツモってきた。次は🀝の筈《はず》だった。ゲンロク積みである。現今はこの手はもう古いが、その頃はまだ立派な武器として通用していた。

清水がツモリかけて、何気なさそうにひとわたり牌山を見渡した。

「へええ、ははあん——」

彼はニコッと笑って私の顔を見た。

「喰《く》わなくちゃいけないかな。でもまアまアいいでしょう。ご遠慮なくどうぞ」

　私は又慄えた。

(上ツモに積んじゃいけない。すぐにバレるぞ。やるなら下ツモの時だ——)

　下ツモだってどうかわからないが、しかしこの相手では漫然とやっていたらどんな目に遭うかわからない。

　私は今度は下山に積みこんだ。發發中中中とツモった。□は配牌で一枚あった。主人から發が出、私はポンをして□単騎になった。

□は一枚、私の下山にあり、ポンをしなければツモる線だったが、ポンをしたために私の上家《かみチャ》のロイド眼鏡《めがね》に行く順になった。すると清水が主人の牌《パイ》をチーした。

しめた。私のツモ順にしてくれた、と思ったのも束《つか》の間、清水が又チーした。アッと思うまもなく、□は主人がツモっていった。

(ツモ切りしろ——!)

　主人の腕は大きく弧を描いて□を卓に叩《たた》きつけた。私は両手を浮かしたが、その前に清水が牌を倒していた。白単騎のアールシアールだった。

　結局、十二時すぎにロイド眼鏡が破産して終了した。ロイド眼鏡と主人の二人負けである。私も勝ってはいたが、勝ったような気はまるでしなかった。私はぐっしょり全身に汗をかいていた。

　私と清水は連れ立って表へ出た。

「面白いクラブでしょ、又いつでも来てください」

　清水はオーヴァコートの襟《えり》を立てて日本橋の方へ歩きながら、愛想のよい声でいった。

「ええ、でも驚いたな。怖い麻雀をやっちゃった」

「はっはっは、何故？」

「最初の🀜打ち、あの時ドキンときた。ねえ清水さん、どうやったらあんなに牌が覚えられるんです」

「覚えるって、ああそうだ、いいこと教えてあげる。ピンコロ、特に、🀛🀜🀟🀠なんてのは牌の横見るとわかりますよ。ピンズの彫りの端がうっすら臭うのよ、黒ずんでる場所が数によってちがうでしょ、今度見てごらんなさい。すぐわかるよ」

「でも筒子だけじゃなさそうだな」

「まアねーー」彼は微笑した。「そのうちコツを教えますよ」

「とにかく僕ははじめてです。あんたみたいな打ち手は」

「アメリカ人の方がラクかな」

「え？」

「ねえ、オックスクラブへ行ってるでしょう。知ってるよ。僕にもあそこを紹介してよ。あんたと組んでもいい。二人でやれば絶対さ」

私はあいまいに微笑した。オックスクラブを紹介することはいい。しかしそのかわり、清水の秘技を教わりたい。

私はもうすこし清水から聞きだしたくて、例の上野のかに屋に一杯呑《の》みに誘ったが、清水は再会を約して広い昭和通りを渡っていった。

なんとなく泥棒の一件以来、家に帰りにくい感じになっている私は、上野で呑《の》もうかと思案しているうちに、キキーッ、という烈《はげ》しいブレーキ音と、何かが破裂したような音を耳にした。

進駐軍のシボレーが不自然な角度で止まっていた。白いオーヴァコートが地に這《は》っていた。車から飛びだした米軍将校が、駈《か》けつけた私に背を向けて、オーヴァコートを抱きかかえ、車の中に運びいれた。

清水の顔が、ダラッとさがっていた。

私が口を出すすきもないうちに、シボレーが走りだした。あの眼のいい清水が、皮肉にもこんな消え方で居なくなってしまったのだ。

その後、私はこんなタイプのバイニンと会っていない。ピンズのや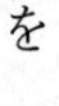をためつすがめつしてみたが、彼の冗談としか思えなかった。だから私にとって、これほど見事な、ガン牌処理法はまだ謎《なぞ》である。

夜更けの譜

一

久しぶりで上野の〝かに屋〟に寄って酒を呑んでいたら、うとうとっと来た。清水に紹介された例の日本橋のクラブで〝仕事〟をぶった帰りだ。

ふと顔をあげたら、カウンターの向こうにドサ健が居た。まっ黒い顔をした少年を二人連れている。

「よゥ、景気はどうだい」

「まァまァだよ」と私は答えた。

「オックスクラブかい」

「あそこもだけど、いろいろとね」

「そいつァよかったな」

ドサ健が店の親爺《おやじ》にいった。

「もう一杯呑《の》ましてやってくんな。俺の相棒にさ」

私は熱い酒がコップになみなみとつがれていくのを眺めた。

「健さんの酒は怖いな」

「はっはっは、今日はちがうよ。俺《おれ》ァ今ちょっとした景気なんだ」

「そうらしいね――」と私もいった。

「オックスクラブにあれから姿を見せなかったものね。よっぽどいい巣が他にできたんだろう」

ドサ健は立ちあがって私の隣りにくると、突然こんなことをいいだした。

「日本は復興してるぜ」

彼はコップをひと息にあけた。

「平和日本の建設だってよ。だがごまかされちゃいけねえ。平和なんてこの世にあるものか。そんな言葉にのせられて、世間と仲よく手を握りあったつもりでいると、結局俺《おれ》たちは喰《く》われちまうだけなんだ。世間の上の方と下の方とは、喰うか喰われるかなんだからな。なァ、そうだろ」

私は、自分の酒を、ちょっぴり呑《の》んだ。

「俺たちが、豚みたいにじゃなく生きてくためには、自分流儀の生き方を、頑固《がんこ》に作る必要がある。お前だって、そう思うだろ」

私は、何故だかふっと、中学の同級生のことを思い出していた。四年も一緒の教室に居て、今は、私の知らないそれぞれの上級学校へ進学してしまった奴等《やつら》のことを。

「俺ァ今度、社長になったぜ」

ドサ健が又不意にいった。

「へえ、なんの会社？」

「博打会社さ」

私は又、酒をあおった。

「なるほどね」

「なるほどって、お前、わかったのか」

「わからないけど、何となく感じさ」

「博打はやっぱり麻雀さ。麻雀に限る」ドサ健はいった。「麻雀は運じゃない。腕だ。それに複雑だから遊びとしたって面白《おもしれ》えだろ。サイコロやバッタはもうだめだ。これからは麻雀がはやる。今に日本じゅうの馬鹿がやりだすにちがいねえ」

「この上野界隈《かいわい》でも、もう十軒ぐらい麻雀クラブができてらァ」とドサ健は続けた。「いろんな店から俺《おれ》ン所に、世話役になってくれってきてるんだ」

「十軒とも全部かい」

「いやまだ全部じゃねえさ。だがな、俺が世話役になった店は、客が増えるんだ。社員が行って他のところから客を勧誘してくるからな」

「ふうん」

「そのうちどこの店も、俺と関係したくなるだろうよ」

「――つまり」と私はいった。「愚連隊だね」

「まァな――」とドサ健もニヤリとした。

「だがそうばかりでもねえんだ。もっと高級なこともやるんだよ。どうだい、お前も来ないかい」

「社員にか？」

「ああ、社員にだ」

向こう側で飯を喰《く》っている浮浪児らしき二人の男の子を私は見た。

「あの連中も、社員かい」

「そうさ」

「どんな仕事をやらせてるの」

「まだ俺《おれ》のところへ挨拶《あいさつ》に来ないこの一帯の店に入りこんでいって、どんな客が来ているか、客色を調べてくるのさ。俺の方じゃそれを全部帳簿につけておいて、筋のいい客となりゃ、別の社員が出かけていってその客と打つようにしむける。それで末は鞍替《くらが》えさせるんだ」

「女郎の玉抜きみたいだね」

「どんな人間だって使い道があるものさ。今俺ン所にゃ子供から年寄りまで社員がいる。もっとも向こうにその気があればの話だがな」

「ははァ、それで、つまり、あんたは平和をつかみかかってるってわけだね」

親爺《おやじ》、もう一杯ずつおくれ、ドサ健はいった。

「あの、虎《とら》とかいったな、一本腕のおっさんに、あの子たちの取締りをやらせてるのさ。どうだい、適役だろう」

そうか、と私は思った。この間、家に入った三人組の泥棒は、上州虎と浮浪児たちだったのか。

「虎さんも妙なところで活躍してるんだね」

「どうだい。お前も、さっきは冗談でいってたんだが、俺とお前とで組む仕事が、ちょうどあるんだよ」

「組むのか、健さんと」

「ああ、ドサ健と、坊や哲だ。このコンビはいい。打ってつけなんだがな」

「社長と、社員だね」

「そうさ。——おい、単純に組み麻雀を一発やろうって話じゃねえんだぜ。そんな、ひと晩の稼ぎのわけ前に、社長も社員もありゃしねえ。話ってえなァもっとデカいんだよ」

「いや、聞かねえよ、健さん」と私はいった。「せっかくだが、僕も、誰とも手を握りたくないんだ。手を握ったって、僕に平和なんぞ来ないいんだろう」

二

暮から正月は、よく稼げた。

ほとんど連日、例の小伝馬町《こでんまちょう》のクラブで打った。清水は死んだかどうか。クラブの連中にも正確な噂《うわさ》が入らないまま日がすぎていったが、その後一度も姿を現わしていない。

とにかく、彼が居なくて私はホッとした。清水があの夜、自動車に飛ばされなかったならば、私は二度とこのクラブに足を向けなかっただろう。

そこで初顔のメンバーと会うたびに、清水のような技を警戒して、私はかなり相手を注視したが、まァ大丈夫という人たちばかりだった。

それぞれに麻雀の年季は入っている。決して下手ではない。しかし大部分がブローカーで、あぶく銭を持ちすぎていた。

銭の有る奴《やつ》と無い奴がやったら、必ず無い方が勝つ。銭の有る方にはその分だけ遊ぶ心が混じるからである。ポーカーやサイコロのように最初に金を張り、金の圧力がものをいう博打は別だが、銭あと出しの麻雀などはこの法則がきちんとあてはまる。

ブローカーたちは、あぶく銭と、そして絶えず酒気を帯びていることが作用して、腕力以下の気ままな麻雀を打ち、私をうるおしてくれた。そのうえ、私はそのクラブの近隣に住む別口のメンバーとも親しくなり、付近に二、三軒あったクラブにも出入りするようになっていた。

徹夜のメンバーがある夜は、それでよかった。メンバーがないと、寒い道を上野まで行って、〝かに屋〟で酒をなめながら、ウトウトした。かに屋は夜明かしだったからそれでよかったが、朝になると追い出された。

旅館はその頃まだ眼につかなかったし、よく探せばあったにしても、そういう才覚はまだ無かった。暮から算《かぞ》えて一週間以上も、家に帰っていなかった。

暮から正月にかけて、普通の会社ならば休みの筈《はず》である。そのときに家にいることができない。もっとも、暮も正月も、私には何の情緒ももたらさなかったが、家族には弁解を重ねなければならない。それがきつかった。

上野駅の地下道にうずくまって、朝からすこし寝た。あぶれた女と石畳の上で抱き合った日もあった。

オックスクラブのママのことが、むろん念頭にないわけではなかった。私はしばらくの間だけ、彼女のことを忘れようと決意していたが、麻雀を打っていないときは、いつも心がその方に向いていた。

七草が終って数日たった頃、その日は朝方の雨からみぞれに変り、さらに雪模様になった寒い日だったが、ふと、

(今日は火曜日だ――)

と思いついた。すると矢も楯《たて》もたまらず、夕方になるのを待ちかねて銀座に出た。火、水、土は、ママの身体が空く日だった。

私はまっすぐオックスクラブに入っていった。

しかしママの姿が見えなかった。バーテンの鈴木がいた。

「どうしたい？」

「ママは？」と私は聞いた。

「さァな。自分で探しな」

私は奥の部屋に行った。GIたちが陽気に騒いでいた。それはすこしも前と変らなかったが、蝶《ちょう》タイをしたマネージャー風の男がいて、鋭い眼つきで私の入室をとがめた。

私は自分の名をいった。

鷲鼻《わしばな》のジョニイがちょうど来ていて、

「ヘイ――！」

先夜のことは忘れたように私の方へ腕を差しだした。

「ママは、まだ来ていないんですか」

マネージャーは、ああ、という顔つきになり、うすく笑いを浮かべて、

「麻雀をなさるんですね。メンバーが空き次第お呼びしますから、しばらくバーの方でお待ちください」

私はそれで、誰とも口をきかずに、じっと待った。

一時間ほどして、ボーイが呼びにきた。

鷲鼻《わしばな》たちの卓だった。

「この前は面白かったな、又あんなふうにやろうぜ」と彼はボクシングの真似をしてみせた。

鷲鼻は今夜はツイているらしい。手の仕上りも早く、綺麗《きれい》な奴《やつ》をさかんにこしらえた。

一チャン目が鷲鼻のトップ、二チャン目が私、そして三チャン目はやはり鷲鼻と私がセリ合っていた。

南の鷲鼻の親で、親のリーチがかかっていた。私の手は、

🀄🀄🀄🀉🀊🀋🀌🀟🀟🀠🀐🀑🀘

索子《ソーズ》は場で高くてちょっと振りきれない。といって🀟🀠もとおっていない。彼の捨て牌《パイ》からすると万子《ワンズ》は安くてとおりそうなのだが、🀊振りのリーチだった。

万子を早くたくさん捨てているのに、何故《なぜ》🀊をそこまで持っていたのか。シャンポン或《ある》いはカンチャンのテンビンをかけていて🀊を持っていたとすると三

六万はどうも安全とはいいがたい。

私は🀒をツモってきた。何か捨てねばならない。🀠か、それともペン三万は嫌だから🀌か。

ちょうどそこへ、ママが入ってきた。

私は二重にほっとした。ママの顔を見た安堵《あんど》、それから、ママが鷲鼻《わしばな》の手を見てサインを送ってくれるだろうという安心感。

私は必要以上に大きなジェスチュアを作って捨て牌を迷っている振りをした。

ママは感じなかったはずはない。

けれども何故か、私の方も鷲鼻の方も視線をよこさず、すっとそのまま通りすぎていった。

私は又もだえた。🀠を振ろうか、🀌を振ろうか。🀄を三枚切りおとしていけば何のことはなかったのだが、彼我の状況を考えると親リーチを野放しにしておきたくなかった。

私は🀠を捨てた。

鷲鼻がいきおいよく牌を倒した。

「おー、お前はそう悪い人間じゃない。いいとこあるよ、ロン！」

三

外は雪になっていた。

GIたちがそれぞれの車で四散していったあと、従業員が帰り仕度《じたく》をして三々五々とあらわれた。

うすい頭巾《ずきん》のようなもので頭を包んだママは、一人で大通りの方に行った。輪タクでも探しているらしい。

「ママ――」

私は声をかけた。だがママはあいかわらず機嫌《きげん》が悪かった。

「どうしたの？　お正月はお家でのんびりお酒でも吞《の》んでたってわけ？」

「ちがうよ――」

私はどういうわけか子供っぽい声音になっていた。

「京橋《きょうばし》の角を左へ曲ってちょっと歩くと左側にまだやっているお店があるわ。そこへ行ってらっしゃい。私もあとでいくから」

私はいわれたとおり、おそくまでやっている喫茶店風の店をみつけて、ガソリン臭い焼酎《しょうちゅう》を吞んだ。

何故かママは大分おくれてやってきた。

「ママの旦那がうるさくなったのかい。あのマネージャーみたいな男は、見張り役だろう、やっぱりこの前の夜のことが、たたったんだな」

「――なにさ」

ママは大きな眼で此方《こちら》をにらんだ。

「音沙汰《おとさた》なしのくせに」

「でも案じてないわけじゃなかったんだ。それどころか、ママのことばかり考えてたんだぜ」

「アラ、どんなふうに」

「ずっとぶちにまわってたよ。日本人相手のクラブで大分顔を拡げた。稼ぎも増えたし、まだママの収入には追いつかないかもしれないけど、でももっと稼ぐよ。ママがあのクラブをやめても心配ないぐらいね」

「ありがたいわね。でも誰がそんなことを頼んだの？」

私は眼をつぶってグラスをあけた。

「あたしとの約束をちっとも守らずに、姿を見せないから、予定した稼ぎ場をずいぶん逃がしたわ。あんたはすべてをスッポラかしといて、頼みもしないことを一生懸命やってくれたのね」

「ママが好きになったよ」と私はいった。「ママを女房にしたい」

彼女は呑《の》みかけたグラスを口のところで止め、それを下においた。

「坊や、本気なの?」

「本気さ。坊やなんていわないでくれ。僕だって男だ。ママを旦那からひっさらう権利はあるぜ」

「いつから、あたしを好きになったの」

「最初からじゃない。最初はとおりすがりの女だと思ってたんだ。だからママの助手でも我慢できた。でもそうはいかなくなったんだ」

下においたグラスをじっとみつめ、それから彼女は眼をあげた。

「出ましょう。家へ行ってゆっくり話しましょう」

私たちは又、降りしきる雪の中へ出た。

「ママの家へは行かないぜ」と私はいった。

「何故《なぜ》なの?」

「僕はお金を持ってるんだ。僕は全然知らないけど、ママはくわしいだろう。ホテルでも、旅館でもいい。そこへ行ってゆっくり話そう」

さすがにもはや人通りも車の往来もなく、銀座通りは白一色に染まって静まりかえっていた。私たちは焼ビルの入口のところで襟もとに入りこむ雪を払った。

「ママは僕を嫌《きら》いかい」

彼女はじっと夜空を見上げていた。私はうしろから羽がいじめのようにし、彼女のうなじに唇《くちびる》をつけた。

「坊や、今夜はどうかしているわ」

「僕は本気だといってるじゃないか」

「あたし、お婆ちゃんよ」

「いいよ、僕の女だもの」

「それにね――」と彼女はいった。「あんたは子供だから、好きだの嫌いだのいってるけど、大人はそうはいわないわ」

「大人は、なんていってるんだ」

「さァね――、でも、きっと、もっと他のことで生きてるのよ」

彼女は私の身体から離れて雪の中を歩きだした。

私もすぐにあとを追い、ポケットから札をとりだして彼女の手に握らせた。

「さァ、ママ行こうよ、ママがホテルへ来てくれたら、僕もすぐに一人前の大人になれるんだ」

「行くわ」

彼女の足並みが大股《おおまた》になった。

「でも今夜だけよ」

「何故」

「何故でも」

雪の中を歩いて私たちは新橋までいき、焼け残った古い家に泊まった。でも彼女は夜が明ける前にいつのまにか居なくなっていた。

そのとき、私は彼女のために、ひとつの計画を思い浮かべたのだ。

四

妙な手がきた。

これが配牌《はいパイ》だ。
どこが妙だか、わかりますか。

もともと、配牌をとるときにひとつの作法がある。まず最初、第一ブロックの四枚をとってきたら上の二枚を左に、下の二枚を右に並べる。第二ブロックの四枚も、上二枚は左に伸ばしておき、下二枚は右に伸ばしておく。第三ブロックの四枚も同様、最後のチョンの一枚を右端において、理牌《リーパイ》せずにそのまま、配牌全体の様子を眺《なが》める。これが麻雀打ちの心得である。

こうすると最後の一枚を別にして、左側六枚が上山、右側六枚が下山となる。するとつまり、もし相手が山を意図的に仕込んでおいた場合、大体において山の状態を推測することができる。

クラブでフリーで打っていると、ほとんどが初顔の相手である。どこの誰ともわからない者が何をしているか、いつも警戒していなければならない。

まァそれはともかくとして、話を前に戻そう。

この配牌で、私が妙に思ったのはという三枚の万子《ワンズ》だった。

配牌における私の第一ブロックは、対家《トイチャ》の左端からスタートしたものだ。（この日本橋のクラブはサイ二度振りだったので）すると、まん中の四枚、

のうち、🀃と🀡が上ツモ、🀊と🀑が下ツモになる。

第二ブロックの上山が🀄と🀒、下山が🀍と🀠。第三ブロックの上山が🀐と🀞、下山が🀉と🀗、残りのチョンが🀀である。

しかし実際には対家《トイチヤ》の山は第三ブロックの片割れで終ってしまっているので、この十三枚のうち、🀞🀗🀀の三枚は次の山にかかっているのだ。

荘家《チヨワンチヤ》は私の上家《かみチヤ》である。つまり私は南家《ナンチヤ》、トイメンは北家《ペーチヤ》なのだ。

ということは、私とトイメンは下ツモにまわるわけである。対家の山の下山だけをここに記せば、🀊🀑🀍🀠🀉🀗となる。第一ブロックと第二ブロック、第二ブロックと第三ブロックの間にはそれぞれ六枚ずつ（上下十二枚ずつ）の他家へ行く牌があるが、偶数であるから一枚おきのツモ順の上からは無視してもよいわけで、この様子でみると最初に🀊をツモった方には🀍🀉と入ることになる。

これはゲンロクと呼ばれる積みこみの形である。正確な証拠は、他の三家の配牌を一緒にしてみないとわからないが、しかし万子はこの筋だけにおいてあり、他の部分には一枚もない。これが偶然だろうか。

ゲンロクの練達者ならば、他の山に万子《ワンズ》を散らす必要上、自分の山の他人のツモになるところには万子を入れない方が都合がよいので、そのくらいのことをやる連中は当時でもたくさん居た。

私は改めて、対家の赤茶けた無精髭《ひげ》を生やしたおっさんを眺めた。初顔の相手だ。

私ばかりでなくこのクラブにもはじめての客らしい。おっさんは株屋だと称していた。日本橋という土地柄、株屋が客に居て不思議ではないが、それにしては服装がそれらしくない。

紺のよれよれのレインコートを着たままはまだいいとして、真冬だというのにその下は上衣なしで、直接シャツらしかった。指もふとくて芋虫《いもむし》のようで、とても〝ひろい〟（牌を集めること）に練達した指とは思えなかった。

第一、この種のバイニンを警戒する主人《マスター》の提唱で、一局終るごとに牌を全部裏返すことを励行していた。レートの高い麻雀を打つ連中はそれなりに油断はしていないのである。

私は、おっさんの積む時の手つきにチラチラと視線を走らせた。だが、彼の動作はまったく自然そのものだった。

このクラブのルールは前にも述べたとおり半チャン単位でなく、一局ずつの精算である。だから大きいレートでやりたい客が五人集まれば五人でもできるし、六人くれば六人でもできる。振りこんだものが一局だけ身を退いて観戦者と交替するわけである。

なんとなく臭い感じの対家《トイチャ》のおっさんは、その臭い感じとは裏腹に、ガードが甘かった。特別むずかしいのではないところでよく振りこみ、ひんぱんと場所を交替した。その辺が又ますます正体不明の感じにさせた。

ところが小一時間ほどした頃、大物が私の手に飛びこんだ。

私が便所へ行って帰ってくると、もうサイが振られて居、八と七で十五、荘家《チヨワン》から北家《ペーチヤ》の山の左端四枚をとりだし、南家《ナンチヤ》の私が、西家《シーチヤ》のおっさんの山の右端からとりだした。

第一ブロックは東南東南だった。第二ブロックは西北西北、第三ブロックのうち、おっさんの山の部分の二枚は、東と發だった。

東東東南南西西北北發🀐🀗八萬

こんなふうな手なのだ。

五

荘家《チヨワンチヤ》の第一捨牌が西だった。私はポンをした。

ところが一巡後、荘家は南を捨てた。むろん又ポンをした。

おや、と荘家がいった。

「これもかね——」

第三捨牌に荘家がすこし力を入れて振ったのは北だった。

あまりの調子のよさに私は内心面喰《めんく》らいながら、ポン、といった。

「へへえ、大物で来たね」

「ええ、怖いですよ」

私の手は早くも、

東東東發　北北北（ポン）南南南（ポン）西西西（ポン）

こんな手になっていたのだ。私はを切って西家《シーチヤ》のおっさんの顔を見た。おっさんは何喰わぬ顔をして煙草に火をつけていた。

「喰うかな、つきあっちゃいられねえ」

おっさんは私が捨てたを喰い、を捨てた。

――できてりゃお化けだがどうだ、と荘家《チヨワンチヤ》がを切った。

私がをツモ切りし、おっさんがを切り、一巡後、私はをツモ切りした。

「ロン――！　惜しい手だがな」

とおっさんがいった。

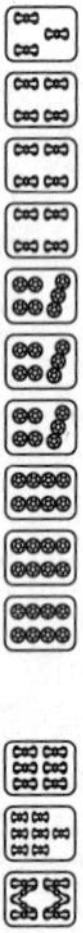
チー

では三暗刻《サンアンコー》にはならない。しかしおっさんは考えるところもなくアガったのだ。私は自分の手牌を誰にも見せずにそのまま崩してしまった。こんなとき、自分の手柄のようにして惜しい手を他人に披瀝《ひれき》するほど私もお人好しじゃない。
観戦者に席をゆずって部屋の隅《すみ》に行き、魔法瓶《びん》からお茶を呑《の》んだ。
奴《やつ》は何故――と私は思った。サイの目が喰《く》いちがったとき、そのまま手をつかねて私の方に仕込み手を流したのだろう。

バイニンは、仕込んだ大物が他者へ流れるときは山崩しの手を使うときく。あらかじめ牌山を手前にひいておいて、自分の山をとるときに皆がとりいいように牌山を押しだし、手がひっかかったふうにしてたくみに山を崩してしまう。そしてそこへ行かないように積み直すのである。

おっさんがこの手を知らない筈《はず》はない。では何故やらなかったのだろう。私をなめてそのままにしていたのだろうか。

私は決して、義心に駆られてこの相手を告発しようとしたのではない。ただ、おっさんの技《わざ》を盗みたかっただけだ。ガン牌《パイ》の清水にぶつかって以来、この世にはいろいろな技の持主が居ると覚っていた。

私は空いた卓に坐《すわ》って十七枚の牌山を作ってみた。

牌山の右端に東二枚南二枚、そこから六間おいた中央に西二枚北二枚、左端二枚に東一枚発一枚、私の所へ来た牌だけで作ればこういうことになる。だがそれなら、平凡な〝爆弾〟にすぎぬ。今の勝負は、それだけでなくまだ何かのトリックがありそうだった。

次の一局が片づいて私はまたゲームに加わった。今度は眼を据えておっさんの手つきを見た。依然として怪しい動きは感じられなかった。

一局終っておっさんの山が残っていると、自分の待ち牌を探すふりをしてなんとか開けてみようとするが、いつも一瞬早くこわされてしまう。だから彼の山からとったときを注意して観察するより他なかった。

ちょうどおっさんの親のときに、彼の山を八枚とったときがある。

左四枚が上山、右四枚が下山である。上がよい牌、下がクズ牌という傾向だが、これは上下という渋い方式で、自分のツモをよくするために、ヴェテランの七、八割まではやっているイカサマともいえないものだ。その他の傾向はこれだけではわからない。

夜も大分ふけた頃、麻雀屋のお内儀《かみ》が部屋に入ってきて、

「玄関にお客が来てるわ。はじめての客だけどやらして貰《もら》えるかって」

「はじめてはどうもなァ――」主人がチラとおっさんの方をみながらいった。

「ウチは大体おなじみさんばかりだからね、夜ももうおそいし、満卓だからっていいなさい」

お内儀は一度出ていったが、すぐに又部屋に戻ってきた。

「見るだけでいいから、ちょっとアガらしてくれっておっしゃるのよ」

もうそのとき、お邪魔します、という野太い声がし、お内儀について客が部屋に入ってきた。

「おや――」と私はいった。

入ってきた客は一本腕の上州虎だった。

「おう、珍しいな」と虎は私のそばへきた。「お前こんなところに巣くってたのか」

その会話の間、ほんの瞬間のことだが私の視線が卓上を離れた。牌山を積んだおっさんが、何か余分の動作をしたような気がしてハッと視線を戻したとき、もうサイが振られていた。十と七で十七、アッという間に親のおっさんが自分の山の右端から配牌《はいパイ》をとりだした。私はさっと緊張した。

おっさんがはじめに、🀗を捨てた。🀐（南家《ナンチャ》）🀡（私）、そして北家《ペーチャ》が🀀を捨て、おっさんがポンをした。

一巡まわって北家が第一打に🀂を捨てると、おっさんがこれもポンをし、🀆を捨てた。私がそれをポンした。今度は私が安く逃げる番だったが、私の手はいかんせん前途遼遠《りょうえん》だった。

おかしいな、と北家が呟《つぶや》いた。

「――これもかい」

北が振られた。ポン、とおっさんがいった。一座がどよめいた。

南家が二枚、私が三枚、おっさんが、□のポンでとられているのでやはり三枚、北家の前には捨牌が一枚も無かった。

そしてすぐに又、北家の番になった。

「又かい、いやな手だなア」

「ヘッヘッ、さっきと同じだね」とおっさん。

「さっきと同じなら――」と北家が首をひねりながら中を捨てた。「これはとおるだろうぜ」

「ロン――！」とおっさんが叫んだ。

南南南中

これがおっさんの手牌の中味だった。

「おう！　すげえ手だな」

と上州虎が伸びあがり、おっさんは相好《そうごう》を崩した。

〈図〉

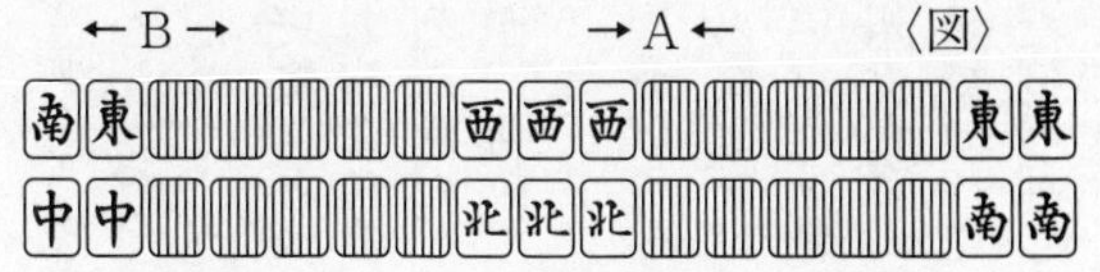

「ヘッヘッ、さっきと同じだが、あっしのは本物だ」

六

（風牌《フォンパイ》が三枚、続けて出た。さっきの回と同じだ。これは、偶然かしら――）

いや、そうじゃない、と私は思った。

偶然なんかじゃあるものか。風牌の出場所は、私の時は荘家《チョワンチャ》から、おっさんがアガったときは北家《ペーチャ》からだった。二度とも、上家《かみチャ》から全部出たのだ。

そしてこの三枚の風牌は、むろん配牌《はいパイ》の時に上家の手に入っていたのだ。

ということは、おっさんの山は、上図のようになっていたことになる。ＡＢの部分が上家に入るところだ。

これなら、西北東の三枚、上家に浮くから順序よくポンできるわけだ。

そして私のときは、第三ブロックが、図とは違い南中東發だった。だから、荘家《チョワンチャ》は西南北と続けて私にポンをさせ、その次に中を振っても当らなかった。私は發単騎だったのだ。

しかし、おっさんがアガった時のは少しちがう。第三ブロックが東中南中だったのだ。だから北家《ペーチャ》が、東西北と続けて鳴かせて、次に中を振ったとき、そこで早くもぶつかってしまった。北家が順当に捨てていくと、四枚目で打ちこむ宿命になっていたのだ。

痛烈な手だ。

だが、何故だろう。何故、間一髪のきわどい手を、一度は私に流してきたのだろう。第三ブロックの、ほんのちょっとしたちがいで、私はアガれないとみたのか。しかし、あの時、偶然他の手から發が出てきたらどうだったろう。

そんな危ない橋を何故渡るのだろうか。

「おい、何を考えこんでるんだ」

上州虎が私の顔をのぞきこんでいた。私たちはその夜連れ立って出て、上野のかに屋で一杯やっていたのだ。

「まだ例の押し込みの一件を怒ってるのか。お前には怒る権利はないんだぜ」

「何故だい」

「俺《おれ》は最初、チンチロ部落にお前を連れてったとき、半分の歩は貰《もら》うと約束した筈《はず》だぜ。それをお前は果たさなかった。俺だってあんなことをする気じゃなかったが、なかなかお前に会えなかったし、ちょうど留守だったもんでな」

「いいよ、あのことを今さらいったってしようがない」

実は私は、やっぱり今夜の、おっさんの手の方が頭の中を大きく占めていた。

「でも虎さん、あんたドサ健の片棒をかついでるんじゃなかったのかい」

「昼間はな。だが夜は俺《おれ》の時間だ。博打って奴《やつ》は毎日やってないと腕がにぶるしな」

「健さんの所は居心地はどうだい」

「どうってことねえよ。折り合ってるうちは仲好くやるさ」

「で、寝場所は、今、どこなの」

「ああ、古い友達の家に泊まってる」

「虎さん、お願いがあるんだ」と私はいった。「僕もそこに寝かしてくれないか」

「お前、自分の家があるじゃないか」

「あの一件以来拙《まず》いんだよ。虎さんの責任だぜ」

「チェッ、変なことをいうない」

虎が不承不承に承知したので、私たちはかに屋を出て、又夜道を歩きだした。

私は又、おっさんの手のことを考えていた。

「ははァ――」

「なんだ」

「いや、なんでもないよ」

私は突然、あることに気がついた。

さっきの図のとおりに、山が作られているとすると、上家《かみチャ》に三枚の風牌《フォンパイ》が浮き、ストレートにアガれる役目を果たすことになるわけだが、あの形はそればかりではない。

サイの目がひとつズレてもそっくり同じような手が入るのだ。サイの目合計十七でなく十六としよう。第一ブロックが前山の左端二枚と、自分の山の右端二枚東南、第二ブロックが上家に入る部分の二枚を含めて同じく西二枚北二枚、第三ブロックは左端四枚の東南中中がそっくり入る。そして東南西北が一枚ずつ、今度は下家の手に浮いて入るのだ。

（――こいつァ凄《すご》い思いつきだぞ）

だが、都合十四枚をどうやって素早く入れたのだろう。最初はトイレに行っていて気がつかなかったが、二度目はたしかに、妙な手つきが混じっていた。あそこをはっきり見届けていればよかった。

「おい、ここだよ。ぼんやりするない」

それは意外に近く、御徒町のまっ暗な焼跡の中にポツリと一軒あるバラックの前で、上州虎が不思議そうに私を見つめていた。

虎が開き戸をあけると、ここの家のお内儀《かみ》らしい眼つきのきつい女が私たちを迎え入れてくれた。

だが、私は部屋に入って、あッ、と声をあげた。さっき、クラブで別れたばかりの、例のおっさんが、部屋の中央にでんとあぐらをかいていたのだ。

〝二の二〟一座

一

おっさんは、私を泊めるという虎の申し出をきいて、あいまいに頷《うなず》いた。

「だが俺《おれ》ン所は布団がねえ。虎と煮こごりになってくれ。それでよかったらな」

煮こごり、というのはひとつの布団に寝ることだ。

ふた間あるうちの広い方にこの家の家族が寝、せまい方に虎と私は、逆方向から一つ布団に身体を突っこんだ。

虎の寝物語によると、この家の主人は大場徳次郎、通称を出目徳といって、戦前に虎が鉄火場でゴロチャラしている時分の兄《あに》さんだという。

その頃の麻雀打ち（バイニン）にはこういう手合いが多かった。つまり、サイコロやバッタ巻き、テホンビキの世界でずっと修練を積み、何かの事情（その多くはイカサマがばれて）で筋の通った鉄火場を八分になり、もうろう博打に走っていた連中である。

戦後出の、ドサ健や私のような存在はまだ数がすくなかった。私たちがどちらかといえば、若さからくる腕力や、麻雀の実技そのもので客をねじ伏せていったのに対して、戦前派のバイニンたちは、徹底したいかさま技に頼る傾向があった。そのかわり、この技術に関する限りは天才的であり、マニアのような努力もしていた。つまり彼等は博打打ちというより魔術師であって、客の眼をごまかすことを自分の使命のように心得ていたのである。

翌日、私が眼をさましたときは上州虎はもう上野の山へ出かけたあとで、出目徳が一人でぼんやり楊子《ようじ》を使っていた。

「昨夜は、鮮やかでしたね」

「なにが」

「大四喜字一色《だいスーシーツーイーソー》さ」と私はいった。

「——わかったかね」

「あとで山を作ってみたんです。十七の目で上家《かみチャ》に、十六の目で下家《しもチャ》に、字牌《ツーパイ》の浮き牌が入る。だからどっちみち即決でアガれるわけでしょう。すごい手だ」

「うん、まァ、そこまでわかりゃァ、お前さんとしては上出来だ。虎の話じゃァ、若いのに博打で喰《く》ってるそうだが、そうだとすりゃァ、今までお前さんはきっと相手に恵まれていたんだぜ。博打って奴ァ一筋縄《なわ》じゃいかねえ。まァもうちっと勉強するこったな」

私は黙って出目徳の顔を見た。いい方が気に入らなかった。

「でも、昨夜だって、僕は負けなかった」

出目徳は声をあげて笑った。

「俺《おれ》がひっかけた問題は解かなかったぜ」

「問題——?」

「ああ、俺《おれ》のあがった大四喜字一色とそっくり同じような手が、お前さんに入った」

「ええ、でも、ちょっとちがってたんでしょう。緑発《リューファ》と紅中《ホンチユン》の部分が。僕のときには緑発が上家《かみチャ》に入らなかった」

「うん、そこが問題なんだが、お前さんはあの手をアガりきらなかった。そこが甘いところなのさ」

私はもう一度あの手を思い起した。配牌《はいパイ》は、

東東東南南西西北北發一索八索八萬

荘家《チヨワンチヤ》の第一捨牌が西で、ポン。次に荘家が南を捨てて、ポン、そして荘家の第三捨牌が北で、又ポン。これは、西南北中と一枚ずつ荘家に入るようになっているのだから、わかる。

荘家の第四捨牌が中。このとき出目徳の場合は手牌が中単騎になっていたからアガれた。私の場合は東東東發だったので、中ではアガれなかった。

これは出目徳自身のときには、最初の山の第三ブロックに中が二枚並んでいたからで、私の時の第三ブロックは發と中と一枚ずつだったからだ。

「あのとき、何故、お前さんは發を早く切りださなかったんだ」

「――――」

「お前さんの手は東東東發だったんだろう。だが、これは仕込み手だと一見してわかる。それなら發単騎待ちは俺《おれ》にはバレている筈《はず》だ」

「――――」

「俺が早喰《はやぐ》いして逃げ出たろう。あそこでお前さんは發を手から放して、他の牌を単騎にすべきだったのだ。そうすれば、俺もちょっと捨牌を慎重にならざるをえない。発単騎でいる限り、俺はなんでも捨てていってアガリにいけるわけだよ。俺に逃げられるのは当り前だ」

「――」

「あの手は、字牌《ツーパイ》じゃなくたって、値段は同じなんだぜ」

「――」

「話してみりゃァなんでもないことだが、出来あがった麻雀打ちなら、あんな甘いさばきはしない。瞬間的にパッとその手を打つもんだ。お前さん、麻雀は強いかもしれねえが、まだ若いんだよ」

私は頭をたれた。一言もなかった。

――なるほど。何故、そのくらいの常識的なさばきができなかったんだろう。手が良すぎたからだ。手に圧倒されてしまったのだ。

(――なるほど博打は一筋縄じゃないな)

「お前さんの眼くばり気配が俺を警戒してるようだったから、此奴《こいつ》、どのくらいの奴《やつ》かと思って、ためしに入れてみたんだ。もしあそこで、發を打ち出してきたら、俺はそのあとの目論《もくろ》みを捨てて、いさぎよくあのクラブを放棄するつもりだった。だが、安心したのさ。ヘッヘッへ、この世にカモはウヨウヨしてらァ。

まだ神様も俺《おれ》を捨てちゃいねえ」

二

「ところで、泊め代だがな――」

と出目徳がいった。私は、あわてて懐中に手を突込んだ。この世界はすべて金なんだなと思いながら。

「まァ待てよ。金で貰《もら》おうとはいいやしねえ。ちょっと働いて貰いてえんだ。俺とコンビでな」

「宿賃のかわりにだって？」

「ああ、昨日の日本橋《にほんばし》のクラブへ行って仕事をするんだ。本当は虎と二人でもう一度行くつもりだったんだが、お前さんが居りゃァちょうどいい。俺とお前がコンビだなんてまさか誰も思うまい」

出目徳は押入れから麻雀牌《マージャンパイ》と卓を出してきた。

「そりゃそうと、牌を拾えるか」

私は頷《うなず》いた。

「あんたみたいに巧《うま》くはないだろうけどね。だって僕はめったに積みこみはしないんだ。あんまりその必要もないからね」

「唄《うた》うなよ。お前の勝ち方と俺の勝ち方はちがうぜ。ともかく、二人のうちの一方が八枚、一方が六枚、牌を仕込まなくちゃならない。どっちがいい」

「どちらでも」

「あ、そうだ。サイの目は出せるかい」

「目によってはね。七の目は出せるんだ。でも、どの目を出せばいいの」

「二だ。一と一さ」

「そりゃむずかしいな」

「だがあのクラブじゃお前は顔なんだろうから、お前がアガリ役になった方がいいな」

「大体、どんな手を作るの」

「天和《テンホー》さ」と出目徳はいった。

出目徳の説明によれば、一方が親のとき、南家《ナンチャ》にあたる方が、自分の山の右から五、六枚目の上下四枚、そこから六枚飛んだ左から四、五枚目の上下四枚、計八枚に牌を仕込む。八枚だからメンツ二つと雀頭《ジャントー》である。

親の方はその筋に沿って、右から、四、五枚目の上下四枚、チョンチョンの所の十二、十四枚目の上に一枚ずつ、計六枚だからメンツ二つを入れる。

そうしておいて、親がサイの目二を出し、南家がそれを受けて又二を出す。合計四、つまり南家の四、五枚目の所からはじまり、二山かかって仕込んでおいた牌がそっくり親に流れこむわけである。

これが〝二の二の天和〟といって天和積みの古典である。現在ではかなりの数の方式ができているが、その頃は天和積みといえば〝二の二〟か〝つばめ返し〟といわれるものと二つぐらいしかなかった。

「そこでだ、お前がアガリ役とすると、お前の親の時にやることになる。サイでいえば、最初に振る役だ。はじめに振る奴《やつ》は、きちんと振って出目を出すのは修練がいるが、置きザイでいいんだ。山を早く作ってドサクサまぎれにサイを一と一とを上に向けておいてしまう」

「うん、それならなんとかできそうだな」

「もし南家《ナンチャ》の役なら、親の振った一と一を握って手だけを動かし、サイの目が動かないようにおく。振ったように見えるだけだ。タイミングさえうまくやればできる。わかったか」

「ああ、わかった」

「あそこのクラブは一局ごとに誰か席を変るわけだから、二人が上下に並びやすい。合図はこうしよう。牌山を作る前に明日の天気のことを口にする。そうしたら今の計画どおりにやるんだ。いいか」

「わかった、でもその前に――」と私はいった。「置きザイでなく、サイをちゃんと振って好きな出目を出すコツを教えて下さいよ」

「そんなこと簡単だよ、理屈はな。サイの目はウラとオモテで計七になるように目が出来ている。こりゃ常識だ。だから一を起点にすれば、１２６５と、１３６４と二本の線がある」

「――」

「お前は七が出し易いといったが、七は一番簡単、4と3、1と6、2と5はどの数字を起点にしても、いつも同じ線上にあるんだ。だから二つのサイコロを、同じラインに転がるように揃《そろ》えて持ち、ひとつのラインだけが出るように転がせば、それだけで六、七割まで七が出る」

「――」

「2、4、6、7、8の数ならば二つのサイを同じラインに揃えた方がいい。3、5、9、10、11の数ならちがうラインの組合せが出やすい。たとえばピンとピンを出そうと思ったら、二つの目を揃えて握る。そして適当な廻転《かいてん》をさせればよい。

そこから先は訓練さ」

1	2	6	5
1	3	6	4
2	4	5	3
2	6	5	1
3	1	4	6
3	5	4	2
4	1	3	6
4	2	3	5
5	1	2	6
5	4	2	3
6	2	1	5
6	3	1	4

〔サイのライン表〕

三

出目徳が先に一人で出かけて行き、私は、日本橋の角にできたばかりの喫茶店に寄って時間を潰《つぶ》し、かなりおくれて昨夜のクラブに行った。

出目徳とコンビと見られないようにだ。

常連のロイド眼鏡《めがね》やマドロスパイプが顔を見せて居、勤め先から帰ったばかりらしい主人《マスター》がネクタイもとらずに卓に向かっていた。

出目徳はもう十年もここに居ついたような顔で平然と打っている。

私はなんとなく緊張して、もう網にかかった魚も同然の連中のうしろに坐《すわ》った。

「誰が勝ってるの」と私は訊《き》いた。

「馬鹿つきさ。このおっさんの」とロイド眼鏡。

「昨夜の今日で又やられた」と主人が大きな声を出した。「これじゃ商売あがったりだ、ジャン代を倍にするかな」

そのセリフが終らないうちに、主人が、バシッとデカイ奴《やつ》を打ちこんだ。打ちこめば金を払って一局ごとに交替がこのクラブのルールだ。

「おおい――」と主人が妻君を呼びつけた。「お前の財布を持ってこい。――あたしゃもうアツいよ」

「さァ、坊や、来い」

「待ってくれよ、坊やは今来たばかりだ。俺《おれ》に続けて打たしてくれ。もうやめられん」

「おい。ルールは守れよ。自分のつくったルールじゃないか」

「でもさ。ね、坊や、いいだろ」

「いいよいいよ、マスターやりなよ」

筋書はきまっているのだから私はべつにいそがない。出目徳の親だった。

「さァ、いい目と出ろよ」と彼はサイを握っていった。

「あっしゃね、サイが六六の十二と出るとゲンがいいんですよ」

出目徳は皆の眼の前で、サイの六六の目を上に向けて揃《そろ》えて、丁寧に振った。

「十二と出ろ――！」

サイは卓上を綺麗《きれい》に転がり、一と一を出してとまった。出目徳がチラリと私の方を見た。

「なんだ、二か。いけねえ――」

だがゲンとは関係なしに、その回も出目徳は主人に打ちこませてアガった。もうすっかり彼のペースなのだった。

私が途中参加の形で五人麻雀はどんどん進行していったが、私などは居ても居なくても同じようなもので、出目徳のハイピッチはちっとも崩れなかった。

これも筋書どおりだった。私はあとで天和《テンホー》をアガる。だからそれまではあまり活躍をしない。受け役の出目徳の方ができるだけ場銭をさらい、皆をカッカとさせるのである。こういう大技は、相手がカッカとすればするほどやりやすい。そのうえ、連中の視線はツイている出目徳の方に集中してしまうのである。

二時間ほどたった頃、出目徳が、

「今夜はあったけえな。明日は降りかな。降られちゃ弱るなァ」

といいだした。

さァ、ここだ——と私の顔はこわばった。慎重に右から四、五枚目に🀃を三枚と、🀠をおいた。手近なところに🀜と🀝があったからだ。そしてその二枚をチョンチョンの所においた。

出目徳は私を援護するためか、主人にたくみに話しかけて、彼が山を作る手を止めさせている。いつのまにかサイが出目徳のそばに、ピンとピンになって置いてある。

これも奴《やつ》の仕業《しわざ》にちがいない。いつ置いたのだろうか。私は舌を巻いた。

皆が山を積み終る頃、私はトボけて横を向いて煙草に火をつけていた。

「坊や、親だよ」とロイド眼鏡《めがね》。

「ア、ええと、振ったよ。二だ」

「そうか」

出目徳がすかさずそのサイをとろうとしたとき、

「待てよ。まだ振ってねえぜ」

前局に振りこんで退《しり》ぞいていたマドロスパイプが口を出した。

「いや、振ったよ」

「振らねえよ、俺《おれ》は見てたんだ」

「そうかな、振ったと思ったがなァ」私はガクッと肩をおとして不承不承にサイに手を出した。「それじゃァ、もういっぺん振ろうか」

又やりゃいいさ、積みこむのは何度でもできる、これ一回で終りってわけじゃあるまいし――。そんな感じで出目徳の顔を見た。彼は知らぬ顔をしている。

ヤケで、私はサイを自分の山に打ちつけて強く転がした。

目は、一と一。

「二だ――！」私の声は弾《はず》んだ。

出目徳も勢いよく手を出した。

「さァ、それじゃァ、又、六と六が出ろよ！」

出目徳の振った目は、私の偶然を笑うように、綺麗《きれい》にピンピンの二の目だった。

配牌《はいパイ》をとる手が汗でねっとりした。

私はわざとゆっくり理牌《リーパイ》をしながら、叫び声を立てた。

「きゃァ！　こりゃ何だ。アガってる」

「えッ――」と皆がいった。

「アガってるよ。天和《テンホー》だ！」

バタッと牌を倒した。

むっとするような沈黙があり、それから、あっけにとられたように札束が出てきた。

その札束を、ポケットに押しこむところまでは夢中だったが、私はやっぱり顔をあげて皆の顔が見られなかった。

なんとなく、むなしい。天和をアガった歓喜など無い。

(――やっぱり、筋書のきまった麻雀は面白くねえな。いかさまなしの勝負がしたい)

そう思った。

その夜更け、ひと足おくれて出目徳の家へ戻ると、一升瓶を前にして出目徳と虎が私を待っていた。

「思ったよりアガリが多かったな。まァうまく行った方だよ」

私たちはアガリ銭を出し、分配した。私の前におかれた札束に手を出したとき、

「どうもありがとう――」

思わずペコリと頭をさげて、私は又、屈辱感のようなものを胸に昇らせた。

(一匹狼《おおかみ》のつもりが、人に頭を下げてるぜ)

出目徳はそんな私におかまいなく、

「もう二、三回、クラブを歩いて練習して、それから例のところへ乗りこもう」

「例のところって——?」

「上野《のがみ》に派手なクラブがあるんだよ」と虎が答えた。

「ドサ健がとりしきってるクラブでね」

「あそこへ、俺《おれ》とお前と二人でいって、天和《テンホー》を作ってやるんだ」

ドサ健ときいて又闘志を燃やしはじめた私の方へ笑いかけながら、

「それが嬉《うれ》しいじゃねえか。そのクラブのルールは青天井式なんだよ」

出目徳は実に嬉しそうな声を出した。

四

それからしばらくの間、私は出目徳に連れられて、八王子、浦和、川口などの周辺都市を流して歩いた。

この世界の言葉で〝渡り鳥〟という。毎日、見知らぬ街の見知らぬ賭場《とば》に入りこみ、打っては荒していくのである。

どこにでも組織で固めた地の衆が居るから、うっかりその怖い兄さん方を刺激すると飛んだ目に遭うが、そのかわり、二度と会う筈《はず》のない相手と戦うのだから、思いきった荒技もできる。

すこし後になって多数のバイニンが輩出した頃、彼等はひとつには実技と度胸をみがくため、又もうひとつはホームグラウンドを荒しすぎたりした結果、〝渡り鳥〟になる者が多かった。そうしてどのバイニンも必ず一度は通るコースがあった。川越《かわごえ》街道(東京—高崎間)がその一つであり、房州の海辺を銚子《ちようし》まで上るコースがその二であった。二方向とも博打のさかんな地帯で、練達者も多く居たかわり、ここを流していれば喰《く》いはぐれはないとされていた。

だが出目徳は、私とのコンビの呼吸を整えるための練習場所として、慎重に場所を選んだようである。

前記の周辺都市は、空襲で焼けなかったためにその頃早くも小さな麻雀荘《マージヤンそう》が輩出しており、食器や衣料品などの平和産業を抱えて街の景気もよく、そのうえまだ地方色が濃いために麻雀好きの甘い客が多かった。

毎日、餌物《えもの》はたくさん居た。

私たちはひとつの出し物しかないドサ廻《まわ》りの劇団のように、同じ筋書をあきる

ことなくくり返した。

初日は、場の連中と融和するためにいい加減に打つ。二日目、なんとなくレートを吊《つ》り上げたり差しウマをいったりして、ほどのよい所で、天和《テンホー》！　である。

「アガってる！　天和だ！」

「ええッ――」と一方が眼をみはる。

「アガってるよ、天和だ、こんなのはじめてだぜ、やめられねえな！」

「冗談じゃねえぜ、まちがってないか、チョンボじゃねえのか」

「はっはっは、悪いな。最初にアガってるんじゃ、こりゃラクだ。俺《おれ》ァこんな手でもこないと勝てねえからね、勘弁してくれ」

セリフはきまってるのである。この一発で相手はたいがいメロメロになってしまう。そのあとは、天和をアガった方が馬鹿つきが来たような案配になって、ここぞとばかり、派手な仕事を入れる。ロン、四暗刻《スーアンコー》、ロン、大三元、という調子である。のちにコンビ技の常道となった筋書だ。

私は十日おきぐらいに、一か月の給料分に相当する額を、家に送金していた。

それでもなお、懐中はふくらむ一方だった。

だが、なんとなく、阿呆《あほ》らしい。

まったく阿呆らしいのである。置いてある金をとってくるようなものなのだ。それはいいが、麻雀がさっぱり面白くない。

私は退役軍人の子であった。父親は恩給生活で、私が幼ない時から無為徒食然とした暮しぶりだった。そのくせ、閑《ひま》のある者にありがちな一種の精神の豊かさや、軍人としての誇りを烈《はげ》しく持っていた。私はそうした誇りに反して、ぐれた。

小学校の友人に、鉄火場の息子《むすこ》が居た。その子の家に遊びに行って、賭場《とば》の様子を垣間《かいま》見るたびに、私は胸を轟《とどろ》かせた。人が全力をふるっているときの飾りのない顔が、自分の家庭には見られぬ顔が、そこにあったからだ。深田という中盆がそこに居た。瘦《や》せた小柄な四十男だったが、角刈りの下のその顔は異様にこけていて、眼鼻と口が大きく、頰《ほお》がない感じだった。陰惨な顔だった。私は深田を見るといつも獣の顔を思い出した。しかし私は深田が好きだった。中盆をとっているときの彼の姿どおり贅肉《ぜいにく》のない一挙手一動作を喰《く》い入るように眺《なが》めた。

戦争があり、敗戦後恩給生活が潰《つぶ》れ、私が早くも稼ぎ手となる。そんなことがすべて無かったとしたならば、私もそのまま大人になって、やがて、肥りかえっている大人たちの生活の裏にも、せっぱつまった顔がひそんでいることを発見しただろうが、その頃の私は博打の世界より以上に贅肉のない生き方を知らなかった。

だが、こんな麻雀は、博打じゃない。

勝つことがきまってる博打なんか、なんの値打ちもあるもんか。

ある日、私はちょっとしたいたずらをやった。それは市川市で打った初日だったが、相手があまり弱くて、点差が開いていくばかりなので、いつもの筋書どおり、出目徳の助手として彼の進退に合わせているばかりでは退屈で仕方がなかった。

私は、出目徳が最初に私に入れてきた手とそっくり同じ奴《やつ》を作って、彼の方に行くように仕組んだ。

配《はい》牌《パイ》の第一ブロックが東東南南、第二ブロックが西西北北、第三ブロックが山の左端二枚で東發。

そして出目徳の下家には、第二ブロックで西北、第三ブロックで東中が一枚ずつ入るように仕組んだ。

彼の下家《しもチャ》が親だった。第一打で北が振られ、次が南、次が西だった。いずれも、出目徳がポンをした。例によって例の如くだ。

四巡目、親が中を捨てた。

出目徳が、わずかに眼をあげて私の方を見た。私は知らん顔をしていた。

だが出目徳はその次のツモ牌[八萬]をツモ切りした。[發]が出てくるかと見ていたのだが案外だった。それではいつぞやの私と同じく[發]単騎だ。親の配牌に、[北][南][西][發]の他に[中]がまぎれこんで居、この次[發]が出てくるとでも思っているのだろうか。

五巡目の親の捨牌は[二萬]だった。

（ざまァ見やがれ。[發]なんぞどこにも無いや。そう筋書どおりいくもんか――）

しかし出目徳は次の[九索]もツモ切りした。

私はこれもあらかじめ仕込んだ手で、筒子《ピンズ》の面チンの二向聴《リャンシャンテン》だった。出目徳より先に、この筒子をものにして鼻を明かしてやろうと思っていたのだ。

私は[一索]をツモ切りした。

「ロン――」と声がかかった。

あッ、と私は声をあげた。

こんな手で、出目徳は牌を倒した。はどこへ行ったのか。

私はその回、アガリ役でトップを切っていたが、この一役で出目徳にひっくり返されてしまった。仲間同士だから上り銭に関係はなかったけれど。

五

その日、帰りに出目徳は珍しく、青線のはずれの大分高そうな料理屋に私を連れこんでおごってくれた。

私たちは当時あまり口にはいらなかった刺身の皿を前にして祝盃《しゅくはい》をあげた。

「大漁だったね」

「うむ。よく釣《つ》れた」と出目徳もいった。

「ところで、お前、いったいどんなつもりで俺《おれ》とこうして歩いてるんだ」

出目徳が険しい顔になっていた。

「きいてるんだぞ。返事をしろ」

「四喜和《スーシーホー》の十枚爆弾かい。だって勝負はもうはっきりついてるし、まァシャレのつもりで――」

「勝負じゃねえ。俺《おれ》たちが今、目的にしてるのは勝負じゃねえぞ。二人の呼吸だ。もっといえば、お前のおヒキの技をみがいてやってるんだ」

「おヒキって何だい」

「テコ(手下)さ。仕事師は俺だ。お前は、勝負の最中に、俺がどういうことを考えているか、どう動こうとしているのか、それをすばやく読んでいくんだ。本当に呼吸が合ってれば符牒《ふちょう》の必要なんぞねえ。俺の眼の色、顔の色ひとつで、スッと動いちまう、いいおヒキってのはそういうものなんだぞ」

あの緑発《リューファ》、と私は考えていた。奴《やつ》はおそらく、牌《パイ》を二枚、余分に握っていやがったんだろう。それでなければ、山の牌と早いところすりかえたんだ。ありそうなことだ。

それにしても、私からアガらなくともよいのだ。いくらでも、相手からの出を待つ余裕があった。この野郎は、と私は思った。何十回とやった麻雀のうち、たった一度の私の贈り物を、ふみにじりやがった。

「お前――」と出目徳は私の盃《さかずき》に酒をつぎながらいった。「怒ったのか」

「そうだろうね」と私は口を開いた。

「一人でやってるんじゃないから、あんたの造ったレールを素直にふんでいけば、それでいいんだろうね。僕のスタンドプレイなんかは、つまり裏切行為ってわけだ。もし僕があんたのテコだとしたら、そのとおりだよ」

「お前は、俺のテコじゃないっていうんだな」

「ああ、テコじゃない。相棒さ」

「相棒だと。チェッ、同じようなものさ」

「あんたと最初にあった晩、あんたは大勝ちしたけど、僕だって負けちゃいなかった。もし次の晩も、敵同士で戦ったとして、あんたは天和《テンホー》を作るだろうけど、僕も負けなかっただろうよ。僕はあんたに負けて降参してコンビになったわけじゃないよ」

出目徳は大きいコップに酒を満たして、ゴクゴクと呑《の》んだ。

「そりゃァあんたは、僕なんかよりずっと経験が深い。だけど僕だって博打に身を張ってるんだぜ。あんたはいい相棒が欲しかった。僕も、あんたのその経験を自分のものにしたかった。お互いっこじゃないか。博打打ちに年齢も階級もあるもんか」

「よし、わかったよ、坊や」

出目徳はすこし赤くなった頰を、手拭《てぬぐ》いでひと拭いしてから、こういった。

「もっと判りいいように言いなおそう。お前は受け役なんだよ。こりゃァお前の役割なんだ。今夜のところは、こんな場末の甘い相手だから、何をしたってコンビの首尾は崩れやしねえ。だが相手は、こんな甘い奴《やつ》ばかりじゃねえんだ。お前のいう博打に身を張ってる奴は世の中に多いぜ。俺《おれ》たちはそいつ等を避けて通るわけにはいかねえ。そんなとき、自分の役割にお互いが徹しきれねえようじゃ、コンビになった意味がねえや」

「――――」

「今夜のお前のいたずら、あのときの場をよく考えてみろ。お前の席は壁ぎわだった。だから俺《おれ》が仕こんで、お前の手に入るようにしたんだ。もしその逆をやってみろ。俺の席のうしろはガラ空きだ。誰でもうしろに立って俺の手をのぞけるんだ。早い話、お前が仕込んだ奴《やつ》が俺に入った時に、通りかかった奴がチラと見るとする。不自然だ、あんな配牌《はいパイ》は好すぎる。臭えぞ――もうこれで、明日の天和《テンホー》作りはパアなんだ。どうだ、わかったか」

「ああ、わかったよ」

と私も言わざるを得なかった。

「俺たちの当面の目標は、上野の喜楽荘だ。つまりドサ健がやってる所よ。この前もいったが、あそこは青天井なんだ」

青天井というのは、満貫をあらかじめ定めた点数で打ちきらないで、どこまでも算えていくルールである。したがって当時の小さいルールでも、一つの手が五万点、十万点となることも珍しくなかった。

「数満《かずまん》はチャンと算えていくが、役満は十万点打ち切りだ。ダブル役満が二十万点さ。わかるか、大四喜字一色《だいスーシーツーイーソー》で二十万点なんだ。稼げるぞォ——。だが奴等だって甘くはねえ、俺たちがちょっとでもボロを出しゃァ、宝の山が消えて無くなっちまう。まァ、あそこを荒すのを楽しみに、それまで仲間割れしないようにしようぜ」

六

私たちは早稲田《わせだ》大学周辺を流していた。これは私たちコンビの技が大分仕上りに近づいたことを意味する。

何故かというと、この点は当時も今も変らないが、学生街に麻雀クラブとビリヤードはつきもので、早大附近も焼け残った鶴巻町《つるまきちょう》側、戸塚《とつか》側二方向とも軒並み麻雀クラブだった。レートが安くて稼ぎにならなかったが、そのかわり毎日牌を手にしている学生の中にはかなりの熟達者も居て、練習場所としては恰好《かっこう》なところなのである。

ある日、私たちは狐《きつね》のような顔をした学生二人と打っていた。学生は、大体顔を見ればその実力のほどがすぐにわかる。狸《たぬき》型は甘い。狐型はしつこい。私たちは狐型をえらんで打った。

ところが何事にも例外があるもので、その日の狐型は二人とも、老衰した狐のようだった。はじめは学生独特の攻め麻雀で勢いがよかったが、出目徳が一度、早い手で国士無双《こくしむそう》（べつに仕込んだ手ではなかった）をアガると、それっきりガタッと打ち方が乱れた。

カッカとしだしてきたのが明瞭《めいりょう》にわかった。二回、三回と学生二人が揃《そろ》って負けた。

四回目の中盤のことだ。出目徳が珍しく簡単なサインを送ってきた。

「伍萬が欲しい――」

というのである。

卓の脚の方で何か音がする。下家《しもチャ》の出目徳が、握り拳《こぶし》を作ってリズムをとるように、コツンコツンとぶつけているのである。

私は額面どおり、手牌《てはい》にあった伍萬を捨てた。

だが出目徳はポンしない。だまってツモって、あッ、馬鹿野郎、などと自分にいっている。しかし私はどうも、私がのしられたような気がしてならなかった。

その回は変な手で、私の手牌にも二暗刻があり、河《ホー》（捨場）を見てもダブリ牌が多かった。トイツが皆にかたよるトイツ場なのだ。

私はようやく気がついた。

（ポンしたいんじゃない。アンコにしたいんだ――）

四暗刻《スーアンコー》のような手だったら、ポンしたらタダ同然になる。ちょっと待ってくれ、といって伍萬を他の牌と捨て変えようにももうおそい。

（えい、ままよ――）

そのとき学生の仲間がクラブへ入ってきて声をかけ合ってるのをいいことに、河の伍萬を指の間にひろった。

「早くしろ――」

咳《せき》払いと一緒に出目徳がそう早口でいったのがきこえた。私は手を止めず、卓の下へおろして出目徳の手に伍萬を握らした。

次のツモ巡で出目徳が四暗刻をアガった。私が手を崩して河や山を乱したのが同時だった。

私たちはもうポンもチーもしなくなった。合図とともに、お互いの必要牌を卓の下から送りこんでしまうのである。これ以上簡単なアガリ方はない。しかしよほど相手を見くびらなければやらない業だ。

夕方近く、学生側は音をあげて、もうハコテンだといった。

私たちはそのクラブを出て、早稲田の都電通りの方に歩いた。

停留所で都電を待っていると、先程の学生二人が五十メートルほど離れた所で、じっと此方《こちら》をうかがっている。

私は緊張して出目徳にささやいた。

「あいつ等、来たぜ」

都電は折悪しくなかなか来なかった。

そのうち二人は、つかつか寄ってきた。一人が帽子をとって、ペコリと出目徳に頭を下げた。

「すみません。さっきの金、今日のところは一応返してくれませんか」

「ふざけちゃいけねえ、勝負の金だぜ」

「そうですが、だからお願いしてるんです。春休みで、郷里へ帰る汽車賃だったんで、どうにも、弱っちゃったんです」

出目徳はツンと横を向いた。

「こんなに負けると思わなかったもんですから、無茶ないい方ですが、今日だけは勘弁してください」

すみません、お願いします、ともう一人は私の方に頭を下げた。

私はだまってポケットから金を出して、私の取り分と思える額を渡してやった。私たちは都電に乗った。吊《つ》り革にぶらさがりながら、出目徳がポツリといった。

「気に入らねえね」

「だって、今日の勝負なんか、ちゃんとした博打じゃなさすぎだぜ。それに、返したのは僕の分だけだ。おっさんの分まで手をつけてない」

「だが、気に入らねえんだ」と出目徳はいった。「お前は、俺《おれ》の相棒なんだからな。アガリ銭のことはすべて仕事師の俺がきめる。それが仲間の規則だ」

「でも俺はテコじゃない。半分は僕の自由になる筈《はず》だ。それが駄目ならコンビ解消だね」

「そうはいかねえよ」

「何故——」

「お前はもう、俺たちのやり口を知りすぎてる。このまま放すわけにはいかねえんだ。天和技《テンホー》も十枚爆弾も、俺だけの秘技じゃねえ。この世界の玄人《くろうと》が共同で守っている技なんだからな。玄人の規則を守っておとなしくしているか、それとも玄人全部を敵に回すか、その二つの道しかお前には無いんだ」

こん畜生、と私は思った。なめられちゃいけないぞ。こいつ等になめられたら、今の学生みたいに、どんなひどいことでもやられてしまうんだ。

私は彼等と五分の態勢を保持していく方法を考えた。

その結果、(奴等がまだ思いつかないいかさまの新手を考えだして、それを餌《えさ》にするんだ、出目徳が僕を釣ったように。奴等と五分になるにはそれしかない——)そう思った。

リーチの兄哥《あにい》

一

　上野の山の焼け残った桜にも、ようやく花の季節が訪れようとしていた。チンチロ部落にもそよ風が吹いている。

　早くもシャツ一枚になって、ドブロクの仕込みに熱中していたチン六は、自分の前に近寄った影にフト眼をあげた。

「おや、健――」

　アメリカ物らしい派手なチェックの背広に身を包んだドサ健が笑って立っていた。

「お前、たいした羽振りだってじゃないか。噂《うわさ》はきいてるぜ。麻雀屋はお前の息がかかって居なくちゃ店をあけられねえって話だ」

「それほどでもないよ。チン六さんだって大分肥《ふと》ったじゃないか」

「冗談いうねえ。人間、あくせく働くようになっちゃおしまいだ。この頃は皆まともになりやがって、チンチロリンの場も立たねえよ」

そういうチン六も、新橋《しんばし》と並び称される御徒町《おかちまち》一帯の大ヤミ市のおかげで、密造のドブロクが大繁昌《はんじょう》、ちょいとまとまった金を貯めこんでにんまりとしているところだった。

「ねえ、ものは相談なんだけど——」とドサ健がいった。「車坂《くるまざか》に一軒、売り店があるんだが、買わないかい」

「なんだ、あんな焼跡に、家があるのか」

「バラックさ。だが二十坪の土地つきで、八千円でいいとさ。安い買い物だと思うがなァ。若い夫婦が最近そこで麻雀クラブをはじめて、客もついてたんだけど、女房がこの商売に反対でねえ。結局他へ移ることになってるんだ」

「麻雀か、ありゃ苦手だ、七面倒くさくて覚えられねえ。俺《おれ》は興味ねえよ」

「なにもあんたがやらなくたっていい。あんたはテラをとってりゃいいんだ。あンたは一人身だから反対する家族も居ねえしな」

「麻雀屋のアガリなんて、ケチ臭えものなんだろ」

「そりゃ表面はな。だがやり方によるさ。まア俺にすべてまかしなよ。警察から何からすべてお膳《ぜん》立てはしてやるさ。あンたがここでドブロクを作ってるまにも、向うからテラが入ってくるんだ」

「麻雀屋か――」

とチン六はもう一度いった。金はある。八千円とは安い。もし麻雀が気に喰《く》わなくとも、他のことをやったっていいんだ。ドブロク作りはやはり法の目をくぐっている仕事だから、いつどんなことがおこるかわからない。そしてチン六は、結局こういうことを考えた。たった八千円で、俺《おれ》も大通りの旦那《だんな》衆の仲間入りができるかもしれないぞ――。

「まア、考えておこうよ」

「早い者勝ちだぜ。買い手はタンとあるんだ。ただチン六さんならうってつけだろうと思ってよ。なにしろサイコロ博打じゃ名を売った仏のチン六さんだからな」

「うむ。――おい健さんよ、今度その麻雀クラブって奴《やつ》を、一度見せてくンねえか」

「いいともよ。なんなら、ついでに麻雀を覚えてみちゃどうだね。今ならちょうど、一緒に覚えたい奴がわんさと居らアね。そういう初心者をひとまとめにして、クラブを借りて教えてるんだ」

「へえ、お前がか」

「ああ、ダンス教師ってのもあらア。麻雀教師ってのもあっていいだろう」

チン六は、自分のところへ酒を買いつけにくるヤミ市の若い衆たちに、時折こういう質問を発してみた。

「お前、麻雀て奴を知ってるか」

ああ、という答えが大部分だった。日暮れになって人通りがとだえると、めいめいの商品をしまって、すぐに卓をかこみはじめるらしかった。

「勝つかい」

「いや、まだ持ち出しが多いな。なにしろ俺アまだ覚えたてだから」

「そうだろうな」とチン六は、やっと微笑した。「素人《しろうと》が手を出して、そう簡単に巧《うま》くいくわけがない」

「けど、面白えよ」

「博打は何でも同じだ。面白うて、やがて悲しき博打かな、さ」

「博打？　ありゃ博打かい」

「当り前だ。賭《か》けてるんだろう」

「ああ――」と若い衆は答えた。「そうかね、やっぱり博打になるのかな」

「それで、やっぱり麻雀屋で打つのか」

「だって、他に方法があるかい」

「お前たちの家でやればいいだろう。その方がテラを出さなくてすむ」

「ヘッ、俺《おれ》は壕舎《ごうしゃ》に住んでるんだぞ。泥臭え穴ン中でできるかい」

なるほど、とチン六は思った。

ヤミ市に、あれだけ群がっている若い衆たちの大半が、麻雀屋に金をおとすとなると、こりゃアカモにはこと欠かない。それに奴等は、トランプの婆抜《ばばぬ》きでもするくらいの気安い気分で遊んでいるらしい。

チン六も博打の世界で半生をすごしてきている男である。此奴《こいつ》、いける、と定めた。

すると、今の今まで、ボロイ稼業《かぎょう》だと思っていた密造酒商売から、急にスッと気が離れた。

（――なんだ、俺ア、博打打ちだったじゃねえか）

自分は堅気の衆じゃない。ドブロク作って儲《もう》かるからって、それでいい気になってるわけにゃいかねえ。もっと気を張って暮らそう。それが俺《おれ》の生き方ってもんだ。

数日後、チン六はドサ健を呼び出すと、車坂の、その店という奴《やつ》を見に行った。

二

警察裏の焼け残った一帯に、その頃としては大きなFという麻雀荘があった。チン六としては珍しく午前中に起きだして、神妙な顔つきで、その麻雀荘に行った。

ドサ健一派はこの店の客の来ない早い時間を利用して、麻雀講習会なるものを開いていたのだ。

講師はドサ健、助手が上州虎《の》。一週間に一度ずつ、一か月も通うと、即席初等科が終る。麻雀という遊びを呑みこむのはこの課程でよろしい。しかし、生徒の大半は、趣味で覚えようとしているのではなかった。多くはその日暮らしの男たちなのである。ヤミ市で芋《いも》パンや残飯スープを売る利益以上のものを、麻雀から得ようとしているのだ。

君の個人能力がすべてを解決する一番新しい、一番ボロ儲《もう》けのできるゲーム。こういったキャッチフレーズが、むろん堂々とではなかったが、ひそかに口《くち》コミでヤミ市の男たちの間に伝わっていった。

F荘には十人あまりの若者たちが集まってそれぞれ卓を囲む形になっていた。年輩者はチン六一人だった。しかし彼はひるまなかった。チン六の眼には周囲が小僧っ子であることが、かえって未来のカモと見えたのだ。

「いいかね、お前さん方——」

一本腕の上州虎が、壁にはった白紙に墨汁で図を書きはじめた。

「まず最初に牌山を十七枚ずつ上下二列に、キチンと積む。こりゃアキチンと積まなくちゃいけない。積んだら親がサイを振って、その出目の所から四枚ずつ三回、それにチョンチョンで計十三枚を手牌《てはい》としてとる」

「何故、十七枚ずつきちんと積まなければならないか——」とドサ健が続けた。

「たとえば相手が自分の手の中に二枚の牌をかくし持ったとしても、四人が十七枚ずつきちんと並べていなければ発見できないだろう。博打にいかさまはつき物だ。牌をかくす奴《やつ》なら、その辺にたくさん居るぞ。おい、石鹼《せっけん》屋の市ちゃん、お前は花札をやったことがあるか」

「あるかだと。俺《おれ》ア、あいつなら玄人《くろうと》の域だぜ。なんなら今度——」

「よろしい。じゃ一枚の札を吊《つ》る（隠し持つこと）とどんなに威力があるか、知ってるだろう。麻雀だってそうだ。牌を相手に隠されたら絶対勝てないぞ。だから十七枚きちんと並べることだ。こんなことまで教えるところは、まずここしかあるまい」

「十三枚の配牌《はいパイ》をとったらだな」——と上州虎がいった。生徒たちはてんでに山を積み、サイを振って、危ない手つきで配牌を手にした。

「筒子《ピンズ》、索子《ソーズ》、万子《ワンズ》と整理して数の順に並べてみろ。いいかい。麻雀はだな、三枚が一組になるのだ。同じ数を三枚でもよろしい。一二三と続いた数でもよろしい。とにかく三枚ずつを一ブロックにし、雀頭《ジヤントウ》をのぞいて四つのブロックが完成すればアガリさ」

「ツモってから捨てるんだぞ。まちがうな、他人が捨てた奴《やつ》でもアガれるんだ」

「欲しいものが他から出たらポンやチーができる。ポンは同種牌、チーは面子《メンツ》になる牌だ。但しチーは上家《かみチヤ》からの牌に限る」

「しかし、ポンチーは結局損なのだ」とドサ健は強くいった。「そりゃあもうはっきりしている。ポンやチーをすると、手は安くなるし、手の方向も相手にバレてしまう。おまけに自分の自由になる手牌がすくなくなるから守備にも破綻《はたん》をきたすのだ。だが大概の奴は何度いってもわからない。喰《く》った方が早いと思いこんでしまうんだ。慌《あわ》ててポンチーをする。自分で自分の墓穴を掘る」

「下手は喰う、上手な奴は面前で行く」と上州虎も強調した。「ここが力量の別れ目なんだ。だが、ただそういっても最初はよくわかるまいから、お前たちが自然にポンチーしなくなるように、我々は新しいルールをひとつつけ加えることにした。今それを健ちゃんが説明するからよく聞いておぼえろ」

「それはリーチという役だ」とドサ健はいった。「面前で、つまりポンチーしないでテンパイしたら、リーチ、と宣言できる。それでなおかつアガったら、一《イー》飜《ファン》増しの点数になるんだ。これは今までの麻雀にはなかった役だが、現にアメ公なんかの間じゃもうやられている。日本でもすぐに流行《はや》りだすだろう。もし流行らなかったら、俺《おれ》が流行らしてやる」

　そしてドサ健は又こうも続けた。

「今まではテンパイしても黙ってかくしていた。これからはそうはいかねえ。高くあがろうと思ったら、リーチ、ということだ。正々堂々、テンパイしてることを公表して、それでアガるんだ。この方が男の勝負じゃねえか」

　上州虎がすぐに又こう続けた。

「このリーチって役をマスターできたら、麻雀はすぐ強くなる。どこへ行ったたって負けやしねえ。くり返すが、ポンやチーはないものと思って、リーチを目標に打つんだ。そうすりゃすぐに、麻雀で小遣いが稼げるようになるぜ」

初等科は一か月で終るが、その上に中等科専門科とあった。会費がそのたびに倍額になるのだった。

三

「もうわかったよ。俺《おれ》ァ初等科でやめだ」とチン六はいった。講習会の帰り、上州虎を誘って、かに屋に呑《の》みに入ったのだ。酒造りの方は、講習に行くたびに隣りの男に任せていた。

「だが、基本だけじゃこまかいアヤはわからねえぜ」

「なにをいいやがる。俺は素人《しろうと》じゃねえ。一をきけば十がわかるんだ。あとは一人で研究して、自分の打ち方を作るよ」

なァ虎さん、とチン六はいくぶん情緒的な声を出した。

「お前もそうだろうが、俺も小さい時から博打場で育った。博打ってものア、大きな顔で人前でやるものじゃねえって教わってきた。俺たちはいつもコソコソ、裏街道を歩いてきたもんだ。ところが、有難え世の中になったもんじゃねえか。

戦争に負けたおかげで、大通りに堂々と、博打宿が出せるんだとよ。俺ァ夢みたいだぜ」

「うん。だが、麻雀屋は博打宿ともちがう。つまり、玉突きや卓球場と同じ、ゲーム場だな」

「いや、博打宿だ」

とチン六は、虎のコップに酒をついだ。

「まあ呑《の》めよ。俺が店を出したら、そんな鼻たれ小僧の巣みたいにはしねえぜ。名の通った客人や博打打ちばかり集めて、日本で一番の博打宿にするんだ」

「チン六さん。お前、あの店を買う気になったのか」

チン六は酒をあおりながらうなずいた。

「べら棒奴《め》。博打以外に俺のやることがあるかい」

上州虎は一寸の間、黙っていた。それから意を決したような所作で、こういった。

「じゃアいうが、ここだけの話だぜ。あの講習会は、インチキだ」

「インチキ？」

「ああ。ここで覚えれば麻雀が強くなるなんて大嘘《うそ》さ。奴等《やつら》は豚か鶏《にわとり》のように、会費を払って自分が喰《く》われるコースを歩いてるんだ」

「ふうん。じゃ、お前と健がしゃべってたことは、みんな嘘なのか」

「嘘じゃねえ。麻雀の基本技だ。けれどもさ、同時に俺たちにとって都合のいいことなんだ」

「すると、俺《おれ》も、カモの中に入ってたのか」

「まア怒りなさんな。お前だけには本当のことをいうよ。麻雀はてんでに牌山を作って、そこを利用して遊ぶゲームだ。だから牌山に細工をする技術ができる。俗に積みこみという奴《やっ》さ。大ざっぱにいって、積みこみには、配牌《はいパイ》でドサッと入れる奴と、ツモを利用して入れる奴と二種類ある。そのうちのツモを利用する方法を教えてやろう。


〈図〉

I	G	E	C	A
J	H	F	D	B

四人が順番に一枚ずつツモる以上、山の牌は（上図参照）Aをツモった奴は、同じ上列の一枚飛んだ所のEをツモる理屈だ。Aは、AEI、BはBFJ、Cは、CGという順ができる。ではAをツモるなら、AEIによい牌《パイ》、たとえば二萬三萬四萬とおけば、三回ツモることによって一面子《いちメンツ》出来るわけじゃないか。

AはAライン、BはBラインなら、山の端から端まで自分に入る所はよい牌を、他人に入る所にはクズ牌をおいておけばよい。ポンやチーさえなければだぞ」

「うん、理屈はそうだな」

「つまり積みこんでる奴《やつ》にとっちゃ、ポンやチーがあったんじゃ拙《まず》いんだ。せっかく積みこんだものが他へ流れちゃう。だからポンやチーをなるべくさせねえように教えこまなくちゃならねえんだ」

「それが、例の、リーチって奴か」

「ああ、面前役の魅力をつけさせなくちゃ、奴等《やつら》はいくらいってもポンチーをする。ドサ健の奴は、だからリーチを流行《はや》らせることに今、懸命だよ。講習会ばかりじゃなくて、健の所の若い衆が方々へ打ちに行って、リーチをひろめてるんだ。この界隈《かいわい》のクラブでも、もうリーチをやってる所の方が多いぜ」

「なるほど、考えたな」

「牌山を十七枚キチンと並べるのも、同じ理屈さ。牌山がキチンとしてなきゃ、積みこんだものがどこへ入るかわからねえ。牌を隠す奴には不便だが、俺《おれ》たちにとっちゃその方が都合がいいんだ。一から十まで、そうやってカモ教育をしてるのさ。今に見ろ、この辺の奴等が、一人前に育つと皆カモになるぜ」

「よし、そいつ等を俺のクラブへ集めて、叩《たた》き殺せばいいんだな」

「健という奴は面白いところへ気がつく。今までの博打打ちは、漁師が海へ行って魚をとるように、ぶったくるばかりで客を養成しなかったというんだ。だからカモがだんだん居なくなる。俺たちゃ百姓みたいに、種をまいて、大きく育てて、それでいただくんだよ」

「わかった。この間からの健のセリフも、それでわかる。早速明日にでも、あの店の手金を打っとしよう」

「それから、早くお前さんも、麻雀を打てるようになることだな」

「もう打てるよ」

「駄目さ。まだ一年生だ。とても俺たちの仲間にはいれられねえ」

「冗談いうな」とチン六はむきになった。

「俺《おれ》ァちゃんとやれる。博打じゃこれまで負けたことはねえんだ」

「麻雀はちがうぜ」

「嘘《うそ》だと思うなら、ドサ健を呼んで一戦打とう。なアにお前たちには負けるもんか。勝負は度胸できまるんだ」

押問答がしばらくあって、上州虎は仕方なさそうにメンバーを集めに行った。

ヤミ市の石鹸《せっけん》売り市ちゃんと、青空楽団のアコーディオン弾きの二人だった。

「此奴等《こいつら》ならチン六さんと同じ初心者だ。それじゃまア練習試合といくか」

四人連れで、F荘へ行って、打った。

へき頭に、上州虎が五巡目で早くもリーチをかけた。しかし、チン六の手も整っていた。虎におくれること二巡で、テンパイした。チン六は、いきおいよく、リーチ、と叫んだ。

すると上州虎が、いきなり身体を折って、チン六の手をのぞきこんだのである。

「な、なにをしやがるんでえ！」

「なんだよ、俺もリーチだぞ」と虎はいった。「手は変えられねえんだ。リーチ同士はお互いにのぞいてもいいのさ」

なるほど、とチン六は黙った。リーチなら手は変えられない。だからのぞいたところでおんなじだ――。そりゃそうだな、とチン六は思った。しかし彼の長い勝負の勘で、なんとなく気に入らなかった。

チン六は、はじめて、ひょいと不安になった。

四

ドサ健が、すっかり貫禄《かんろく》をつけた歩き方で、ヤミ市の雑踏の中を、此方《こちら》にやってきた。御徒町のガードの下に立って、チン六はその姿を遠くから眺めていた。

背後に従っている二人の若い衆とドサ健とは、似たような年頃だが、肌の色も肉づきもちがう。此奴《こいつ》はもう博打打ちの顔じゃなくなったな、とチン六は思った。何もしないでただ金を吸いあげる奴等《やつら》の顔だ。

「やあ、チン六さん――」

ドサ健がこぼれるような笑顔を見せてそばへ寄ってきた。

「この間は、虎たちと麻雀打って、大勝したそうじゃないか」

「いや、まア、勝たして貰《もら》ったようなものさ」

「そうじゃない。ぴィぴィしてる奴等がそう簡単に負けるものか。やっぱり六さんの博打の地力だよ」

「そりゃまあ――」とチン六も頷《うなず》いた。「この道で無駄飯は喰《く》っちゃいねえからな」

「虎がいってたぜ。この先が思いやられる、いやな男に麻雀教えちまったってな」

それからドサ健は、ひょいと声をおとしてこういった。

「持ってきてくれたかい」

「ああ――」

「よしきた。それじゃかに屋へ行こう」

チン六は、かに屋のテーブルの上に紙包みをおいた。虎の子の八千円だった。千円札のない時代だから、やはりどっしりとかさばって見える。

ドサ健も、大きな紙封筒をとりだして金包みの横においた。

「必要な書類はすべてこの中に入っている。あとでサインと印を押して若い衆に渡してやってくれればいい。それから警察の方だがね、俺《おれ》の顔でなんとか他よりは大目に見てくれるだろうが、夜の十一時以後はなるべくやらない方がいい。もっとも、上カモが居れば別だがね」

「そうか、わかった」

「まだあるよ。麻雀屋の親爺《おやじ》の心得だ。この界隈《かいわい》はヤミ市の連中が多いから、奴《やっ》等《ら》がきっと常連の大半になるだろうが、ほとんどは定住しない渡り鳥だ。絶対に金は貸すなよ。近頃の素人《しろうと》は汚ねえから、博打の貸借《かしかり》なんか平気ですっぽかす。それから、ルールだがな。客に喜ばれる面白い奴でなくちゃ駄目だ」

「わかってるよ。リーチって奴だろう」

「だが大きい博打はいけねえ。レートを、連中の無理がいかねえように制限するんだ。客は大きいレートを好くかもしれねえが。すると負けた奴の足が遠のく。結局は店の損だ」

「これと思う客は別扱いにするんだろう。鉄火場と同じだ。心得てらァ」

「さて、それでと――」ドサ健は探し物でもするようにしばらく沈黙した。

「そうだ。来た客がすぐ打てなくちゃいけねえ。三人寄って、一人欠けてるんで一時間も待つなんてのはいけねえよ。そんなことのないように、当分の間、若い奴等《やつら》をボーイ代りに乗りこませよう」

「健さん、いやに親切だな。お前のそんな様子ははじめて見るぜ」

「だって、要するに俺《おれ》の店のようなもんだったからな。拙《まず》くやって、客を根絶やしたくねえのさ」

「お前の店? だって、この間の話じゃア、若夫婦が、女房が反対で、やめるとかって――」

「おう、それが、俺たち夫婦のことさ」

「ふうん――」

チン六は、書類の入った封筒を横抱きにすると、煙草に火をつけて深々と吸った。

「だが、もう俺の店だ。ふん、俺もやっと、大通りに店を持つ身分になったか。戦争のどさくさのおかげだな」

「乾盃《かんぱい》しよう、六さん」

「ああ、乾盃」

　不思議だな、とチン六は、笑いながらいった。

「俺ァ世間から逃げ隠れしない商売をやることが長い間の夢だった。これでやっと警察に届けてするまっとうな世渡りができるわけだが、おかしなことに、そいつが、博打宿ときてるのさ」

　二人は日暮れまで呑《の》むと、連れ立って車坂に出かけた。バラックにはもう灯がついて居、六畳の方では客が一組打っていた。小柄な若い女が客たちに茶を出していた。

「あれが、お前のかみさんかい」

「かみさん？　うん、まァな」

　チン六は改めて又家内の様子を眺めまわした。居抜きで八千円なら、まアまア買い物だな――。

「どうだい六さん」とドサ健がいった。

「ここまできたんだ。一戦やるかい」

「麻雀か。いやア、まだお前の敵じゃないよ」

「だって。虎には勝ったぜ。チンチロリンじゃ俺ァよく六さんにはとられたからなア」

「うそをつけ、お前さんだって決して負け組じゃなかったぜ」

しかし、そういうふうにいわれると、それでもふりきって帰るという気分にならなかった。勝てるとは思わなかったが、先日上州虎をやっつけたときの自信のようなものがどこかにある。チン六は、博打打ち独特の用心深さを身につけてはいたが、同時に、楽天的な男でもあった。健に従っていた二人の若者を交えて卓をかこんだ。

「此奴《こいっ》等もまだ初心クラスだからね。六さん、遠慮なく打ってくれよ」

「気を使わなくたっていいよ。負けたって、授業料だと思うから」

初回の配牌《はいパイ》をとったとき、思い出したようにドサ健がレート（賭け金）のことを口にした。それは虎たちとやった額の三倍近い高いものだった。しかしチン六はここでも、いやといえなかった。彼にだって博打打ちとしての誇りもある。これからは旦那衆の仲間入りをするんだという気負いもある。

それにだいいち、最初にとった配牌が、素敵な手だった。

チン六はほくそ笑んだ。親であった。南家《ナンチャ》の若者がすぐにを振った。ポン、である。

チン六は一打一打をゆっくり考えながら慎重に打った。しかし、考えなくたってやることはきまってる。が出た。ポンをした。

まもなくを持って来てを離すと、ほとんど同時に北家《ペーチャ》のドサ健がリーチをかけた。

チン六の手は、

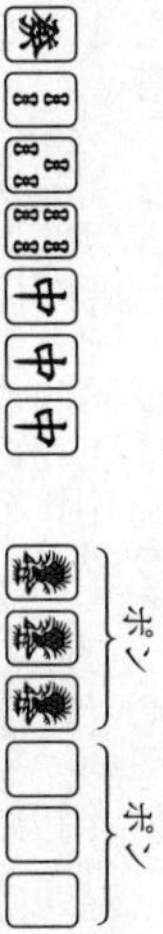

だった。だがドサ健のリーチも重々しく響く。チン六は健の表情を上眼使いに盗み見た。

五

ツモの第一発目はだった。健のリーチが何で待ってるか、チン六には見当がつかない。まだ序盤なのである。眼をつぶってを捨てた。

へええ、とドサ健が笑い出し、身体を倒してチン六の手をのぞきに来た。

「そうだろうな、そいつは読めてたんだが」

貫禄負けという奴《やつ》だろうか。チン六の方がキョロキョロとおちつかなかった。牌《パイ》を握りだした当初、オンリを知らずに振りこみ続けた痛い記憶がまだ生々しかったのだ。

次にをツモった。畜生奴《め》、とチン六は呟《つぶや》いた。こんな時に限って危険牌ばかりツモってきやがる。

「ええい、最初だ。打っちまえ！」

当らなかった。だが、チン六はがくっと疲れた。ドサ健はまったく表情を変えていない。まてよ、とチン六は考えた。初心者だが、彼だって博打の綾《あや》は心得ている。並の初心者よりは考えるのである。

そいつは読めてた、と奴はいったぞ。読んだ上でリーチをかけてきたんだ。ということはとチン六は考えた。緑発《リューファ》を打つ危険がない、ということだ。緑発をアンコにしてるんじゃなかろうか。それとも、二枚持っていて自分もそれでアガるかだ。

次にを持ってきた。ああこれはいかん、本命だ、と彼は呟《つぶや》いた。とおしたが、ドサ健は一枚も筒子《ピンズ》を捨てていない。この辺が潮時だ。いくら何でもそうはとおるまい。

オンリこそ麻雀の命なり。素人《しろうと》みたいに何でも捨ててドサ健になめられても拙《まず》い。オリたくないが、ここが辛抱だ。小三元はあきらめよう。

しかし緑発《リューファ》も捨てられない。では完全にオリるか。

チン六はを捨てた。

「ロン――」とドサ健がいった。「おかしな人だね、六さんは」

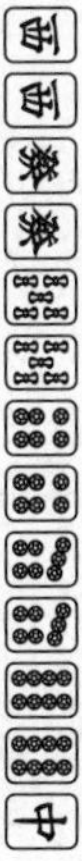

ドサ健の手はこんなふうなものだった。

チン六は黙りこくってそれを眺めた。

糞《くそ》ッといってヤケに牌をかきまわした。

二局目、下家《しもチャ》の若者が親で、ものすごく早い綺麗《きれい》な手をアガった。東東アンコで、ホンイチ一気通貫。面前であるがヤミテンで、まだ五巡目である。チン六が穴待ちを打ちこんだのだが、これは誰だってわからない。

　健の手下らしい若者が、二人三人と戻ってきて、部屋の中でガヤガヤいいながら観戦しはじめた。チン六の場所が部屋の中央に近いところなので、どうしてもチン六の手をのぞいている恰好《かっこう》になる。

「健さん、悪いが——」チン六はいらいらしていった。

「この人たちを隣りの部屋へやってくれねえか。あまり手を見られたくないんでね」

「いいとも、おい、向うへ行ってな」

「すまねえな。俺《おれ》ァ下手だから、見られるとはずかしいんだよ」

「じゃァ、あたしも——」と隣りの卓を片づけていた女がいった。「向うへ行きましょうか」

「いや、ねえさんはいいんだ。荒いことといって気を悪くしねえでくれ」

　チン六は表面恐縮していたが、先日の虎の言葉を思い出していたのだ。敵は多勢、味方は一人、手をのぞかれて通報されちゃたまらない。花札博打では、これはご法度《はっと》なのである。

東ラス、ドサ健の親で、ちょっといい手がチン六に入った。七巡目でテンパイした。二五八索《ソー》待ち、メンタンピンだ。

ドサ健は🀅をポンしているが、これは安い連チャンを狙《ねら》っているらしい。今度はこちらが、とばかりチン六はリーチをかけた。すると続いて下家《しもチャ》の若者が追っかけリーチと来た。

「失礼――」

若者がぐっと身を寄せて、すかさずチン六の手をのぞきに来た。

「うわァ、こりゃいけねえ」

若者自身の手はすばやく伏せてしまっている。

「そっちのも見せろよ」とチン六はいった。

「俺のはこれですよ。負けたな」

🀝と🀟を二枚だけ、若者は見せた。

「全部だ。テンパイじゃない、手牌《てはい》を見せるんだ。汚ねえぞ」

しかしその時早くも、若者は、当り、とばかり牌をあけた。ドサ健が🀞を振っていたのだ。

「おや、ついてるなァ」とドサ健。

チン六は身をひるがえしてドサ健の手を見ようとしたが、手牌は崩れて、トイメンの若者がガラガラかきまわしはじめた。

どうも何となく、後手後手にまわっている気がする。

(リーチは他人のをのぞけるってのが、第一、気に入らねえな)

しかしそれに反対する理由が不足していた。

チン六は気が滅入りだし、手がばったりつかなくなった。

六

夜おそくなって上州虎が顔をのぞかせた。

「おや、チン六さん、又ツイてるんだろう」

チン六はブスッとして物もいわなかった。

「勝ち頭は誰だね」

「ソッキンだ。ソッキンの馬鹿づきだよ」

ソッキンというのは本名が上田則近、名前を音読みにしてこう呼ばれている浮浪児あがりの健の片腕だ。

隣りの部屋に移っていた若者たちも、いつのまにか周辺に出てきている。チン六にはやや遠慮してソッキンの背後に固まっているが、チラチラとこちらをうかがっている気配もある。

だがチン六は、もう追い払う気力も失せていた。オリなければ打ちこむ、オリてればツモられる。

もう十二時をまわっていた。

「どうだい六さん、調子が出ないようだね、又の日にするか」

チン六は点数を書いた紙片を見つめていた。

「健さん、こりゃ、金に直すといくらかね」

「なに、簡単さ。五倍すりゃいいんだ」

「――四千五百円か」

チン六はため息をついた。

「だが、俺《おれ》ァ今日、そんなに持ってきちゃいないぜ。まさかこうなるとはな」

「いいってことよ。知らねえ仲じゃねえものな。それに六さんは素人《しろうと》じゃねえ。博打の貸借は男の取引きだって知ってる筈《はず》だ」

「うん、まあな」

チン六は苦しく口ごもった。

「だが、すぐってわけにもいかねえんだ。むろん、トボけやしねえ。払うが、明日明後日と日を限られるとな、どうも」

「六さん、俺《おれ》ァそんな情無しじゃねえ、ちゃんとわかってるよ」とドサ健はいった。「それに、あの八千円がある。なんなら八千円を敷金代りに預かってもいいんだ」

「あの金に手をつけるのか、そりゃひでえ」

「じゃ、こうしたらどうだい。あの金を担保に、もう少し続けてやったらいい。それでとり返せればいいじゃないか。やる気は充分あるんだろう」

「そりゃ、俺の方はな。このまま帰ったって寝られまいよ」

「じゃ、ソッキン、お前ツキすぎだ。ひっこめよ。代りに虎さんが入ればいいだろう。虎さんとなら合性がよさそうだからな」

虎が加わって又打ちだした。だが、今度はツキの番がドサ健にまわったようだった。彼が猛烈にアガリだした。

タンヤオ三暗刻《サンアンコー》ツモ。メンタンピン親。東東トイトイ。タンヤオチンイチ——。

チン六の方も手は悪くないのである。手にも足にもならなければ戦闘意欲もにぶってくる。けれども手がいいからよけい始末がわるい。未練が湧《わ》く。ポーカーでいう〝ツーペア地獄〟である。

麻雀のきつい所は、完全傍観者になる折りがないことである。オリていたって被害がないわけではないのだ。チン六の頰《ほお》がげっそりやつれた。

窓外が明かるくなり、室内の灯を消した。とたんにチン六が、国士無双を打ちこんだ。オーラスの親で、彼が眦《まなじり》を決して突っ張っているときだった。

「あぁッ――」

ふとい息を吐きだすと、チン六は卓の上に突っ伏した。

「トータル一九四か。一万円にはまだならねえよ。六さん、――」

しかしチン六はもう声もあげなかった。

「潰《つぶ》れかな。――はい、労働終りか」

ドサ健は若い者に顎《あご》をしゃくってこういった。

「権利書の封筒をとってこい。六さんの右のポケットに入っている」

チン六はもう軽い鼾《いびき》をかいている。ソッキンがそっとチン六の身体をうしろに倒して寝かせた。

「チン六の寝顔をみろよ――」上州虎が呟《つぶや》いた。「此奴《こいつ》のこんな顔ははじめてみたぜ。俺《おれ》たちゃ追いはぎみたいなもんだな」

「何故、俺たちゃ博打で勝ったんだぜ。何が悪いんだ」

「だって、此奴、この家を手に入れたような気になってたんだから」

「八千円ぽっちの金で――」とソッキンがいった。「居抜きの商売家を手に入れようてのが甘いんでさァ」

おうい、まゆみ、起きてるかア、とドサ健が大きな声を出した。ねむそうな声がやがてかすかにし、

「わかってるわよ、お酒でしょ」

「わかってるなら早く持ってこい」

チン六の鼾《いびき》を伴奏にして、皆冷や酒を呑《の》みだした。

「これで何人目かなァ」

「四代目さ。ヘッ、阿呆《あほ》が多いなァ。皆、八千円ずつこの家に寄附していくんだ」

はっはっは、とドサ健が笑った。

「四人のお墓でも建てて、坊さん呼んでお経でもあげてもらうか――」

青空麻雀

一

かわいそうにチン六の身にふりかかった災いはそれだけにとどまらなかった。

ドサ健たちとの徹夜麻雀の疲れで、そのまま畳の上で眠りこけてしまった、その留守の間に、チンチロ部落が〝いっせい〟に遭っていたのである。

東京のド真ン中に密造酒作りの大集団が点々としてあるということは、現今の常識ではちょっと考えられないことだが、全くの無警察状態からやや立ち直って、当時、チンチロ部落もすでに数回の一斉《いっせい》手入れを経験していた。

それでも抜け道はいくらでもあったのである。〝いっせい〟のある前夜、どこからどう流れてくるのか情報は例外なく部落の方に筒抜けになり、刑事たちが踏みこんでみると、ほんの申しわけばかりのどぶろくと、古びて使い物にならなくなった釜《かま》などが形式的に押収されるだけであった。

世間も警察も、その程度でほぼ納得し、当の部落の男どもも又、季節ごとに必ず吹く台風のように一種の天災視しているだけだった。何故なら、彼等は、そのために毎月、高額の金を、部落の世話人の手に渡していたからである。

だからその前夜、チン六が巣をあけて、麻雀を打っていなかったら、なんのこともなかったのである。悪いことに、彼は一人暮しで、隠蔽《いんぺい》しておいてくれる者も居なかった。

刑事たちの泥靴《どろぐつ》が、彼の仕事場を蹂躙《じゅうりん》した。チン六が戻ってみると、彼の一劃《いっかく》だけが目茶苦茶にこわされ、おまけに警察の召喚状が待っていた。

「ふうむ――」

チン六は、すぐにそれを、ずたずたに引き裂いた。

酒税法違反、だけならたいしたことはない。だが、チン六の身の上はそんなに単純なものではなかった。一度、調べの場に立たされれば、彼自身のことにしろ、彼の関係した仲間のことにしろ、毛糸がほつれるように次から次へと問題が現われてきて、蜂《はち》の巣を突っついたと同じことになるのだ。

洗いざらい吐いて、青天白日の身になったとしても、それで警察が喰《く》わしてくれるわけじゃない。チン六の方は、吐いてしまえばそれですべてが終りだった。

無法《アウトロウ》の世界は、お互いに喰い合う世界でもあるが、しかし又、仲間と顔だけが財産でもあった。

チンチロ小屋をのぞいた。昨日の今日で、むろん場が立っているわけはなかった。チン六は、その小屋の持主である源という婆アのところに行って、博打仲間の誰彼の所在をきいた。

「知らないよ。あたしゃァ、みんなの見張りじゃないからね」

源婆アはあきらかに迷惑そうだった。源婆アに限らず、部落の連中は、今度のチン六のような足並みを乱す失策をすこしも喜ばないのである。

部落からの同情はない。毎月、献金を受けとって部落を守ってくれる××組も、こんなときの役にはすこしも立たない。高い無駄金を払っていたことになるが、だからといってそれに腹を立てれば、仲間をすべて敵にまわすと同じことであった。

チン六は何もかもを放棄し、だまって部落から姿を消した。

といって、遠くへ落ちのびたわけではない。上野駅の向う側の、車坂まで歩いていっただけだ。

例のバラックには健とその若い衆の姿はなくて、まゆみと呼ばれた健の女が一人居るきりだった。

「アラ、何かお忘れ物ですか」

「いや、そうじゃないんだ」

チン六は座敷にあがりこむと、そこへ四角く坐《すわ》った。

「メンバーは、まだ誰も見えてないんだね」

「ええ、昼間はね。たいがい夕方からですわ」

チン六は新生をとりだして一服つけた。そうしてそのまま、だまりこくって壁に張ってある手役表を眺めていた。冷えた茶にも、一度も手をつけなかった。

三時頃、非番の駅員らしい四人連れが来て三チャンばかり遊んでいった。チン六は坐《すわ》ったまま、じっとそれを見ていた。

彼等が帰ると、座敷には又、チン六一人きりになった。

「あのう――」とまゆみが見かねていった。「誰か探してきましょうか。健さんたちでも――」

「いや、いいんだ、いいですよ」

夕方から集まる筈《はず》のフリーのメンバーも、姿を見せない。もともと鬼の巣のようなところで、いい客がつくわけはないのだ。それでも暗くなって、二人三人と集まった。

「お待ち遠さま、できますわよ」

「いやーー」とチン六はいった。「今日はやめとこう。昨夜の今日で、持ち合わせがないんでね」

「まあーー」

「しかし、この先ずっと無いわけじゃない。まァ邪魔にしないでおくれよ」

結局、まゆみが入って一卓を構成し、チン六はあいかわらず見学だった。夜が更けて、その一卓も解散した。

まゆみは次の間から様子をうかがっていたが、ついに声をかけた。

「何か健さんにお話でもあるんですか。だったらもうおそいし、明日にでもいらしてください。きっと今夜は、あの人は帰って来ませんわ」

「うん。私のことは気にしなくていいんだ。ねむくなったら、ここにごろ寝するからね」

「そんな、困るわ」とまゆみも思わず大きな声になった。「あたし一人だし、泊るなんていわれても無理ですわ」

「しかし、ここで寝たって、べつにそれほど不思議じゃない。なにしろ私は、この家を買うつもりで、もう金を払いこんであるのだからな」

「そんなことあたしは聞いていません。出てってください」

「行き場がないよ」

「知るもんですか。すぐに出ていかないと、警察を呼びますよ」

「だが、俺《おれ》の方にはちゃんと書類が――」

チン六は身体を探ったが、例の封筒はむろん無い。彼は瞬時にそのいきさつを了解した。

「まあいいや。健が来れば話はわかる。とにかく別の部屋で一人ずつになろうや。なァに大丈夫だよ。俺ァ今、女よりも考えごとをしてえんだ」

二

「いいですか、これだけははっきりしておいてください」

とまゆみはいった。まゆみもチン六も、前夜のかたちで坐《すわ》ったきり、お互いにまんじりともしていなかった。

「この家は、亡くなった父があたしのために建ててくれたもので、持主はあたしです。法律的にも実質的にも、健の自由にはならないんです。あの人は何といったか存じませんけれど、あたしを通過しない話し合いは、形になる筈《はず》はありません」

「でも、書類が、たしかにあったんだぜ」

「中味をちゃんと見たんですか」

「いや、それはべつに――」

チン六は口ごもった。

「でも、健は、あんたと夫婦だといった。あんたがこの商売に反対なんで、その、売りたいといってきたんだ」

「夫婦だなんて――、もしあの人をそういう名で呼ぶとすれば、ただの同居人ですわ」

「同居人――？」

「ええ。同居人よ。それから、この商売のマネージャーかしら。――とにかく、家の件は、あの人の全くのでたらめです。ない話とあきらめてください。あたしは誰にも、この家を売るつもりはありませんの」

チン六は眼を細くして相手を見た。四十何年、この世でそんな世界ばかり見てきた彼には、女の着衣の中味を、そして又、その胸の奥のものを見定める術を心得ていた。

「へえ、そりゃァあんたがそういうなら嘘《うそ》はねえだろう」と彼はおちついていった。「だが俺《おれ》にはそう見えねえな。お前さん、口ほど立派じゃないな。健が勝手な真似をするにはそれだけの理由がある筈《はず》だ」

「一度あの人とデートをしたわ」

とまゆみはいった。彼女はチン六から眼をそらしてしばらく黙っていた。

「それから、英会話を教わったり、ダンスや麻雀を教えてくれた――」

「まだ他にも、教えたことがあったろう」

「でもすぐに嫌《きら》いになったわ。あの人がここに居つきだしてからは特にね。だから絶対に同居人以上の存在だとは思いません」

「つまり、早くいえばだまされたんだな」

俺と似たような話だな、とチン六は思った。

「ふうん。――すると、あの八千円は、どうなっちまうんだろう」

チン六は、隅《すみ》に積んである座布団《ざぶとん》の山にもたれかかって、うとうととした。眼が覚めたのはもう夕方で、健の声が耳もとできこえていた。

「チン六さん。もう昨夜のを精算してくれるのか。お堅いことだね」

「留守にあがりこんでいてすまねえな、健さん——」とチン六はいった。「だが、ちょっと話したいことがあってね」

チン六は坐《すわ》り直した。

「お前さん、俺《おれ》をペテンにかけたらしいな」

「なんのことだい」

「この家は、お前の自由にならねえらしいが、いったいどの家を、俺に売ってくれるつもりだったんだ」

ドサ健は台所の方に顔を向け、それからチン六の方へ視線を戻した。

「いや、この家だぜ。六さんに書類を渡したろう」

「たしかに一度は貰《もら》ったが、ありゃア何の書類が入っていたんだ」

「あんた、中を見なかったのか」

「いや、見ねえよ」

「そうか。そりゃ不注意だったな。中を見ねえで難クセをつけちゃいけねえ。出るところへ出りゃ、それじゃとおらねえよ」

「なるほどな。中を見ないで信用しちゃいけねえか。おぼえておくよ。お前は、博打の仲間をペテンにかけたんだ。こいつァ問題が大きいぜ。トーシロをいたぶ

るのと同じ寸法で仲間を喰《く》い物にしやがったんだ。世間からはじき出されている

その同じ仲間をな」

ドサ健はしばらく無表情でポツンと黙っていた。それから苦い笑いを浮かべた。

「きいちゃいねえことにしてやるよ、六さん」

「なんだと」

「ききのがしておいてやるといってるんだ。おい、よく考えてみろ、お前は何か勘ちがいをしてるようだが、この間の八千円は、家の売買いの金じゃねえ。あのときお前の負け代が九千五百円、それを埋めてまだ千五百円も足りねえんだ。家の話は白紙に戻ってるのさ。だから書類もまだ俺《おれ》が持っている。ペテンにかけるもかけねえも、まだスタートにもついてねえんだ。いいがかりもたいがいにしろい」

「だが、あの金を渡したのは勝負前だ」

「前でも後でも結果としちゃア勝負の金だ。おい、そんなことより不足分はどうしたんだよ。そのいいわけから唄《うた》ってみやがれ」

「それはそれだ。健さん、俺もな、部落に戻るわけにもいかなくなってな」

「おきやがれ。そうならそうと、しおらしく頭をさげて、勘弁なと謝まりゃア、

こっちだって飯の一杯も喰《く》わして、いつでもいいからお稼ぎなさいとこうなるんだ。きいたふうな口を吹きやがって、のぼせあがるのもたいがいにしろい」

「健さん、俺ァ——」とチン六はうつむいた。「当分ここの家に厄介《やっかい》になるつもりできたんだが、そいつァ見込みがねえな。虫が好すぎたってえわけだな」

「当り前だ。すぐに出てってどこかで金を都合してこい。まごまごしてると上野界隈《かいわい》を歩けねえようにしてやるぜ」

三

この一件を、私はチン六の口から直接きいた。

ちょうど二十一日の留置期限が切れて、上野警察からふらふらと出てきたチン六と、偶然、ぶつかったのだ。

私はいよいよドサ健のクラブへ乗りこむつもりで出目徳との打ち合わせどおり、すこしおくれて車坂に向かっていたときだった。

私はチン六に同情はしなかった。良いとか悪いとかは、この世界でははじめから問題にならない。知恵で戦い、力で戦う。負ければ手傷を負うが、当然のことで、それがいやならこの世界に入らなければいいのである。

同情はしなかったが、私はチン六の話を終りまでおとなしくきいていた。チン六は、めっきり白髪《しらが》が目立ち、チンチロリンで常勝していた当時とは別人のように勢いがなかった。

私は、チン六の話を辛抱づよくきいたばかりか、いくらかの博打の資本まで貸してやった。

「これでサイコロでも転がしなよ。チン六さんはサイコロなら、絶対に大丈夫だ」

「ありがてえ——」チン六は太い息と一緒にその言葉を吐きだした。

「坊や、お前は若えが、できてるなア。まァ、運がつくように祈ってるぜ」

健は真正面からぶつかって相手を粉砕しようとする。食い物にたとえれば、美味なところだけ喰《く》ってあとは捨ててしまうというやり口だ。私には健のような積極性が不足しているかわり、捨てるようなところもなんとか生かそうとしていく。種をまいて、育てて、喰うというわけだ。

健と私はこの点で対照的である。どちらが効果的かはわからない。健や私が、この世界で良い顔になってからも、このやり口は変らなかった。このために、ある時は健がペースを崩し、ある時は私が一敗地にまみれた。

それはともかく、この失意の男を前にして、私は自分のやり口を充分に使っていた。これでチン六は、もう私の勢力範囲の男だった。小さな恩を売って大きく利用する。それができなければ私の勝負の世界を泳いではいかれない。いつか此奴《こいつ》を、うんとこき使ってやらなければならぬ。豚同然にだ。

私はチン六と別れて、クラブの扉《とびら》をあけた。座敷の隅で一卓やっているきりだった。しかし、そのメンバーは、後にいずれも、戦後の麻雀打ちの世界で名を売った者ばかりだった。

ドサ健、出目徳、上州虎、それに私は知らなかったが、ソッキンと呼ばれる健の片腕の男が卓を囲んで居、一見してフリー客らしい眼玉のギョロッとした和服姿の三十男が観戦していた。その他に若い女が、隣りの卓に頬杖《ほおづえ》をついて出目徳の手を眺めていた。チン六の話に出てきたまゆみという女だろう。

「おう――」

とドサ健が意外な声を出した。

「坊やか。どうした風の吹きまわしだい」

「うん、今そこでチン六さんに会ってね」

と私はわざといった。

「健さんがここでやってるというから、ちょっとのぞいてみた。いいかな」

「いいとも。ちょいちょい寄ってくれよ。歓迎するぜ」

「健さんの歓迎は怖いな」

「チン六はどうしていた？　何かいってただろう」

「ああ、留置場帰りらしかった。健さんに一発ひっかかったってこぼしてたよ」

ドサ健は大声で笑いだした。

「こぼしたって仕方あるめえ。博打で負けたんだ」

「そりゃそうだね。健さんと麻雀打つのがまちがいなんだ」

私はひとわたりメンバーを眺めた。それは全く不思議なとり合わせで、健とソッキンがコンビなのは明白だが、上州虎が複雑な構えだ。虎は健の身内のような顔をしていて、いざとなると出目徳と腹を合わせる構えだ。私も、健とは最初からの馴《な》染《じ》みで、出目徳とは一面識も無いような素振りをしているが、すかさず健とソッキンの横に坐《すわ》りこんで、彼等の手の内を通報している。

和服の三十男は、これは全く正体不明。

しかし私はそれよりも、まゆみという女の眼の動きを注目していた。出目徳の方をぼんやり眺めているようで、これも出目徳の手が変化するたびにすばやく眼の色が動く。

（ははァ、カベ役〈スパイ役〉をやってるな——）

突然、ドサ健がサイコロを振ろうとしていた出目徳の手を押さえた。

「ちょっと待った。お客さん、今、逆モーションを使ったね」

「逆モーションって、なんだね」と出目徳もとぼけてる。

「普通と逆に、牌《パイ》の上山を、前からうしろにコチンとのせる奴《やつ》さ。不自然だなァ、気になるなァ。面白くねえよ」

健はダボシャツの懐《ふところ》から、三寸ばかりのナイフを出して卓の上においた。

「ここは素人《しろうと》相手のヘボクラブとはちがう。なめちゃいけねえよ。積みこみはご法度《はっと》だ」

緊張した一座の空気に出目徳は全然染まらず、気のない返事をした。

「こりゃァ手の癖だが、そんなにいうなら山をひっくり返して見たらいいだろう」

「見て、牌色がかたよっていたら、いきなりブスッといくぜ」

ドサ健が、出目徳の山に腕を伸ばして一度にひっくり返した。

四

「いいかい。開けるぜ」

出目徳の積んだ牌山を、健が強引にひっくり返した。

皆の緊張した視線がそこに集まった。

これが上山。荘家《チョワンチャ》の出目徳と、トイメンのソッキンがツモる方の山だ。
一方、ドサ健と上州虎がツモる筈《はず》の下山の方は、

「どうだい兄さん。妙な感じがあるかい」

出目徳の渋い声が、静まり返った部屋の中で重たく響いた。

ドサ健は深々とした視線を二列の牌の上にそそいでいた。

「きいてるんだぜ。答えてくれ」

「待てよ。今見ているところだ」

「そうか。念をいれて頼むぜ。はじめて来たクラブだからな、俺《おれ》だってここんところは、はっきりさせといて貰《もら》いてえ」

一座の中で、おそらく私だけだったろうが、私は、この騒ぎが大きくなるとは思っていなかった。この逆モーションは単なるジェスチュアだ。

普通は牌山を作るとき、手前にまず上山に当る部分を作り、その向う側に下山になる部分を並べる。手前の一列を両手で持ち、向う側へのせる。逆モーションというのはこの逆に、向う側の一列を引くようにして手前の山にのせる。いわば不自然な手の動きになる。

自分のツモが下山をとおるとき、（南家北家の場合）下山の方によい牌を固める必要があるが、そのためにはこの山を先に作った方が便利だ。あとになると残りすくない牌を材料にしなければならないからだ。だから素人に毛の生えたような積みこみ師は、先に積んだ手前の山が下山になるように、逆モーションが多くなる。

だが、出目徳ほどのバイニンが、逆モーションを使わなくては積めないなんてことがあるわけはない。それに出目徳は親で、逆モーションをする必要はないのだ。ドサ健も、うっかりここにひっかかって難くせをつけた。

むろん出目徳の山に細工がしてあるわけはなかろう。いいがかりをつけたドサ健が苦しい立場になる。すくなくとも、この後、出目徳の山が怪しく光っても、今度はおいそれと文句をつけにくくなるのだ。

出目徳という打ち手のこうした老獪《ろうかい》さは、コンビを組んで歩いていた私は再々眼にしている。敵にまわしたら怖い打ち手だ。そうしていつまでもこの男とのコンビを続ける意志がない以上、私も出目徳を喰《く》う手段を、早晩考えださなければならないのだった。

「まアいいや。おい皆、山を積み直そう」

「いいやってのはどうなんだ。山に妙なところがあったのか、なかったのか」

「いいよ。勝負続行だ――」とドサ健は吐き捨てるようにいった。「だがお客さんだって文句はいえねえぜ。逆モーションは禁じ手だ。山をあけられたって仕方がねえんだ」

四つの山が一度に崩され、それから又おのおのが山を作り直した。

出目徳が、大きな掌を、卓上をなめるように振った。サイは五と五、十の目が出ていた。すかさず上州虎が振り直した。三と四で七。合計できっちり十七だ。

おや、と私は思った。

出目徳の山の右端から配牌《はいパイ》がとられていく。荘家《チヨワンチヤ》（出目徳）の第一捨牌が二萬。南家《ナンチヤ》が、西家《シーチヤ》が發。北家《ペーチヤ》のドサ健が南を捨てた。ポン、と出目徳がいった。

やった――。私は思わず唸《うな》った。読者はもうご存知の筈であろう。大四喜《だいスーシー》十枚爆弾。出目徳の得意技の一つだ。配牌で東三枚、南西北各二枚、中一枚をとり、サイ十六の場合は南家に、サイ十七の場合は北家に、南西北中各一枚が入る。サイ十七だからドサ健の所に字牌が一枚ずつ流れこんでいる。これを整理しようと切っていけば南西北をポンされ、中単騎で待たれる。四巡目にして大四喜字《だいスーシーツー》一色《イーソー》を打ちこむという寸法だ。

しかも、今、牌山についてひと悶着《もんちやく》おきたばかりの、その直後に仕込んでしまうその素早さ、タイミングのよさ。

一巡廻《まわ》って、ドサ健が西を出した。

ポン、と出目徳が又いった。

ほとんど同時に、ドサ健のうしろで観戦していた眼のギョロリとした和服男が咳払《せきばら》いをして立ちあがった。便所に行くらしい。

又一巡してドサ健の番になった。健が鎌首《かまくび》を立てて出目徳の手を眺めている。

私は固唾《かたず》を呑《の》んだ。おそらく上州虎も同じ気持だったろう。

健が牌を捨てた。それは中だった。

出目徳の目が、ふっと和《なご》んだようだった。しかし南西北中と切りだせば四巡目に打ちこみだ。普通はこの手順になる。しかし南西中北では、勝負はすぐにつかない。健は何故、北をおいて中を切ったのだろう。

二股膏薬《ふたまたごうやく》の上州虎があらかじめ通報していたのだろうか。だがその気配はない。これは偶然なのだ。つまりこのあたりが健の勝負強さなのであろう。

その証拠に四巡目に健は北を捨てたのだ。

しかし出目徳も、もうポンをしなかった。

便所から戻った和服が、元の坐《すわ》り場所に戻らず、出目徳の横にべったり坐ろうとしていたからである。

和服が横にくる気配を感じたか、出目徳は健の出した北に見向きもせず、

「アレ、おかしいぞ」

いきなり自分の手牌をバタッと倒して、数を数えはじめた。

「畜生奴《め》、少牌してやがら。チェッ、いい手だってのになァ」

「変だな、ツモ順は変ってないぜ」とソッキン。

「じゃ、捨てすぎたのかな。ツイてないなァ」

上州虎が一四七筒《ピン》で早くもヤミテンしていた。おそらくソッキンやドサ健の手もいいところまでいっていたろう。

出目徳がこの手を作るときは、牌山の他人に行くところによい牌を積んでおくのが常だった。字牌《ツーパイ》を押さえこまれないためである。他人の手が早かろうと、此方《こちら》はなお早いのだから関係はないのだ。

出目徳は次のツモでをひきぼりし、上州虎に打ちこんだ。

「うわァ、ついてねえ――」

彼は伏せたままの手牌をそのまま山の中へ突っこんで大仰に慨嘆した。しかし、それで和服に自分の手を見せないことに成功したのである。

五

出目徳の言葉どおり、ずうっとついていない感じで、戦況はドサ健とソッキンがよいらしかった。

やがて上州虎に代って私が入り、ソッキンの代りに和服が入った。

和服はほとんど物をいわず、表情も変らない。ただ、その細い眼がチラチラと、いつもせわしく動く。博打打ち特有の眼である。

この男については、チン六の話にも出てこなかったし、私は最初からその正体を見わける意味で注目していた。しかし、ドサ健たちも和服には、なんとなく冷めたい視線を当てているように見える。

健、和服、私、出目徳、という順序で座がきまったとき、和服と私の間にすかさずソッキンが観戦に坐《すわ》った。

上州虎は出目徳と健の間に坐っている。むろん二人とも、手の内を見ていて通し（サイン）を送ろうという構えである。

もし、和服がドサ健の手の者だったら、こうした布陣にならないだろう。ソッキンは私と出目徳の間に坐り、出目徳の手は虎と二人で通しにかける筈《はず》である。

和服は、出目徳側でも健側でもなく、ふらりと迷いこんだ一匹狼《おおかみ》であろう。

それにしても、先刻、出目徳が一発積んだ折り、すかさず立って手の内を見ようとしたところなど、かなりの使い手と見る。

健にすれば、出目徳、私、和服、この三人はバラバラに来た人間のようにも思え、だがさすがに用心してもいるらしい。

ところで、虎はどういう態度をとっているか。

彼は出目徳との関係で、健たちの手を大体は通してくれることになっていた。

そのうえ、先刻《さつき》のように出目徳が一発仕込んだ気配を見るや、すかさず助ッ人に出てサイの目を出してくれる。

しかし、と彼はいうのである。

「あンたたちの手も、健の方に送るぜ。俺《おれ》は健にも仁義をとおさなくちゃならねえ」

いうならば、二重スパイであるが、

「だが、双方が使っている通しは、どちらにも絶対バラさないから安心しろ」

というわけである。健や私とちがって虎のような古風なバイニンは、センチメンタルな渡世人気質のために、こんなところは案外固いのである。

つまり、上州虎が出目徳とドサ健の間に位置をしめたのは、こうした複雑な内容をふくんでいたのだ。

こんな次第で、一匹狼の和服をのぞけば、誰のテンパイも大体、相手に通報されてしまうのである。

ただ、私と出目徳には、ソッキンが通す和服の手がわからなかったが、健には三人の相手の手が全部わかるわけであった。

これは、実は大変なハンデなのである。三人の相手の手がわかれば、絶対に負けないと誰しもが思うであろう。だが、四人の組合せになってから一、二回戦は、惨敗を喫したのは健であった。

健は負けるべくして、負けたのだ。

何故か。私と出目徳は絶対に先制リーチをかけなかった。これが健のリーチ麻雀に対して、二人で苦心の末に考えだした作戦だった。

リーチをかけたところで、テンパイはどうせ通されているのだから、すこしも圧力をかけたことにならない。逆に、リーチは守備ができないのだから、かえって窮地におちこむことが多いのである。

最初のうち、健はわりあい無雑作《むぞうさ》にリーチをかけてきた。三人の手を読めるという安心感が油断を呼んだのであろう。

だが博打打ちが油断をしたら、それこそ形なしだ。

三人の手が読めても、一度リーチをかけたら、手が変えられないのだから、いくら読めたところでそんなことは無意味になってしまう。健はそれを忘れている。そのうえ、健は知らないが、健の手は上州虎が逆に通してくれているのだ。

健がリーチをかけると、私たちの一方が、すかさず追いかけリーチに出た。他の一方は喰《く》い番にまわる。

喰い番というのは、敵にリーチがかかった場合、山の牌《パイ》を覚えられていて即ツモとならないように、喰ってツモ順をずらすのだ。コンビ麻雀の場合、味方の一方が追いかけリーチと出たら、他の一人はたとえテンパイしていようと、手をこわしても喰いに出るのである。

リーチの喧嘩《けんか》は運である。通報役が何人居ようと関係ない。しかもこうした場合、当り牌をとめて廻《まわ》しリーチした後攻めの方が多くは勝つ。

不思議なことに、和服もほとんどリーチをかけてこなかった。彼は一匹狼《おおかみ》の筈《はず》であるが、打ち方の基準を出目徳においているらしく、出目徳がリーチをかけたときでなければ、彼もリーチをかけない。

ガードの秀《すぐ》れた打ち手らしく、出目徳の後につくように安全牌を振りながら、ときおり間隙《かんげき》をついてアガる。

だから負けないが、彼も又勝てなかった。

「よし、あたしゃ、モーパイ麻雀でいこう」

彼はついに手牌をバタッと伏せだした。顔を心持ち観戦者のソッキンの方に向けて、

「皆さん失礼。あたし、眼が悪いもんでね。どうせ長期戦だろうから、なるべく

眼を休ませます」

和服はそれ以後、二度と手牌をあけなかった。

六

私も和服に倣ってモーパイでやれば、ソッキンの役目を潰《つぶ》すことができるわけだったが、しかし心中で私はすばやく計算していた。

ソッキンを追い払えば、上州虎の立場も妙なものになる。皆が手を伏せてやりだすと、私たちも通されない代り、健の手もわからない。これは、このペースでいく限り、現在の形がよいのではあるまいか。

しかし、健が、突然リーチをかけなくなった。おそらく彼も又、慎重をとり戻したのだろう。

するとが、誰もリーチをかけなくなった。リーチすれば一発ツモが眼に見えているときも、かければ健か和服に喰《く》われてしまうのだから、意味はない。山をあらかじめずらして、喰われてツモるようにしても、成功するのは一度目だけだろう。もし不成功に終れば、リーチした者が無防備になるのだから、お互いにかけられない。

結局、ツモリっこの感じになってきた。出易い待ちよりも、ツモる待ちにしていく。ヤミテンでも、テンパイはわかっているのだから、こうなると山の牌《パイ》を一枚でも多くおぼえて、相手にその牌をツモらせないようにすることに力を注ぐわけである。

何回目だったろうか。自分の山にできるだけトイツを固めておいた私の作戦が成功して、配牌《はいパイ》は私の山からとったのではなかったが、

こんな手がきた。は私の山の外筋（右端から左端まで一枚おきに並んでいる九枚）に三枚あった。は中筋（右端から二枚目に発し、左端から二枚目に終る一枚おきの八枚）に二枚ある。喰《く》われてツモが変わるかもしれないのでこれも持っておく必要がある。

で、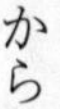から捨てた。このはあとでダブったが、ともかく中盤までにをアンコにし、

という手になった。私のツモは外筋なのでこのままいけば🀎をたくさんツモってくることになる。が、🀓と🀋はあったかどうか自信がなかった。多分ないだろう。けれどもこんな手は、ツモって四暗刻《スーアンコー》にならなければ意味はない。ツモが狂わぬ限り、どちらかをきりだして代りのアンコを作ろうと思っていた。こうした回は普通だとポンが多いものだが、さすがに皆慎重で、淡々とツモが進んだ。

私の山にツモがかかった頃、出目徳からのサインで、二五万でテンパイしたことを告げられた。

🀋はもう打てない。🀚を握った。この🀚はトイツで組んである筈《はず》だ。私はちゅうちょなく、将来危険牌化するだろう🀓を捨てた。和服が突然、ポン、といった。

私は唇をかんだ。

ツモが狂った。下ツモで又トイツを作らねばならぬ。ところが、和服が捨てた🀠を、トイメンのドサ健が、すこし考えながら、ポンをした。

ツモが今度は上列の中筋になった。だが同時に、上州虎からの赤信号で、🀚というサインが送られてきた。

（——チンイチだ）

ドサ健の手は、まぎれもなく一色傾向だった。🀓が二枚、私の方に入ってきて、

🀃🀃🀃🀒🀒🀒🀉🀉🀉🀋🀋🀚🀎

となったが、私は顔色を失っていた。

🀚が外筋に二枚あるのだ。早晩、健にツモられることになる。🀚は外筋の五ツ目六ツ目だったろうか。それとも、六ツ目七ツ目だったろうか。

私はよほど、🀎を打って出目徳に狙《ねら》い打とうかと思った。しかしそのとき、🀎、🀎、と健がツモ切りしはじめた。

出目徳から、テンパイ崩れのサインが出た。筒子《ピンズ》（恐らく🀝）を握ったのだ。

私は眼をつぶった。健がツモり、その牌はスルリと手の中へ入った。そして意外にも、🀚が出てきたのだ。別の筒子が入ってテンパイが変ったらしい。

四五六七筒、というサインが上州虎から出た。

一巡して、健が、アッといった。🀚をツモったのだ。ところが私も思わず、アッといいかけた。

私の方のツモは伍萬だったのだ。私は夢中で八萬を切った。もういわなくてもおわかりだろう。健の次のツモもであった。健は眼をむき、天井の一角をにらみつけながらそれを捨てた。

バタッと私は牌を倒した。

「今、テンパイしたんだ——」

健は放心したような表情で私の手を見、それから唇をまげてニヤッと笑った。

和服が手を出して健の手を倒した。

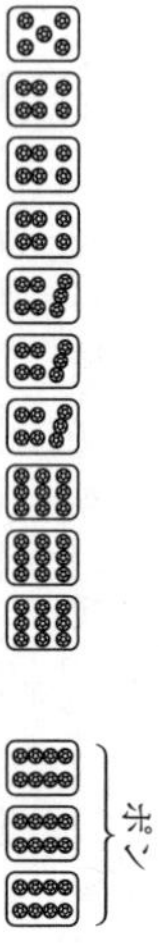

「ごめんよ、健——」

と私も素直にいった。健にというより、こんなことに気力のすべてを使い果たす私たちすべてが、ふっと、あわれに思えたからだ。

七

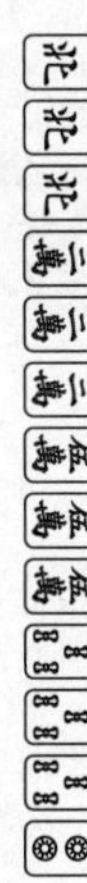

力の限り戦って仕上げた私の手が電灯の下で白々と光っていた。そしてそれも束《つか》の間、すぐに崩されて次の勝負に移っていった。

「そうだ、ちょっと脇《わき》できいたんだが――」と出目徳が思いついたようにいった。

「ここじゃ、青天井ルールでやらせるんじゃなかったかい」

ドサ健はじろりと眼を剝《む》いた。

「ああ、やるよ。客の望み次第でな」

ご存知の方もあろうが、青天井ルール(別名青空ルール)というのは、満貫という枠《わく》を作らないで、すべての手をきっちりと上り点を計算していくルールである。だからちょっと大きい手ができると底無しに大きくなっていき、当時の小さいルールでも何十万点というような手ができあがることが珍しくなかった。

「そうか、もしやるとすれば、ここじゃ、役満はいくらに切っているのかね」

「十万点だ。但し、天和《テンホー》と九連宝燈《チューレンパオトン》は二十万点」

出目徳の顔が急に艶々《つやつや》してきた。

「ダブル役満は」

「やっぱり二十万点さ。やるかね」

「やろう――」と出目徳。

「レート（賭金）はどうする。青天井は、レート半額にするのが普通だが」

「このままでもいいんじゃねえか。どうせ、どっちかがおケラになるまで退かねえだろう」

ドサ健の視線がチラリと動き、ソッキンの眼とがっちりぶつかった。

「それで、他の人は賛成かい」

「僕はいやだな――」と私はいった。そういわなければ不自然だったからだ。

「役満なんてそうできるもんじゃない。今できた四暗刻《スーアンコー》がただの三倍満なんて、ガミ（損）だな」

「そういいなさんなよ――」と出目徳がやわらかくいった。「あんたは昇り調子だ。麻雀なんか、ツケばどんな手だって面白いようにできる」

「そうはいかない」

「俺《おれ》はね、そのつもりで金も用意してきたんだ」と出目徳はいった。「なんだか面白く遊べそうな気がしてね。ほら、こりゃァ色紙じゃねえぜ。本物の札だ」

「やろうよ、坊や」とドサ健もいった。

「まァいいけどね、僕は。皆がそれほどやるってんならつきあうよ」

「あたしは、やめとこう」

和服が突然、静かにいった。

「まだ未熟だからね。危険な博打は手を出さないんだ。でもここで観戦させて貰《もら》いますよ。いいでしょう」

ドサ健が顎《あご》をしゃくって、ソッキンに入れといった。

新しい半チャンが、私、ドサ健、出目徳、ソッキン、という形ではじまった。ちょうど源平麻雀と同じ恰好《かっこう》で、二組の仲間がトイメン同士に居る。

この形はコンビにとってはさまざまな利点がある。まず積みこみがやりいことだ。ツモで好牌を入れることを主眼としたゲンロクは、味方同士が上山なら上山、下山なら下山と同じ方をツモるので、サイの目がどう出てもよろしい。二色《ふたいろ》(両方に好牌がいくようにする) に積むこともできる。

又、配牌《はいパイ》で好牌を一度に入れることを主眼としたバクダン系統の積みこみも好都合だ。サイの目がどう出ても、好牌の塊りは自分かトイメンにしか行かないからである。

その頃は、最初の場所きめは、抜きとりといって、東西南北をかきまわして、伏さった奴《やつ》をめいめいが取ったものだ。

だからバイニンは、デンスケ博打の技巧よろしく、掌の下でうまく牌《パイ》を調節して、仲間とトイメン同士になるように牌をひかせる手段を工夫したものである。

期せずしてトイメン同士になったドサ健とソッキンは、急に勢いづいた。

ある回の序盤で、健が初牌の北をポンした。北はオタ風である。オタ風を最初からポンしてくるのは容易でない事態が匂《にお》っている。ソッキンがすぐに中を出し、健がポンをした。

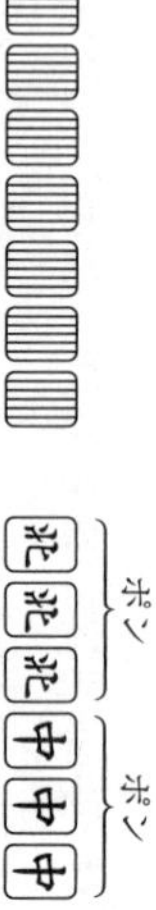

その回の配牌は健の山からとったのだ。私たちはさっと緊張した。健と出目徳の間で観戦している上州虎が、楊子《ようじ》を使い出した。これは私たちの方のサインで、健の手が大きいという意味である。楊子で奥歯をせせっているが、これが前歯の方へ来るとテンパイというサインだ。

すると、ソッキンが突然、リーチをかけた。こんなとき、相棒が健の大きい手を邪魔してアガリにかける筈《はず》はない。私がソッキンならどうするだろう。私はコンビ技の四十八手をすばやく頭の中で復習した。

ツモの場所は、今ソッキンの山の終りの部分だ。かりに、ソッキンの今後のツモ牌の中に、健がポンする材料があるとする。ソッキンが普通にその牌を捨ててポンさせたのでは不自然だ。だがリーチをかけていれば、ツモった牌は出さざるを得ない。

（——奴《やつ》はカラリーチだ。健の手を進行させるための露払いなんだ！）

私とソッキンの間で観戦している和服の顔を私はうかがったが、この男は例によって無表情だ。

（喰《く》おうよ——！）

私は出目徳にサインを出したが、出目徳は何故か眼を伏せたきり、返答をしない。

ソッキンの捨牌は残念ながら、私の喰えない牌だった。

次のソッキンの捨牌東を健がポンした。上州虎が楊子《ようじ》で前歯を突っつき出した。虎が出目徳と話合う恰好《かっこう》で巧みにサインをくれるが、と發のシャンポ

ンとあった。

そのを、健がツモってアガった。

東中発で三飜《サンファン》、ホンイチトイトイ各一飜（当時は一飜ルール）、混老頭《ホンロウトウ》二飜で、都合七飜役。四十四符だから子が五六四〇点、親が一一二八〇点。計二万二千余の点数になる。

その回は断然たる健の押切り勝。次の回にも、やはり健が一万点以上の手をアガって、彼等の気勢はいやがうえにもあがった。

八

私たちはすでにかなりの現金《キャッシュ》を、健たちに払っていた。レートはピンピン（千点百円のこと。当時のピンピンはそう安いレートではなかった。なにしろ若い勤め人の給料が月千円に満たない時代なのである）。一発大きいのをアガられるとそれだけで月給を越す額が出ていくのだ。

私は何度も出目徳に誘い出しをかけた。大《だい》四喜《スーシー》字一色《ツーイーソー》、あれがあるではないか。ダブル役満は二十万点だという。

私の方には和服がへばりついているので、そう派手なことはできないが、出目徳の方の観戦者は半分腹心の上州虎だ。いくらでもできるのではないか。

ところが、どえらいことがおこった。序盤の三巡目、出目徳がを捨てたとたん、健がバタッと牌を倒した。

「さァ来たぞ。十万点だ――！」

何にもポンをしていない。まだ序盤の三巡目だ。交通事故みたいな牌だ。もし偶然にできたのなら、なんとも仕方がない。偶然ならの話だが。

「いかん、どうもいかんな」

出目徳の声がさすがに大きくなった。

いい忘れたが夜の十二時を廻《まわ》った頃、上州虎は帰って行き、和服だけが相変らず腕組みをしたまま、表情を崩さずに観戦していた。

（畜生、虎の奴《やつ》、自分だけさっさと帰りやがって――）

私は一人で腹を立てていた。今頃、虎は、健側と出目徳側と、両方から貰《もら》えるカベ料（スパイ役の報酬のこと）を思ってニンマリとしているだろう。

出目徳も沈んでいたが、それ以上に私がペースを乱していた。このあたりの数局で、私は自分でもまさかと思えるようなミス牌を続けてやっている。やっと貯めこんだ私の全財産が、急坂を転がるように連続トップの健の懐へ流れこんでいくのである。

（もしかしたら、出目徳もどこかで健とつながっていて、私一人のふところを狙《ねら》ってるのじゃあるまいか——）

そんな考えも湧《わ》いてくるのだ。

又新しい回になり、場所が変って、私、ソッキン、ドサ健、出目徳の順になった。

起家《チーチャ》は出目徳。

すると突然、出目徳から簡単なサインが来た。

（——天和《テンホー》。一本場にするから次の回に積むこと）

私はぐっと緊張した。考えてみると私と出目徳が上下に並んだのはこの回がはじめてなのだ。

出目徳は作戦どおり喰《く》いタンヤオで安連チャンをし、一本場になった。私は慎重に山を積んだせいか皆よりすこしおくれて積み終り、そのときには私の山近くにサイがはじけ飛んできていた。

「二だよ——」と出目徳がいった。

神様、と私は胸の中でいった。

（此奴《こいつ》が正念場だ。ここで二を出さなきゃ笑われる。麻雀打って暮してるなんて大きな顔ができなくなる——）

ピンの目が二つ出ているサイをそのまま握り、小さく捻《ひね》っておとした。二つのサイは、ぶつかって左右に大きく別れたが、一度も転がらず、そのままの形で卓上をすべっていっただけだった。

「二の二か、小目だな——」

出目徳が囁《ささや》き仕込んだところをそっくり取っていった。二の二の天和《テンホー》、読者はもうご存知の筈《はず》。

出目徳はしかし、いそがしく牌を並べかえ、此奴ァ——、といったきり、今度はばったり手をとめて、手牌をにらんでいた。

「どうしたよ、親、振らねえかい」と健。

そのとたんにガタッと手をあけた。

「びっくりしたよ、アガってるんだ――」と出目徳は声を落し、細くふるわせていた。

息苦しいような、沈黙が一瞬で崩れ、「二十万点、二十万点だ――」と出目徳。

「畜生、こんなときに出来るなんてなァ」とソッキン。

ドサ健がこのときだけは実に疑わしそうな眼を私に向けたが、私も完璧《かんぺき》な表情を作っていた筈だ。

「糞《くそ》ゥ――!」

健が立ちあがって便所へ行った。

「まゆみ、ちょっと積んでいてくれ」

しかし私はこの時、あっけにとられて出目徳を見ていた。

(――天和)

というサインが又出ているのだ。出目徳の表情はすこしも変っていない。

健が便所へ立っている。場に居るのは、女と、健よりはいくらか甘いソッキンだ。なるほど、これはチャンスだが――。

今度は前より簡単に、二と二が出た。健が便所から戻ってきたときは、もう配牌をとり終ったときだった。

「おや、――おやおや！」

私は思わず笑いをかみしめた。出目徳が今度はどんな芝居を打つのだろうか。

「わっはっはっは――！」

出目徳はひっくり返って笑い出した。

「こりゃおかしい、わっはっはは、皆、見てくれ俺《おれ》の手を。おかしくて死にそうだよ」

私が彼の手牌を倒した。天和だ！　ソッキンが叫んだ。

「俺ァ、皆みてえに巧《うま》くねえから、最初《はな》にあがってる手でもなきゃァ勝てねえよ」

「ふざけるねえ！」

健が牌を叩《たた》きつけた。

「おや、なんだい」

「手前、相手を見て技をやれよ。俺ァ上野《のがみ》の健だぜ。やる以上は命を張ってるんだろうな」

「これが、インチキだってのかい」

「どこの世界にこんなチョボ一にひっかかって銭を払う奴《やつ》が居るもんか」

「インチキだから払えねえってのか。よおし、上野に健っていう勇ましい博打打ちがいるってきいたが、そいつがそう吐《ぬ》かしたんだな、インチキだから払えねえってな」

出目徳とドサ健はだまってにらみ合った。そのままの形で、言葉にならないやりとりが、たんとあった筈《はず》だ。

やがて、ドサ健は仰向けに倒れると低く笑い出した。

「フフフ、バイニンさん、勝ってよかったな。もう仕事は終りだろ。払ってやるから帰りなよ」

「いや、俺《おれ》は帰らねえよ」と出目徳はケロリとしていった。「まだやるつもりだ。もっとも皆がやるっていえばの話だがな」

とたんに健がすごい形相で起き直った。

「よおし、来い――――!」

九

「まゆみ――――」と健が女を呼んだ。

「稲荷《いなり》町の兄イの所へいって金を借りて来い。一万両ほどだ」

「こんな夜中に、一万円なんて――」

「借りて来るんだ。どうあってもだぞ。借りられるまで帰ってくるな」

健の顔はゆがんでいた。無理もない。先程までの勝金をだして、そのうえ三万円余の現金が流れているのだ。

健とソッキンが、どんなふうに山を作っていたか、はっきりとわからない。しかし、毎局のように何かを仕組んでいた筈だ。

その証拠に、おのおのの手がいつも烈《はげ》しく片寄っていた。トイツが溜《たま》りだすと、トイツばかりが皆に出来る。皆が色気のちがう一色傾向になるときがある。

誰かが山を仕組んで、そこに例えば筒子《ピンズ》をたくさん入れれば、自然の理で私の山に索子《ソーズ》や万子《ワンズ》が多くなる。トイツを固めれば、他の山は他のトイツ群によって構成されるようになる。

そうして一度悪い態勢になってカッカとしてくると、奇妙に自分が仕組んだ山が他者に流れるようになる。

あせればあせるほど、サイの目は悪くなり、ポンチーなどがあって、山が自由にならない。こうなったらしめたもの、私たちとしては、敵に積ませておいて、それを利用して勝っていればよいのだった。

大体、バイニン同士の対戦で悠長《ゆうちょう》な積みこみなどは、かえって損なのだ。

この日の対戦前に、出目徳は私にこういった。

「ゲンロクなんか、やるんじゃねえぜ」

彼が指令したのは、即決できまる天和《テンホー》積みだけだった。この点でも、出目徳の作戦は適確だったといえる。

それにしても、ドサ健は、天和積みを知らなかったのだろうか。

いや、健が知っていても、ソッキンが知らなかったのかもしれない。天和積みは、よほど相手を信用しない限り教えようとしないものだ。二人でなければできない天和積みを、健一人ではできなくて、心中おおいに口惜《くや》しがっていたのかもしれない。

何度目かの半チャンが終ったとき、出目徳が静かにこういった。

「健さんよ。帳面で又、五千両を越しちまったな」

「大丈夫だ。奴《やつ》が戻ってきたら、すぐに払う」

「うん。——だが、まァ、ひと息いれようぜ。あわてることはねえ。金が来てからゆっくりやりゃァいい」

「俺《おれ》を信用しねえのかい」

「ああ、博打ってなァ、そういうもんだ」

「ちぇッ――」

健は立ちあがって、次の間のあたりをうろうろした。

「あの野郎、どこをほっつき歩いていやがるんだろうなァ」

出目徳、私、ソッキン、三人とも天井を向いて放心していた。じっと観戦している和服が、やおら手を伸ばして冷えた茶を呑《の》んだ。そのごくッと喉をとおる音が意外に大きくきこえた。

「そうだ、こうしよう――」

隣りの部屋から健が出てきた。右手に大きな封筒を握っていた。

「こりゃァ、この家の登記書と、この商売の許可証だ。五千や一万の値打ちじゃねえぜ。これでいいだろう。続けよう」

「ちょっと待ってくれ、健さん――」

と私はいった。

「そいつ、中味を見せてくれないか」

「なんだ、お前まで、俺《おれ》を疑うのか」

「そういうわけじゃないが、チン六さんに大分話をきいたもんだからね」

「チン六とお前たちと一緒にしねえや。さ、見てくれ。こりゃァ本物だぜ。ようく見てくれよ」

そのとき表戸が開いて、女が肩をすくめながら帰ってきた。

「兄《あに》さん出かけててね、戻るまで待ってたのよ」

女が卓の上の書類に眼をおとした。

「あんた——！」

顔色を変えて、女は健ににじり寄った。

女衒《ぜげん》の達《たつ》

一

まゆみはそこに突っ立ったまま、封筒から半分顔を出した登記書類を不安げにみつめた。

「これ、まさか——」

「ああ、そうだよ」とドサ健が答えた。

「箪笥《たんす》の二番目から出したんだ」

するとは彼女はいきなり卓の上から封筒をつかみとり、胸の間へ押し当てながら男たちから遠くはなれた。

「何するんだッ」

健の手がぶるっと慄《ふる》えた。私たちが居なかったら、きっと奴《やつ》はおどりかかったろう。奴の見栄が、それをわずかに喰《く》いとめた。

「駄目よ駄目よ。これはあたしの持ち物だわ」

「元に戻せ」

「いいえ、いけません。これだけはあんたの自由にさせるもんですか」

「じゃア、俺《おれ》にこのままひっこめってのか」

「お嬢さん――」と出目徳がいった。

「だか奥さんだか知らねえが、この健さんがさっきいった銭は都合できたのかい」

まゆみは無言で、百円札の紙包みを投げ出した。

「そうかい。それじゃアいいんだ。現金《キャッシュ》で精算がつきゃア書類なんぞいらないよ。ひっこめておきなさい」

そこでだ、と出目徳は紙包みをほどきながらいった。

「この半分の五千両、これは俺たちでそれぞれわける。それで、まだ半分残ってるわけだ。さァ健さん、続行かね、やめるかね」

間髪をいれず、健がいった。

「続行だよ、きまってるじゃねえか」

それで私たちはそれぞれ太い息をつき、大きく伸びをし、気合をいれなおした。

「あァ、ソッキン、行こうぜ」

「ああ――」

だがソッキンの返事は心なしか冴《さ》えない。その筈《はず》だ。健のおヒキ（手下）のソッキンとしては、自分たちが勝っていなければ一文にもならない。おヒキはただ主（真打ち）の意志どおり動いているだけで、自立して戦っているわけではないのだから、形勢が悪くて稼《かせ》ぎにならない場合、時間を無駄にしているだけで、こんな馬鹿馬鹿しい麻雀はないのだった。

出目徳と私は、ただ牌《パイ》がくるままに自然に打っているだけだった。もう仕込みもしなかった。七分三分で有利に戦っているときは、ただ相手にもたれかかっていればよい。力を入れる必要はない。

肩に力を入れて大股に出ていくと、かえって腰が浮いて打棄《うっちゃ》りを喰《く》う。出目徳の長い勝負経験がそうさせる。私が手役を作ってリーチなどかけかかると、

（飜《ファン》を落せ、手を上げるな――）

出目徳から、しつこくそのサインがくる。

ツモがよいままに、状況も考えず手役など作りあげていくのは素人なのである。

やがて私も出目徳のペースに歩調を合わせだした。健やソッキンが力めば力む

ほど、私たちの、なんでもないみすぼらしい手にひっかかる。

健は、それを知っている。けれども、力まないわけにはいかない。点差が開いているからだ。もし健が、逃げのペースにひっかかることを嫌って、私たちと同じくテンパイを早めていったら、勝負は永久にこの点差で定着してしまうだろう。落し穴に落ちこみながらも、健の側はあくまでも一発を狙《ねら》って場を荒らさなければならない。

勝負の綾《あや》は、お互いの上がり手よりも、むしろ牌山を作る段階に集中していた。健とソッキンは、必死で〝寄せ〟を使っている。

〝寄せ〟とは、牌をかきまぜているときに、それぞれの山が牌色が片寄るように仕向ける技術である。この反対に、牌が平均にまざってどの山も特色がなくなるように仕向ける技術が〝散らし〟だ。味方が不利で一発やりたいときは寄せ、逆に有利でもう荒れて欲しくないときは散らしを使う。

自分たちに片寄った手をこさせるだけではない。状況がここまでくるとよい手がどこへ入ってもよいのだ。私たちがガメれば、ペースも又ちがってくる。つけこむ隙《すき》ができる。

私たちは彼等に寄せを使われないように、散らしをかける。好牌を早くとり、散らして積む。そうはさせじと彼等も手を早めてくる。そうして健たちは又、出目徳の天和も警戒しなければならないのだから大変だった。

窓の外が明かるくなり、鳥の声がいっときききこえたのち、車やトラックの音が烈《はげ》しくなった。

何回目かの精算に来たとき、健が、すっと立ちあがった。隣りの部屋に入り、しばらく出てこなかった。

私の斜めうしろで軽く咳払《せきばら》いがした。和服だった。この男はまだ、だまりこくって観戦し続けているのだ。

不意に、隣室で肉を搏《う》つ烈しい物音がし、それはすぐに静まり、女のすすりあげる気配がはっきりきこえた。そして健が封筒を持って現われた。

「さァ今度はこれだ。現金がいいなんて贅沢《ぜいたく》はもういわねえだろうな、俺《おれ》ァこれで、もう血も出ねえぜ」

「健ちゃん——」とソッキンが口を入れた。

「又にしねえか。この様子は無理だよ。なに、俺たちがツイてねえんだ。又やりゃアいい。恥じゃねえさ」

「うるせえ、黙ってやれ」

健はそれからも実によく戦った。登記書の封筒が金に代えられて、何度もお互いの間を往復した。まゆみが隣室の唐紙《からかみ》を開いて喰《く》いつくように眺《なが》めていた。けれども、ソッキンの戦意喪失がなんといっても大きな障害になった。その日が暮れ、大通りの物音も静まった頃、ソッキンが致命傷のチントイを私に打ちこんで、万事休した。

健は、進駐軍放出物らしい派手な上衣を私に投げてよこした。

「こりゃア、現金の代りじゃねえぞ、坊や」

と健は私にいった。

「お前はまだ、本物の博打打ちって奴《やつ》をよく知るめえから、信用しねえだろう。ケチ臭えまねだが、カタをくれといてやる。俺は払うぜ。払うが、今はねえんだ」

健は立ちあがって、扉口《とぐち》まで行き、そこで出目徳の方に振り返った。

「そっちのバイニンさん、お前はわかるだろうが、この勝負これで終りじゃねえぜ。俺ァ必ず打ち返してやる。俺たちの博打に終りなんかあるもんか」

「おう、いつでもやるぞ。又、面白くぶとうぜ」

まゆみは畳に崩れ折れて泣き伏したが、健は一顧もせずに出て行った。

ちょっとの間、私たちは放心して女の泣き声を聞いていた。ソッキンがまず立ちあがり、どこかへ走り去った。それから和服が、無言のまま、静かに表へ出ていった。私は畳の上にひっくり返って天井を眺めた。ドサ健をやっつけたには違いなかったが、まだその実感が湧《わ》かなかった。

「お前、巣無しだっけな――」

出目徳が封筒を私の方へ投げてよこした。

「さア、登記書だ、この家をやろう」

「家なんぞいらない――」と私も封筒を投げ返した。

「誰がこんなものいるもんか。虎さんにでもくれてやってくれ」

二

車坂から根岸の方へ少し歩いたところに小公園があった。健はそこの汚れたベンチに腰かけていた。

いつのまにか、まゆみが健の背後に来ていた。

「――あんた」

だが健は身じろぎもしなかった。裸電灯がひとつ照らしているだけで、その灯だまり以外はほとんど闇《やみ》に近い。眠ってるのか、とまゆみは思った。それから、あんたったら、と健の身体を揺さぶった。

(——この人ったら)と彼女は思った。

(負けて腑抜《ふぬ》けのようになんにもわからなくなってしまったんじゃないかしら)

健は、しかしはっきり眼を開いていた。

「ずいぶん探したのよ。だってあたしも、もう行き場がないもんね」

「俺《おれ》を探して、どうする気だったんだ」

「どうもしないわ。——腰かけていい」

まゆみは健の方を向いて、ベンチに腰をおとした。

「お前、怒ってるんだろう。お前の親父《おやじ》が生きてたら、俺をどうするだろうな」

「怒ったって、もうしようがないわ。あたしは健さんのそばに居るより仕方のない女だもの。怒りようがないじゃないの」

まゆみはコートを脱いで健に羽織らせた。

「寒いでしょ。上衣なしで——」

すぐそばで眺めると、男の頬《ほお》の肉ががっくりこけているのがよくわかった。もうずいぶん寝てないのだ。腕時計もすっかりゆるゆるになって掌の方に落ちかかっていた。彼女は不意に気持が昂《たか》ぶり、ううっ、とうめきながら健の背中にかじりついた。

「あんなに気を入れてやったのに、うまくいかないなんて――、あたしがもし神様だったらなんでもいうことをきいてしまうところよ。ねえ、健さん、なんでもよ。可哀《かわい》そうな人」

「可哀そうだと、馬鹿にするねえ。女になにがわかるんだ」

「嘘《うそ》よ、嘘。悪かったわ、そんなつもりでいったんじゃないの」

「俺《おら》ァ今、ひと息ついてるだけなんだ。勝負はまだついちゃいねえ。可哀そうなんて言葉は関係ねえや」

健はすっかりいつもの鋭い眼つきに戻っていた。

「とてもわからねえだろうが、いってきかせてやる。素人衆《しろうと》が慰みに牌《パイ》を握ってるんじゃねえぜ。俺《おれ》たちゃこれで生きてるんだ。死ぬまでやるのさ。負けるってのは、つまり死ぬときのことなんだ」

「わかってるわよ。あたし健さんが好きよ、本当に好きなのよ、尊敬もしてるわよ。いつもはそう思わなかったけど、でも嘘じゃないのよ」

「そうじゃねえ、お前は俺《おれ》を、不幸な男だと思ってるだけなんだ」

まゆみは地面に落ちたコートを又着せかけた。

「それも本当ね。不幸なんだと思ってるわ」

「それ見ろ」

「何故、博打なんか打って生きるの」

「そんなこと知るもんか。だがな、こりゃアなにも珍しい生き方なんかじゃねえんだぜ。本来は皆、こんなふうにして生きるものなんだ。それじゃ不幸だっていったって、仕方がねえんだよ」

「何故なの。負け惜しみでしょ」

「どうだかな。不幸じゃない生き方ってのは、つまり安全な生き方って奴《やつ》があるだけだな。安全に生きるために、他のことをみんな犠牲にするんだ」

「それでもいいじゃないの」

「そうだな、女はそう思うんだ」

「せめて今夜だけでも——」と彼女は案外明かるい声になっていった。「安全にすごしたいわ。ねえ、このままずっとここに居るの」

健はズボンのポケットに両手を突っこみ、それからむなしい形でその手を出して膝《ひざ》の上においた。

「お前、小銭を持ってるかい」

「あるわよ、少しなら」

「そうか。じゃいい所へ行こう。そこならほんのすこしお金があれば、いつだって寝れる」

「どこなの、それ、遠い？」

「歩いて、三、四十分かな。山谷ってとこだ」

「行きましょう、そこへ」

「後悔しねえかい、俺《おれ》と一緒で」

「なんで後悔なんかするもんですか」

と彼女は健の耳もとで甘くささやいた。

「だってあたしは、健さんにたったひとつ残った持ち物じゃないの」

三

私はそれからしばらく、気の抜けたような日を送った。

車坂の喜楽荘は上州虎が仕切っていた。私はあいかわらずフリーで、下町一帯のクラブを廻《まわ》っていたが、とても出目徳や健たちと打ったようなコクのある麻雀はできなかった。雀荘《ジャンそう》の騒がしい中に居ながら、何故《なぜ》だか孤独な思いが増すばかりだった。

ふっと、オックスクラブのママ、八代ゆきのことを想い出した。それは、こんな思いの中でやっと心に浮かんでくるほど、いつのまにか遠いものになっていた。

あのママは、私にとって何だったのだろうか。

今の私には、出目徳やドサ健の姿の方が、女よりずっと強烈な存在だった。奴《やっ》等《ら》に匹敵する、或《あ》いは奴等よりもっときびしい相手と打ちたい。素人《しろうと》博打なんかもうご免だ。

ある日、深川八幡のそばの雀荘へ入っていくと、三卓ほど動いている卓のそばに、例の和服が、先日と同じ恰好《かっこう》で腕を組んで観戦していた。

私を見て、彼はふっと眼を和《なご》ませた。

「やあ、こないだはどうも」

「どうも、こちらこそ」

私は彼の隣りの椅子《いす》に腰をおろした。

「——あのね」と和服がいった。

「あの日のあんたの相棒、なんて名の人ですか」

「相棒?」

「ええ、相棒」

私はニヤリとした。

「徳さんでしょう。あれは凄《すご》いな。皆は出目徳って呼んでる」

「出目徳か。あたしも麻雀をせっかく覚えたんだから、あのくらいの打ち手になってみたい」

「ええ、でもね、おっ怖《か》ない人だけど、あのタイプ、もう古いと思うな」

「そうか、古いか」

「あのやり方じゃ、いつか誰にも相手にされなくなると思うんだ。いかにも商売人《くろうと》でね。一回まわった麻雀荘は二度と行けない。だんだん、世間をせまくしていくものね、強くたって、食べていけなくなる。そこが問題だと思うなア。もっとも、素人《しろうと》のお守りをして喰《た》べていったってしようがないけど」

「じゃア、あたしなんかも古いタイプだな」

「この雀荘はよく来るんですか」

「いや、時々ね。だが、つまらん。それこそ素人のお守りだ」

出ましょうか、と和服がいい、私もうなずいた。どうせすぐには打てそうもなかったからだ。それに私は、この私より大分年上に見える男に興味を持っていた。昼間だったが私たちは、不動様の境内のよしずを張った小店に入ってどぶろくを呑《の》んだ。

男は、達《たつ》と名乗った。

「皆は女衒《ぜげん》の達っていうよ、よろしく」

「女衒？」

「ああ、人買いだからね、本職は」

「へぇえ。やっぱり地方を廻《まわ》って歩いて、だまくらかしてくるの」

「いや、赤線に居る女を引き抜いてくるのさ。註文《ちゅうもん》に応じてね。俗にいう玉抜きって奴《やつ》だな」

「面白いの？」

「面白かない。だが最初は嫌じゃなかったよ。俺《おれ》の性《しょう》に合った商売だと思ってた。今はちがうね」

「いやになったの。何故？」

「いやになったというわけでもない。まァ、商売って奴《やつ》が、なんとなく気に入らなくなったんだ。女衒《ぜげん》に限らずね。なんだか実のねえ生き方だ、どうしてだかわかんねえがね、俺は頭がわるいから」

達はどぶろくを口にふくみ、遠くを見る眼になった。

「俺はよっぽどひねくれ者なのかな。なんでも、ちょっと深入りするとすぐにあきちまうんだ。博打はどうだろう。あんたは、あきることってないかい」

「さあ、まだ僕より強いのがたくさん居そうだからね」

「頼みがあるんだ。玄人《くろうと》の博打を教えてくんねえか。俺ア大分年上だろうが、弟子になるよ」

「冗談じゃない。あんたは僕よりうまいよ」

「いや、本当に知らねえんだ。この前、だから怖くなって途中でやめたんだよ。俺、あんたと一緒に打たしてくれよ。そのかわり、只《ただ》とはいわねえ。俺の方も、もしよかったら女衒のやり方を教えるよ。なんだって覚えておいたって、損はないぜ」

私は女衒という商売にはたいして興味をおぼえなかった。けれども、達は、自分が専属契約をしている吉原の妓楼《ぎろう》へ私を連れていくという。

私はあいかわらず宿なしで、それはみずから好んだものではあったが、それでもやはり不便は不便だった。

しばらくその妓楼へ一緒に泊まっていようという達の言葉に、それも面白いかもしれないと私も思った。

私は達と二人で都電に乗って、生まれてはじめて吉原という所へ行った。

四

生まれてはじめて吉原へ行った、と書いたが、いわゆる赤線というところはそのずっと以前、つまり戦時中、工場に動員されていた中学生時分に、工場のそばのそういう巷《ちまた》に出入りしていた。上州虎や、他に二、三人いた博打好きの徴用工員にひきずられて行ったのである。

最初の登楼のときに、私は、失策を演じた。どういう種類の失策か、ここではくどくどと書かない。失策自体は、ありがちな、女がひとつ笑ってそれですんでしまうようなものであったろう。だが私の心に、それは重く残った。その後も虚勢を張って悪友とともに通ってはいたが、この巷で私は一度も伸び伸びとした気分になれなかった。

大体、内向型で絶えずいろいろなことをうじうじと苦にし、満足に他人と口を利《き》くこともできないような子であった。アッと驚くような犯罪をやってしまう人間は平常おとなしい陰気なタイプが多いという。私は本質的には犯罪者型人間である。

何故、ムッと押し黙ったきりになってしまうのか。ひとつの理由は、自分と他者の対比がいつもスムーズにいかないという点にあるらしい。自分を、或《あ》いは他人を、こういう者ときめこむことができない。自分は人間である、相手は犬である、ゆえに自分の方が優れている、或いは、自分の方が劣っている、こういう具合に整理することができない。これでは積極的な対応策が何ひとつ生まれてこない。ムッとなった形にまとまってはいるが、実はムッともなっていないので、こういうとき消え去りたい気持が昂《こう》じる。

年少の私の体験の中で、こういう苦を解消させてくれた唯一の場所は博打場だった。ここには、勝者と敗者きり居なかった。この点は痛快なほど単純だった。私自身もそのどちらかの態度をふるまっていればよかった。私はここで弱者をなめることを覚え、強者からいたぶられることを当然と考えるようになった。むろん、それがいいか悪いかは話の外である。

二十年たった今日、私に多少の世間智と生活技術が備わったとすれば、そのほとんどは博打場から得たものである。

しかし当時はまだ、博打場でこそ活発になれたが、より複雑な一般社会には、その知恵を応用するところまで行っていなかった。

したがって、女衒《ぜげん》の達に連れられていった吉原でも私はとまどって無表情になるばかりだった。まずここには、楼主―女郎＝客、という揺るがない関係があり、買い手―買われ手、という確固たる関係もあり、おのおのが自分の立場から完膚《かんぷ》なきまでに相手を蹂躪《じゅうりん》しようとしていた。その強烈な単純さの点で博打場に似てはいたが、違うのはその役割が不動のものであることだった。今日の勝者が明日の敗者になることは決してない。しかもそれは運とか実力とかによるものではなく、各人が自分の役割はこうだと烈《はげ》しく思いこんでいることに起因しているように感じられた。

私はここで神藤春作一家と知り合った。彼等は〝夢殿〟という妓楼《ぎろう》を経営していて、もう三代目だという。

一家の中心人物はかアさんと呼ばれる神藤しまで、彼女の特技は来る客の所持金をひと眼でズバリといい当てることだった。つまり、他者をその持金ですっかり整理分割してしまうのである。彼女は帳場から夜どおし店先きをのぞいて客をいちいち値ぶみしていた。そうしてその客の売上げが、自分の値ぶみ以下だと女を呼びつけて容赦なく説教を喰《く》らわすのである。

「もう千円がとこ、使わせなよ」

とか、

「駄目じゃないか、固い商売と思っちゃ困るよ、あの玉はまだ大分残ってる」

とかいって、またそれがほとんどまちがってないというので女郎たちからも尊敬されていた。

かアさんのつれあいの神藤春作は、この家の商売に関してはまったく無責任無関係であった。表向きの仕事は女以外の遊びと料理である。つまり裏を返せばこっそりと女遊びをやっていた。

釣りと称して釣道具を持ち、フラリと出かけて夜まで帰らないときがある。そんなとき、かアさんの機嫌《きげん》が一倍悪い。春作が家の中で麻雀でもやっていると上機嫌なのである。

しまいに商売を任せきりなのは、春作の気質というよりもこういう家の慣習らしかった。男が口を出してうまくいく商売ではないのである。だから春作は飼い猫《ねこ》のようにだらりとした生活だが、彼自身そのことに格別の不満もないらしかった。

彼等夫婦にはとみ子という一人娘がいる。そしてこの娘がもっとも不可解な人物だった。この家にはその頃六人の女郎が居たが、その六人のベッドサービスの特長を精密に研究し、基地周辺の娼家《しょうか》を真似《まね》て、女たちのキャッチフレーズを記したパンフレットを作製し、客に配っていた。

まゆ子……情緒満点性質穏良泣声哀艶《あいえん》特別逆技大サービス。

さくら……ボリューム満点クッション特良技術保証廻転《かいてん》絶佳。

などと書いてある。これが二十歳を越したか越さないかの一見生娘《きむすめ》の仕事の一端なのである。

女郎たちはむろん本名は使わず、源氏名まがいの名前がついていたが、家の中では通常その名も使われなかった。ニャアとかグラとかキョン。鳴きの烈《はげ》しいのがニャアで、グラはグラインドのグラだろう。キョンというのは落ちる真似が巧《うま》い娘のことだった。

朝の食事に楼主家族が揃《そろ》うと、ニャアやキョンがかしこまって給仕をする。かアさんが朝食をとりながらサービスの方法を教えたり、説教をしたりする。説教は、つまり稼げということなのだが、将来《さき》を考えて金を貯めろというような論法になるから彼女たちはグウの音も出ない。

しかしそのあとで、女たちの食事の番になると、俄然《がぜん》騒がしくなる。昨夜の男の落ちざまや仕ぐさなどを、いっせいにこきおろしはじめるのだ。このとき評判のいい客は一人も居ない。女たちは、客を笑いものにすることでわずかに自分の役割に救いを与えているようであった。

五

私は達がすすめるままに、その家のとうさんの部屋の隣りの四畳半で、しばらくのらくらしていた。

達はこの吉原に四、五軒の得意先を持ち、江戸町のはずれにここ出身の女をかこって気楽な生き方をしているようだった。

楼主一家も私に対しては案外淡泊だったので、私と達はその四畳半に牌《パイ》と卓を持ちこみ、昼のほとんどの時間を費やして、ひろい(積みこみ)の練習やら新技の研究やらにふけった。

目標は出目徳打倒である。しかしむろんすぐに挑戦するわけにはいかない。コンビ技というものは呼吸が合うまでに時間を要する。特にこの場合は〝主〟になる私が未経験者なのだから、主の技術からまず練らねばならない。

「そんなことより、いっそ――」

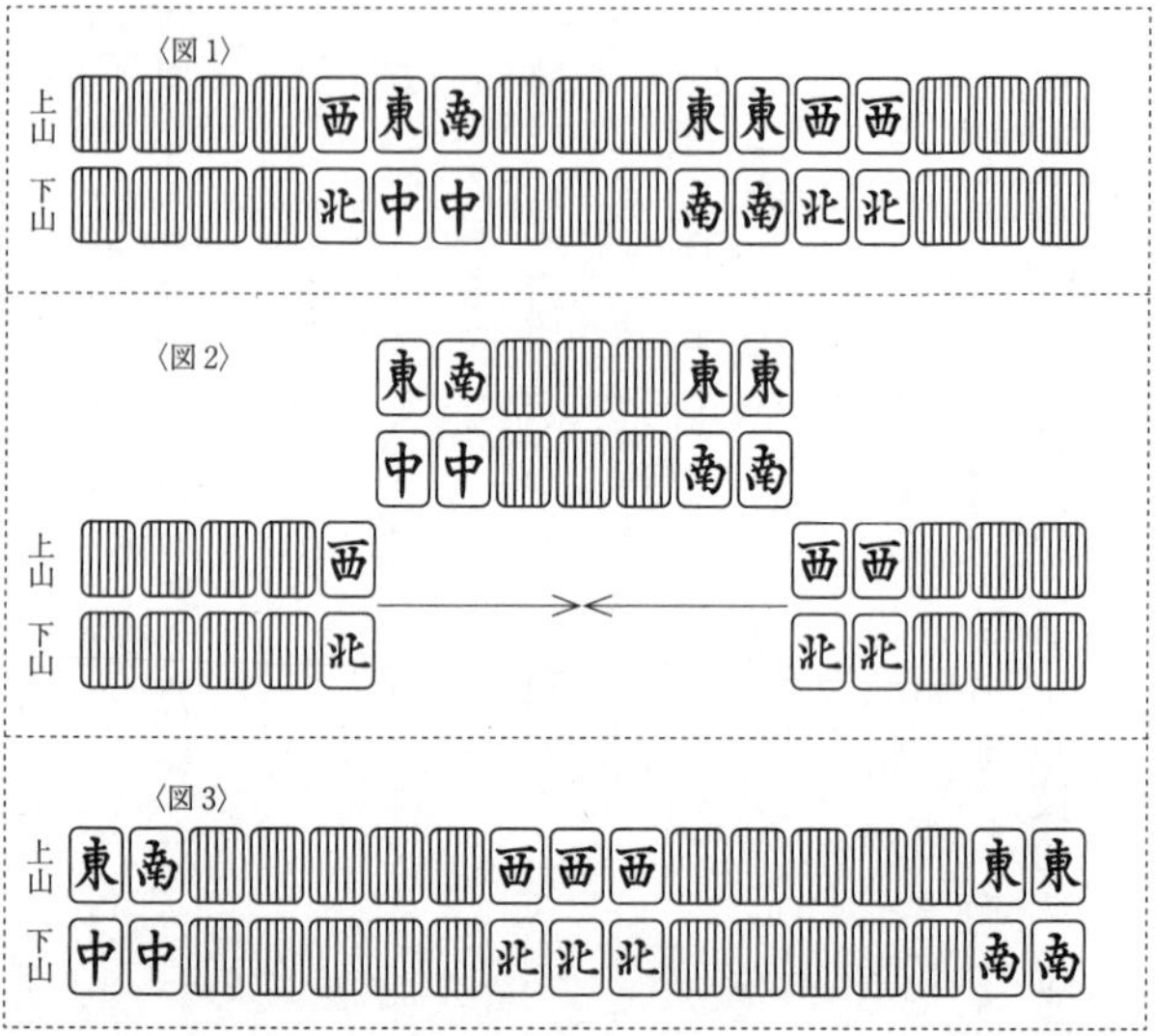

と達はいうのである。

「奴《やつ》の武器をうわまわる新兵器をこっちで考え出して、一気に潰《つぶ》しちまった方がいい」

私は、出目徳の中心武器である大《だい》四喜《スーシー》字一色《ツーイーソー》十枚爆弾と、二の二の天和《テンホー》を説明した。

「大四喜の方は十枚をひろう。天和の方は二人で作るのだが一人の受持ちが六枚乃至《ないし》八枚だ。出目徳はさばきが早いよ。一緒にひろっていても、結局いつも彼が早くて、僕なんかは彼にカバーして貰《もら》ってる恰好《かっこう》になってしまう」

「ふうん、するとなんだな、新技を考えたところで、奴《やつ》にぶつける

〈図４〉

〈図５〉

には、奴より早く仕込むようにしなければ、新技が使えないってことになるな」

「奴はおそらく黙って見てるだろう。一回で、その方法を見覚えるにちがいないよ。それじゃあ奴に新技を教えているようなものだ」

ある日、女の家に行っていた達が、四畳半に入ってくるなり、

「ちょっと考えたんだがね」

「新技かい」

「いや、ちがうんだ」

達は牌に向かうと、図１（前頁の上の図参照）のような形に牌山を作った。

「これは出目徳の十枚爆弾と同じ牌を使ってるんだ。俺《おれ》が考えたのはね、奴より早く牌を仕込む方法だ。ただ手の動きを練磨するだけじゃたかが知れてる」

「そりゃそうだな」

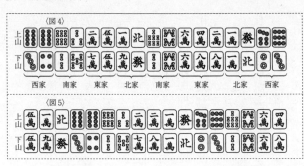

「だから、仕込みかたを単純にすればよいと思ったんだ。それでいろいろやってみたんだがね」

「これは二箇所に仕込んであるね。これじゃ一人には入らない」

「むろんこのままじゃ駄目さ。いいかい、右から五枚目、左から五枚目に、両方から切りこみを入れるんだ。左右五枚（上下十枚）ずつを両手に持つ。（図2参照）そうしてその二つをくっつけてひとつにしてしまう」

「――――」

「まんなかの七枚（上下十四枚）が残っているだろう。今度は、これを始末する番だ。七枚のうち、右手で四枚（上下八枚）、左手で三枚（上下六枚）をつかむ。そして右手の四枚を右隅につける。左手の三枚は左隅につけるんだ。どうだい、出目徳が仕込む形と同じになるだろう」

「――ふうん」

出目徳が仕込む形は図3のとおり、三箇所に分散して積むわけである。これは仕込む場所が二箇所になる。その点は早そうだ。

「口でごちゃごちゃいってると面倒くさそうだがね、要するに、一度、牌山を切返せばいいんだ。スンナリやればそれほど目立たないよ。皆は山を積んでる最中だからな」

私は試みに達の考えた方法で、大四喜字一色《だいスーシーツーイーソー》を仕込んでみた。なるほど早い。手順に無理がすくないので、手さばきを見られてもさとられにくいだろう。

「あまり感服しないかね。しかし、つまりは牌《パイ》を集めるのに速度がつけばいいんだろう」

「そりゃそうだ。でも、出目徳相手じゃ、この切返す手つきの方はもっと工夫する必要があるね」

そこで私はフッと思いついた。

この達の切返しを使えば、古来から高級至難な技とされている三筋積み、四筋積みも比較的やさしくできるのではないか。

それができれば、切返す手つきに多少無理があっても、やってみる価値は充分にある。

三筋、四筋に積むというのは、自分ばかりでなく、三人乃至《ないし》四人全部に此方《こちら》の意図どおりの配牌《はいパイ》を行かせる方策である。

強い相手にはクズ手を、ツイてない者には無理してても打ちだしてくる程度によい配牌を入れる。仲間がともに打っていれば、自分と仲間にはそれぞれよい手を入れる。

自分の上家《かみチャ》にはわりによい手を入れなければならぬ。万一の場合喰《く》えるようにだ。上家がクズ手なら喰わしてもくれないだろう。その他、持ち点の状況によって、よい手と悪い手を自由自在に相手に配る。但し、自分には十枚の好牌が入るが、相手三人には八枚しか入らない。

玄人《くろうと》は相棒とともに打つことが多い。こんな場合、どんなに凄《すご》い手でもツモっては損なのである。一人分のツモ賃が味方の点棒なのだから、目ざす相手から振りこませた方が実質的である。したがって、絶えず、ツモアガリするよりも、相手が振ってくるような知恵に執着する。出目徳の大四喜十枚爆弾を見ても、相手が打ちこむようにできているから威力的なのである。

私は図4のような牌形を案出した。これを先例にならって切返すと図5のようになる。

ちょっと複雑で、わかりにくいかもしれない。しかし四人全部に積む必要はそれほどないので、多くは自分と相棒の二方向か、打ちこませるためにプラス走者を加えた三方向になる。

かりに、仲間とトイメン同士なら、両端に四枚仕込むだけで自然に二方向へ行く。一方が筒子《ピンズ》なら派手に騒いで敵の眼をその方向に向けておき、反対の万子《ワンズ》がアガリやすくさせるなど、さまざまな作戦が成立する。

この方向で、私たちはなお時間をかけて新作戦を練りはじめた。

六

夕方になると、私たち、つまり私と達、それに楼主の娘のとみ子と三人連れでドライブに出かけるのが日課になっていた。

当時はまだ自家用車が珍しい頃で、サングラスに派手なロングスカートという恰好《かっこう》で、GIから買いとったプリムスの運転台におさまったとみ子に対して、道ばたから羨望《せんぼう》の視線が注がれることがあった。

しかし、私たちのドライブコースは異常だった。吉原《よしわら》を出て、鳩《はと》の街《まち》、玉《たま》の井《い》、亀戸《かめいど》、新小岩《しんこいわ》東京パレス、月島《つきしま》、品川《しながわ》、大井町《おおいまち》、蒲田《かまた》、川崎南町《かわさきみなみまち》、武蔵新田《むさしにった》なんという所を一周してくるのである。時としてコースを変えて、東京西北部の特飲街をまわることもある。

車の中にはノート類が積み重ねられてある。さすがはプロだと私は感心した。

そのノートには各地の特飲街ごとに区分けされ、又それが一軒の妓楼《ぎろう》ごとに分けられて、現在働いている女のタイプから性情、特技までが一人洩《も》らさず書きこまれていた。達ととみ子の二人で毎日まわって小当りに当り、完成させたものだという。

そうして変動の烈《はげ》しいのに合わせて、毎日丹念にそうした街をまわって歩き、新しい顔や移り住んだ女が居ると、すかさずノートに記入していくのだった。

達の得意先の妓楼から、どんなタイプの女郎を、という註文《ちゆうもん》がくる。そのときこのノートは完全に役立つのである。彼はすぐにその店に出かけていって、あらゆる策略を使って〝玉抜き〟をしてくる。

昼間の麻雀は私が主導権をとっていたが、灯ともし頃以後は完全に達が師匠格であった。といって、私は女衒《ぜげん》になろうとしていたわけではない。ひどく珍しい日常で、半分あっけにとられながら彼等につきしたがっていたわけである。

「いいかい、プロの腕前を見せてやろう」

と達がいって、一軒の妓楼に近寄り、店先きに出てきた女を捕まえた。

「おい――」と達がいった。「ねえちゃん、なかなかいいぜ、アガってやろか」

女はたちまち笑顔を見せた。

「目が高いわねえ、嬉《うれ》しいわァ。あたい本日処女。口あけよ、サービスするわね」

「おっと、ただアガるんじゃ面白くねえや。勝負をやろうぜ。お前が勝ったら言い値でアガるよ。だが俺《おれ》が勝ったら何でもいうことをきくか」

達は女の耳にささやいた。女は男の胸に顔を埋めて笑った。

「馬鹿ねえ、あんた――」

「早速とりかかろうぜ」

達は私に、おい、ジャッジをしてくれ、といい、股《また》ボタンをはずしていちもつを女の方に突きだした。

女は懸命に手を動かしはじめた。当今でいうスペシャルである。それも道ばたでだ。やがて女は顔を上気させながら男のそばを離れた。

「駄目、私の負けね」

「今度はお前やってみな」と達は私にいった。「こいつも一緒に遊ぼうてんだ、勝負してやってくんな」

私は無理矢理に前をあけられ、女の腕が突っこまれてきた。

私のものも昂《たか》ぶらなかった。しかし私のはしおれ返ったままで、達のとはまったく内容を異にしていた。達の奴は、隆々としかかり、又後退するという状態のくり返しだった。寸前まで行き、又戻る。自在のコントロールである。

女は情にうるんだ眼になり、もう達のそばを離れなかった。

「どうだね、プロとアマはちがうだろ」

「まいったまいった――」と私はいった。

すると達も笑ってこういった。

「お互いに、妙なことに精を使ってるなァ」

最後の持物

一

ドサ健は山谷の安宿《ドヤ》に、それでも段ベッドの方でなく、四畳半の個室を借りて、あまり愉快でない日を送っていた。

まゆみが国際通りにできたばかりのキャバレエに出ていた。本当はそのギャラだけだってなんとかやっていけたのである。それに、ドヤは、個室に居ると案外高く、普通の下宿（当時アパートはほとんど無かった）の方が経済的なくらいである。しかし、健はそうしようとは思わなかった。かりに金に不自由してなくても、そうはしなかっただろう。

個室といっても床の間も何もない汚染《しみ》だらけの部屋で、北側の窓からは湿気をふくんだ風が絶えず吹きこんできた。進駐軍の衛生班が二日か三日に一度ずつ、DDTをまきにくるので、畳も布団《ふとん》も、そして身体全体も粉まみれになり、異臭の絶えまがない。

健は、ほとんど部屋に居ようとしなかった。周辺の小さなクラブへ行って打つ。青空楽団の楽士たちや、おカマや、自由労働者たちが相手である。

ゴミのようなレートだが、健は必ず勝った。それは当り前である。昼はあそこ夜はここと、二、三軒を打ち歩き、小銭をひろい集めて毎日持って帰り、それで諸事の費用にあてた。決してまゆみのギャラに手をつけようとはしなかった。

「あたしと一緒に暮してはいないようね」

とまゆみは不服そうにいう。

「何故。これまでだって、べつにお前にブラさがっちゃいなかったぜ」

「これまでとはちがうわ。今は今よ。今はあたし、あんたのために生きていたいんだわ。あんたのお荷物にはなりたくないの」

健はだまりこくっていた。

「──ねえ、あたしって何の役にもたたない女かしら。いってくれればどんなことだってするけど、力になれることってない?」

「うるさいな──」健が突然どなった。

「考えごとをしてるんだ、だまってろ」

この人がやりたがっていることは、女のあたしなんかまるで関係のないことなんだ、とまゆみは思った。それはどの男だって、男だけの世界のようなものを持っている。でも、同時に、家庭とか、子供とか、うまい食事とか、そういう場所に駈《か》け戻ってきて一緒に暮してくれる。この人には、それが無い。そういうものに頭から関心を寄せていない。この人が帰ってくるのは、夜になって――。

「いいわよ――」とまゆみはいった。

「あたしたちは他人ね。他人の健さんが好きなときだけそばへ寄ってきてあたしを欲しがり、あたしはあたしで、他人のあんたに喜んで身体を捧《ささ》げている、そういう他人なのね、あたしたちって。どうせなら、このままその他人を続けましょうよ」

健は山谷に来てから朝が早くなった。起きるとすぐに簡易食堂に行き、その足で麻雀荘に行ってしまう。

誰もまだ来ていない、ガランとした室内に牌《パイ》を出し、ひろい（積みこみ）の練習をはじめる。卓上に腕時計をおき、牌をかきまぜながらすばやく山を積む。秒という時間でこしらえるのである。

特定の牌をよって積むからといって、客よりずっと早くこしらえなければならない。客よりおそくては、好牌が無くなるし手つきの不自然さも見破られる。

全部裏返しにしておいて、モウ牌だけで積む。〝ロッケン〟といって小指と親指の間に六枚の牌をはさむ。六枚という数がどの積みこみにも重要な数なのである。いちいち数えているようではおそくなるから、すっと六枚はさめるように、指にその感覚を教えこまねばならない。すると、不自然な手の動きをずいぶんと無くすことができるのである。

こうして、数時間、汗を流す。このトレーニングは、バイニンならば一日も欠かせない。出目徳も、上州虎も、私も、この点に関しては勤勉である。我々は、この鍛錬によって、ひろいの腕に自信を植えつける。

アッと驚くような大技は、こういう糞度胸《くそどきょう》がないと成功しないのである。トレーニングをしばらくやらなかったところで、実際には手の動きは変らない。けれども練習充分に張りつめているときとちがって、どこか不安が生ずる。気持がいかさま業《わざ》一本に定まらない。この逡巡《しゅんじゅん》が大きい。だからバイニンは、一日も怠けない。

いかさま業でなくても同じことである。勝負事の必勝法を問われたら、こう答えたい。自信をつけることであると。自信のない方が先にオリる。麻雀は、技術が同じなら、オリの早い方が負けである。

ドサ健も巣がある時分はいつでもトレーニングができた。今は、客の居ないときのクラブを使わなければならない。したがって、一人でも客がくればピタリとやめるのである。

しかし、健はそれだけの理由で卓に向かっているわけではなかった。

彼の頭の中には、出目徳の姿が大きく浮かんでいた。

（もう一度、奴《やつ》と勝負するんだ――）

今度は絶対に勝たなければならぬ。それには、どうすればよいか。

もはや、ソッキンなどは信用できない。あの程度のコンビ技は素人《しろうと》相手にものをいうので、役者が揃《そろ》えば、技倆《ぎりょう》の落ちる相手役を抱えている方が荷が重くなる。

（あのときだって、ソッキンが天和《テンホー》積みを心得ていれば、むざむざとあの二人にだけ大技を許さなくてすんだのだ――）

今度は一人で、身軽に戦うに限る。一人でやれる必殺技を身につければよろしい。

（なんとかして、一人で天和ができる方法はないだろうか）

天和積みという奴は、その方法をマスターし、ひろう手さえ動けば、これほど安全簡単な仕込みはないのである。何故か。配牌《はいパイ》即ちアガリだからだ。ツモが狂って他に流れる心配もないし、怪しいと思うひまもない。アッと思ったときにはアガリで、次の瞬間、手は崩されてしまうのだ。

だが、天和積みは、コンビでなければできないとされている。配牌をとるときに、どうしても牌山が二山にかかってしまうからだ。

他人の山に仕込むことはできない。十四枚の配牌を、自在に山に散らすのは、一人では無理である。

今まで、何人のバイニンが、ここのところで考えを停《と》めてしまったことか。一人天和は、あらゆるバイニンの夢だった筈《はず》なのだ。

健はせっせと指先きを動かしながら、懸命に考えた。

いい知恵は浮かばなかった。しかし、先日味わった屈辱の重さが、容易に思いきらせない。

(――奴《やつ》に勝てなけりゃ、俺《おれ》は上野へ帰れない。この世で一番強いのでなけりゃ大きな顔して雀荘《ジャンそう》を押し歩けるものか。プロだなんていえないぞ)

健は、牌《パイ》の山を前にして、一人ぼっちで歯をかみならした。

二

梅という若者が、その頃浅草界隈《かいわい》をごろついていた。梅村の梅だか、梅吉の梅だか、わからない。梅は、梅と呼ぶよりほかはない。

ドサ健とは、上野の雀荘での顔見知りだった。このにいさんが、山谷で健をみつけた。

おや、どうしたい、といいかけて、梅はいかにもごろつきらしいこすっからさで、その他の言葉を呑《の》みこんだ。他人の生きざまをしつこくきいたところで、この世界では一文の徳にもならない。

「いいところで会ったよ、健さん――」と梅は他意のない笑顔をつくった。「儲《もう》け話があるんだよ、あんたみたいな奴をちょうど探してたとこなんだ」

「いってみな、なんだい」

健は油断なくいった。

「川辺って税理士がいるんだ、ほら、今はあいつ等ブームだろ。でけえ麻雀を打ってるんだよ。ところが此奴《こいつ》が、でけえのを打つだけに強えんだ。だもんだから、メンバーがおちつかねえのさ。誰でもいいからってんだ」

「そいつが、そういうのか」

「おう、——やっつけてえんだがなァ。金が、唸《うな》ってる感じなんだよ。宝の山に入りにけり、って奴《やつ》だ」

梅は唇をぺろりとなめまわし、又言葉を続けた。

「いや、本当だよ。ハメようてんじゃねえ。俺《おれ》も健さんぐらいの腕がありゃア、とっくに一人で行って稼いでくるんだがね。どうも、もしも負けると、レートが大きいもんでね」

「どのくらいなんだ」

「千円——」

「千点がか？」

「ああ」

当今とちがう。焼け跡華やかなりし頃のセンセンは大きい。たとえアールシアールルールにしても、である。完全な小切手麻雀だ。

「それでね——」と梅はいった。「初顔の奴は見せ金がいるんだよ、いやな野郎さ」

ドサ健は、すっと梅のそばを離れた。

「そうかい、それじゃ駄目だ。又な」

「なんでえ、健さんなら三万や五万、貯《た》めてるって噂《うわさ》だぜ。一回分の負け金でいいんだよ。あとは贋《にせ》の小切手帳かなんかチラチラさせりゃア、俺がうまくいっとくよ」

「そんなことじゃねえや。俺を誘うんなら、金はお前の方で用意しな。お前一人じゃ怖くていけねえんで頼むんだろ」

「おい、健さん、そんな金がありゃア、俺《おれ》だって」

「じゃア手前は、ハイなしで、俺にブラさがろうってのか」

「そ、そうじゃねえ。そりゃ無理すりゃ自分の分くらいは作れるのさ」

健はだまって背を向けた。

「健さん――」梅がその背に声をかけた。「すまねえ、悪い話をしちゃったな。お前、今、ガミ喰《く》ってるところなんだな」

「――」

「気にするなよ。税理士は当分死にゃアしねえ。いつだっていいんだ。運が戻ったら声をかけてくんなよ」

健は歩きかけた足を又もとへ戻した。

「梅さん――」

「なんだ」

「――いや、いいんだ。ありがとう。今度そいつにつきあわしておくれよ」

健は、もうちょっとで、ある相談をはじめるところだった。それがいえなかったので、

(チェッ、肝っ玉がちいせえなア――)

なんとなく、不機嫌になった。

出目徳と、近いうちに一戦やらなければならない。これはもう動かすことはできない。それには、金がいる。

健は、もう一度、それを口の中でくり返した。

「出目徳と、やるんだ、俺《おれ》は、そのために金を作らなくちゃならない――」

(俺にたったひとつ残った持ち物を――)

(俺のお荷物を――)

(俺の、天使を――)

三

梅が、一人の男を連れてきて、玉姫神社の境内に入ってきた。

健は、賽銭箱《さいせんばこ》に腰をおろして、二人の姿を遠くから眺めていた。梅と、もう一人の男は着流しの和服の裾《すそ》を威勢よく蹴《け》飛《と》ばすようにして此方《こちら》へやってきた。おや、と健は眼をこらした。

「健さん、この人だ、友だちでね――」

と梅がいった。

「達さんていうんだ、博打もなかなか強いぜ」

健はあっけにとられて男を眺めた。

「お前さんかい。女衒《ぜげん》というのは」

「達です。よろしく」

健は不意に立ちあがった。

「お前さんじゃ売れねえ。野郎があんまり可哀《かわい》そうだ」

「やっぱりあの娘さんなんだね」と女衒《ぜげん》の達は無表情にいった。

「この話は無しだ。帰ってくれ。悪いけどな」

達は懐中から紙包みを、ゆっくりととりだして賽銭箱《さいせんばこ》の上においた。

「わかってますよ。だが、あんた、話を無しにして、どうする」

健は唇をかんだ。

「あんたはやっぱり出目徳とやるよ。どうしたって同じことだよ。他の奴《やつ》の手をとおして売るなら、あっしがいいさ。何故って――」

達も、健と並んで賽銭箱に腰をおろした。

「あっしは、あんたのことをこう思ってる。あんたはこの社会じゃ鼻つまみの極道者で、自分勝手で、性悪《しようわる》の犬みてえに苦の種子をまき散らす。だが、本物の博《ばく》打打《ち》ちだ。博打打ちとしちゃア誰が束になってかかったってひけはとらねえ。そうして、とにかくあっしゃ、本物が好きなのさ」

健と並んではいたが、達はまったく自分勝手にしゃべりまくった。

「いっとくがね。あっしも、女衒は本職だ。甘え扱いはしねえつもりだよ。だが、これでこの商売、打ち切りにしようと思ってるのさ。――健さん、悪いようにはしないよ、任してくんねえ」

「そりゃァ、どういうことだ」

「女衒《ぜげん》をやめてね、質屋になろうって奴《やつ》さ」

達は変に口ごもった。

「といったって、この金は俺《おれ》んじゃァねえがね。他人の金だから、並みの質屋とはわけがちがう。期限は丸一日だ。今から二十四時間さ。そいつをすぎたら、覚悟をしてくれよ、品物は、流れるぜ」

「――質屋か」と健が不意に顔をあげた。

「そいつはいい。達さん、恩に着るぜ、ぜひそうしてもらいてえ」

「利子は、一割だ。それでいいか」

健はうなずいた。

健と梅とを残して、達は立ちあがった。

「あっしは、あの角のミルクホールに居る。品物を連れてくるんだね」

氷屋が店先きを半分仕切ってやっているようなところに達は入っていき、カルピスという奴を頼んだ。甘くもなんともない米のとぎ汁のような水だった。

達は、眼をあげて道の方へ向けたまま、その水をごくごくと呑《の》んだ。

まゆみは、一人でやってきた。

何を呑む、と達は訊《き》いた。

「カルピスはよしねえ。サイダーか、それとも、ミルクコーヒーかね。――おばさん、サイダー一丁だ」

まゆみは顔をこわばらしたまま、返事をしなかった。

達が、残りのカルピスをぐっと喉《のど》に流しこみ、それから腰をあげて女のそばに行った。

達の右手が一閃《いっせん》し、グラスが飛び散り、ひどい音をたてて丸椅子《いす》ごと女が床に崩れおちた。女の頬《ほお》に、達の手型が赤くついていた。

「勘ちがいするなよ。ドサ健から何をきいたかしらねえが、俺《おれ》はお前を優しくは扱わねえぜ。——俺のやりかたは、此奴《こいつ》か、さもなきゃ、これだ」

達ははじめに拳固《げんこ》を見せ、それから拳固の中に親指を入れた形をして見せた。

呑《の》みな、と達はサイダーの瓶《びん》を押し出した。まゆみは唇《くちびる》の端を慄《ふる》わしながら起きあがり硬い表情のまま坐《すわ》り直した。

呑みな、ともう一度達はいった。そして女が瓶を呑み干すまで見ていた。

「あなたのいうとおりよ——」とまゆみが不意に口をきいた。「あの男は本物のろくでなしで、すごく魅力的なの。だからあたし情けないのよ。とうとうこんなことになるまで、あたしはひとつもすることがなかったんだもの」

「どんな男が、女にとって便利か、そいつを考えねえから、あんな奴《やつ》にひっかかるんだ。撲《なぐ》るか、可愛《かわ》いがるかするだけのくだらねえ男と、ちっぽけな所帯でも持てばいいんだ。俺は女って奴が大嫌いさ。便利に暮そうと、まず思っていやがるからだ」

「又、あのひとに会えるかしら」

「奴次第だがな。俺の勘じゃ来ねえだろう。——忘れるこったな」

「忘れることはできないわ。どうしても、追っかけるの」

「女郎になってもか」

「ええ、女郎になってもよ」

「ふうん——」と達はいった。「お前も案外、ろくでなしだな」

達とまゆみは連れ立って泪橋《なみだばし》の交差点に出、都電に乗った。しかし行先きは吉《よし》原《わら》ではなかった。三《み》の輪《わ》に出て、そこで人形町《にんぎようちよう》行の都電に乗りかえた。

「特飲街は、どこなの」

「俺《おれ》が連れて行くんだ、だまってついてこい」

金杉、坂本、という町をすぎ、下車坂《しもくるまざか》で電車をおりた。

「ここは、あたしの元の家だわ」

「片腕のおっさんが、あとをやってるんだ」

「虎さんね」

「ああ、今夜はそこに居ろ。俺もあの家で夜っぴて麻雀を打つからな。逃げようたってそうはいかないぞ」

まゆみは達の顔を見、それから涙声になっていった。

「ありがとう――」

達は柄にもなくはずかしそうに、ぷいと横を向いた。

四

その夜、川辺税理士、岡本という川辺家の事務員、海苔《のり》屋の主人だという瘦《や》せた老人徳田、それにドサ健、この四人ではじまった。梅は参加していない。当人にその意志は充分あったのだが、歩《ぶ》（分け前）を払うからという約束で、健は無理に帰らした。出目徳との対戦に備えて一人打ちのトレーニングを積んでおきたかったためである。

しかし、健はまるで初心者のように最初から気負って打っていた。

彼が一生懸命打つときは、空いている左手が卓の下にさがったまま、太股《ふともも》のところでちょうど頂戴《ちょうだい》の恰好《かっこう》になっている。

ツモの具合や手の進行がその掌にすぐ反射して、微妙な動きを見せる。打っている相手には見えないが、五本の指が自然に開き、或いはめまぐるしく伸縮し、柔軟な表情がその掌にあらわれていれば、それは調子よくいっているときだ。

こんなとき、まるで歌手の腕が旋律につれて自然に動くように、掌の伸縮に合わせて好牌が集まってくるかのような案配になる。

五本の指が伸びきって、剛直に突っ張ったままであれば、それは駄目なときだ。

今、彼の左手は、満ち足りた表情で微妙に動いている。

たいした手をアガっているわけではない。しかしすきまなくアガっていく。三千点持ちの四千点返しである。アールシアール麻雀で（その頃流行しはじめたリーチだけはとりいれていたが）千点のオカは大きい。一人の勝者と三人の敗者、これが極端にできる。トップをとらなければ意味はないのだ。

健は三人の親を終始かぶせて打った。かぶせるとは親の進路をふさぐことに主眼をそそいだ手の作り方をすることである。健に限らずバイニンは、よほど相手の技量を認めたときでない限り、めったにこういう打ち方はしない。勝つにしても、客を泳がせておいて、あとから山おろしをかけるような勝ち方をする。それが本筋のバイニンの矜持《きょうじ》なのだ。

健は、彼としては恥も外聞もないという打ち方をして、その結果、楽に初回のトップをひろった。

「なかなかお強いね」

「とんでもない。ツキです」

「いやァ、お強い」と川辺はくり返した。「いい相手にぶつかった。又ちょいちょいやりましょう」

肥って、一見好々爺《こうこうや》然としていても、川辺の眼は案外鋭く、世辞をいうほど愛想のいい人物でもなかった。健はその言葉を本音と受けとった。

川辺は、この強さが理解できる程度に、麻雀には熟達している、しかし、と健は思った、強さとはただ棒のように勝つことをいうので誰とでも接戦をするような雀士《ジャンし》が実は最高の力を秘めているのだという事実を知らない、つまり、筋のいい旦那芸というところかな――。

他の二人は、川辺以下と判定をくだした。

健はぐっと気を楽にして二チャン目を迎えた。

東の初っ鼻に、いきなり大物が入ってきて配牌《はいパイ》ツモともによく、（山に仕込んだわけではなかった）七巡目にこんな手になった。

そこへを持ってきた。考えることはない。切りである。すると、その二巡後にが来てアンコになった。今度はすこし考えた。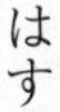切りか。切りか。切りか。

待ち数でいけば、むろんである。だがそれは或るひとつのコースへの伸びをふさいでしまう。九連宝燈《チューレンパオトン》である。

いつもの健であれば、絶対に切りだ。

九連宝燈は、バイニンとは無関係な上り役だ——というのが彼の持論だった。九連宝燈と十三幺九《シーサンヤオチュー》は趣味技なのだ。無理して九連宝燈に持ちこむくらいなら、バイニンは確実に面前チンイチでアガる。

だがが二丁出ていた。も二丁出ており、は初牌《しょはい》である。手牌の一牌と合わせてが三丁切れていて、このそばの初牌は、どこかにトイツで持たれている可能性がある。

ではを切って、二五七八筒《ピン》待ちにしても、事実上の待ち数はそれほど多くない。

初回のトップで懐中が増えていた。そのうえ、相手をややなめていた。を切った。すぐにをツモってきた。アガらなかった。を切った。

「ロン――」

と対家の岡本が牌を倒した。ピンフ三六筒《ピン》のヤミだった。健は出かかった叫びを押さえるのがいっぱいだった。でも、

(――千点千円の麻雀だぞ)

(――質に入れた品物が、俺《おれ》の最後の持ち物が、流れるかもしれない一戦なんだぞ)

束《つか》の間、奇妙に忘れていたこれ等のことが突然なまなましく蘇《よみがえ》った。健は烈《はげ》しく反省し、その結果カッと身をあつくさせた。

健の親は、今度は川辺のかぶせで安く落された。

親が下家《しもチヤ》の川辺に移ったとき、又しても、仕込んだわけでもないのに、又大物狙《ねら》いの手が入った。今度は万子《ワンズ》だった。

しかし、川辺が、健の捨てたをで喰《く》ったのち、東々《トントン》と紅中《ホンチュン》をバタバタと鳴いた。

これでは筒子をしぼらざるを得ない。中盤までその体勢が続いた。すると、突如、南家の岡本が、を烈しく打ってリーチをかけてきた。はいかにしても強い。当ったら暴牌という他はない。海苔《のり》屋はべったりオンリしているらしい。しかし、健は困った。

むろんオンリなのである。だが振る牌がない。リーチの岡本の方は、親の下家《しもチャ》だけに筒子《ピンズ》は案外捨てているが、万子は一枚も出ていない。強すぎるを打って親に対抗してきた手だ。やはり高価な手役がついているものと見なければならぬ。では万子は振れない。字牌《ツーパイ》と筒子は親に対していかぬ。

健は進退きわまった。

五

たったひとつとおる牌がある。🀡だ。

だがチャンタまで伸びる親の手を助長させるかもしれない。

それでも結局、打牌は🀡しかなかった。親がすかさず🀟🀠で喰《く》い、🀃を捨ててきた。

リーチが🀑を捨て、西家の海苔《のり》屋も安全牌を捨てた。健が次にツモった牌は、又🀡だった。

(――ああ、この回はピンチだな)

健にはそれがよくわかる。わかるというだけでどうにもならない。🀡を、今度は安全牌と思って捨てたわけではないが、捨てざるを得なかった。

親がラストチャンスの🀡単騎だった。

払った点数も大きい。しかしそれ以上に大きいのは、🀃単騎でテンパイの所を🀡喰いの🀡裸単騎という小技巧を使われ、しかもまんまと成功させてしまったことにある。

健は眦《まなじり》を決して次の回、子満貫をツモリ返したが、あとが続かず、その回大敗して元の振り出しに戻った。

三チャン目も、すっきりいかなかった。大敗は喰いとめてあるが、なんとなくチグハグで、[三索][五索][七索]とある[三索]を切ると[四索]が来、[七萬][七萬][八萬]で[七萬]を切ると又[七萬]をツモるという案配。なによりいけないことは、ロン牌（当り牌）が徐々に彼の手に集まり出したことで、そのためにせっかく手牌が進んでも突っ張れない。

アールシアール麻雀はお互いにテンパイが速いから、一度この状態になったら守備一方にまわらなければならない。で、二着。つまり、負けだ。

六回戦という最初の約束だったから、あと三回しかない。この間にツキを立て直して、是が非でも勝たなければならない。それにはどうすればよいか。

悪いことにこの家の主人の川辺が勝っているため、

「明日朝九時に、どうしても国税庁まで行かなくちゃならないんでねえ、とにかく徹夜はよそうぜ」

逃げを張るようなセリフがさかんに出る。よくある奴《やつ》である。

「じっさいいそがしすぎてねえ。麻雀なんかやっておる閑《ひま》はないんだが、好きなんだねえ、これで月百万ぐらいの仕事をフイにしてしまっているんだ、はっはっは」

（——この辺で一発、盛りこみをはじめるか——）とも健は考えた。

（いやいや、調子がこんなふうに落ちてからでは、積みこめばかえって危険だ。サイの目が狂えばどうにもならずに、或《あ》いはポンチーの加減でツモが狂う。しばらくはじいっとしていた方がよい——）

健の経験がそれを教える。本当にどうしたらいいのだろう。

このまま二、三チャン、じっと隠忍して失策をふさぎ、消極策に徹していけば、やがて風が変ってくる。それもわかっている。

だが、あと三回なのだ。

健は、梅を帰したことを悔やんだ。梅のような男だって、居れば、この際ずっとちがうのだ。苦戦するなどということを健は全く予想しないで来たため、みずから自分の羽をもぎりとったような感じである。

健のような男の敗因はいつもここにあるのだ。当面の相手には決して敗けないが、ツキという麻雀独特の仲間に裏切られるのである。

四回、五回、六回と、健はオール二着だった。川辺の圧勝、海苔《のり》屋の大敗である。健はトータル二着で、沈みともいえない程度の傷だったが、最初の目的にはすべて達していなかった。

川辺は早くも牌《パイ》をしまいかけた。

「──どうです」と敗けた海苔屋が突然口を切った。

「もう二回だけやりませんか。今だとまだ店の者が起きている。どうも帰りにくい。中途半端という奴《やつ》でさ」

「しかし、儂《わし》は──」と川辺は、麻雀用に××元伯爵から買ったという革張りの大椅子《いす》に肥った丸い身体をスッポリと埋めたまままいった。「明日いそがしいんでね。又今度って日があるじゃないですか」

「だが、まだ十一時だ」と海苔屋も退かなかった。「二回やって一時、明日に差しつかえる筈《はず》はないでしょう」

「負けるといつもこうなんだからな」

「だけどこの前、岡本さんが負けてたときはあんたも徹夜をいやといわなかったぜ」

「変ないい方だね、それじゃァあたしが──」

「まア、川辺さん、怒らんで、この年老《としよ》りのわがままもきいてくださいよ。あと二回、ね、二回だけだ」

しばらく誰も口を利かなかった。健は眼ばたきもせずに三人をみつめていた。

「本当に二回だけだよ」

と川辺がいった。

牌の音が威勢よく鳴りだした。

六

延長戦になってすぐ、健は、いつのまにかツモ順が復調しかけてきたことを感づいた。

たとえば、こんな配牌《はいパイ》があるとする。

まずをツモってくる。雀頭がになる。中が二枚ついたとたんに鳴けて、を持ってくる。
これが落ち目のときだと、同じ牌をツモるにしても、三六筒《ピン》あたりから来るのだ。次いで、を切ったあとにかぶる。ペン・カンチャンをどれを残そうか迷って、余計な神経を使う。迷わないようにストレートにくるときと、むずかしく

ひねくれてくるときと、この両者の間に何段階もあって、そのときの自分のツキを知るのである。

こんな感じで、久しぶりに健は軽い手をアガった。

次の回、親になったのをよいことに、試みに東を二枚、それも用心深く六枚おいて入れた。サイの目がうまく、ツモでその筋をとおる数に出た。しかも配牌から東が一枚きている。誰も珍しく喰《く》わなかった。

東々を暗刻《アンコー》にして連チャンが出来た。次はもっと大胆になった。彼は自分の山に絢爛《けんらん》たる意匠をこらした。そいつはバチッと成功し、事務員の岡本がこれにひっかかった。岡本は二度続けて大物をふりこんでたちまちハコテンに近くなった。

健の卓の下の左手が、ようやく柔軟に動きだした。

けれどもその次の四本場のときに、岡本が五巡目で中を振ってリーチをかけた。

「ポン——」

と川辺がいった。川辺はゆっくりとその中をひろって、自分の手から二枚の中を出し、合わせて端においた。そうして手牌を一枚切った。それはやはり中だった。

「あ、旦那、そいつはいけねえ」と岡本がいった。

「いけねえとは何だ」

「いけねえや。中をポンして中を切るなんて――」

「いいじゃないか、二枚ありゃポンできるんだろう」

「だってもともと暗刻なんだもの。ねえ汚ねえよ」

「汚ねえ？　おい、もう一度いってみろ」

海苔《のり》屋も健もそれぞれ捨てられた中に視線を送った。

「ねえ塚田さん――」と岡本は海苔屋に助けを求めた。

「七萬八萬九萬とあって六萬を喰《く》って九萬を出す、こいつァここじゃァ禁じ手にしてあるよねえ」

「おう。だが六萬を喰って六萬を捨てるのはどうともきめてないぜ」

「それだって駄目ですよ」

「うん、まア――」と海苔屋もいった。

「駄目だろうな」

「どうしてだい」

何故ときかれると誰も返答に困ったようだった。

「じゃァ訊《き》くが——」と川辺がいった。

「俺《おれ》は[中]を三枚持っている。そこへ[中]が出たからってカンしなくちゃいけないって法はないだろう。そいつは当人の自由だ。それならその逆に、ポンする自由だってあろうじゃないか」

「ポンの必要はないでしょう」

「あるよ。俺は危険牌をツモりたくないんだ。一枚でもツモ回数がすくない方がいい」

「旦那、ルールどおりやりましょうよ。そんな汚ねえことまでして勝ったってしようがねえと思うな」

「ルール違反じゃない！」

「違反ですよ」

「ないよ！」

「なんといわれたって駄目」

「駄目なら手前一人でやれ！」

川辺はいきなりザラッと牌山を崩した。健が停めるひまもなかった。

「旦那、それはわがままだよ」

「なんでもいい。儂《わし》はもう寝る。貴方《あなた》たちもお帰りください」

川辺は革椅子《かわいす》を蹴倒《けたお》すように立ちあがると大股《おおまた》に奥の部屋に消えた。

「チェッ、ああだからな、宮仕えは辛えや」

岡本がぼやきながら立ちあがり、負け組の海苔《のり》屋が慌《あわ》てて事態を治めようとかかるのを見返りもせず帰りはじめた。

健も思いきりよく立ちあがった。

アッというまの出来事で、はじめての客の健が口をはさむゆとりはなかったが、こういう結果になってしまうと、トップ確定の勢いだっただけに健が一番馬鹿をみたことになる。

だが待てよ——と健は外へ出てから考えた、ありゃァ、仕組まれたんじゃねえかな。

あんまり調子がよすぎた。主従の芝居は、よくある奴《やつ》だ。海苔屋が沈んでその夜の仕事は終りになった。健も勝っていなかった。奴等はこのままの形でチョンにしたかったのだ。だから岡本が沈みだしたとみるや、途中打切りの非常手段に出た。

(——ヘッ、素人《しろうと》野郎奴《め》。見えすいた手を使いやがる)

だが。健自身の反応のおそさはどうしたことだろう。本来ならば、こうしたやり方は、ドサ健の方のお家芸だった筈《はず》なのに。

あの出目徳に叩《たた》かれて以来、すっかり調子が狂ってしまったらしい。

健は改めてポケットの中の金を調べた。六千円ほど、減っていた。今の健に六千円（当時の金で）はかなりの額だ。明日の昼すぎまでに作れるだろうか。作れなければ品物は流れてしまう。

「落ち目は辛えや――！」

健は声に出して呟《つぶや》き、同時にまゆみの面影を吹き消した。どっちにしても、品物は流すんだ――。健はヤケな気分を募らせながら夜道を山谷の方に向かった。

カベの女

一

一方、上野下車坂《しもくるまざか》の喜楽荘で、女衒《ぜげん》の達は上州虎たちの徹夜麻雀の仲間入りをしながら、心待ちにドサ健の現われるのを待っていた。

達は、過日の出目徳たちとの一戦以来、ドサ健の博打をとても尊敬している。あの男が大事な一戦に負けることがあるなんて考えられないのである。

税理士とかいう奴《やつ》の家の麻雀を適当に荒らし、うまく金をふんだくって、達に預けた〝品物〟をとりにやってくるにちがいない。

夜中に来るか。それとも明日の朝か。

やってきたら、品物を返してやり、達が用立てた金に歩《ぶ》をつけて貰《もら》う。それは当然である。しかしその他にも、達には達なりの作戦があったのである。

出目徳、ドサ健、坊や哲（私）、それに達を含めた四人で、近いうちに、再度の決戦がおこなわれるだろう。ドサ健はもちろん——と達は考えた。出目徳のおヒキ（相棒）だったらしい坊や哲も、今度は隙《すき》あらば徳を叩《たた》こうとしているようだ。

しかし達には、こと麻雀に関する限り、この三人を叩ける自信はなかった。眼力や表面の技巧を、かりに五分としても、やはり負けるのは達であろう。

この三人は博打だけで生きているのだ。博打で負けたら、あとは又その同じ博打で勝ち返す以外に生きる道はないのだ。達はちがう。女衒《ぜげん》という別の芸がある。これが彼の致命的な弱味になる筈《はず》だ。

博打というものを知悉《ちしつ》している点では、達も人後に落ちない。アマチュアがプロに勝てるわけはないのだ。たとえ地力が同じでも、プロが勝つ。何故ならプロには、負けて差し出すものが無いからだ。プロが負けるときは、それこそ健のセリフではないが、死んで見せるだけ。

では、勝算のない麻雀に、達は何故加わるか。いかさまを含めた彼等の芸を盗みとる魅力が大きい。バイニンはめったに自分の芸をバラさないから、こういうプロ同士の勝負に加わるときをおいて盗むチャンスはない。

奴等のやり方を自分のものにしてやろう。しかしそれにしても、できるだけ被害をすくなくしたい。——これが達の考えだった。

達は一方では私に接近して同盟をむすび、又一方ではドサ健とも別の保証条約を結ぼうとしていたのだ。

ところで深夜をすぎても健は現われない。

(徹夜《おっゃ》になっているのだな——)

と達は思った。

襖《ふすま》続きの隣りの部屋では、〝品物〟が、寝てない気配が時折りする。長押《なげし》を見るとまだ灯がついている。

達は折りを見て立ちあがると襖をあけて首を突込んだ。

「寝ろよ——」

まゆみは揃《そろ》えた膝頭《ひざがしら》に頭を埋めるようにしてじっとしている。達をふり仰いだその顔がさすがに青白い。

「眠らねえと、皺《しわ》だらけになって、百の値打ちもなくなるぜ」

だが達もなんだか、この夜の麻雀に没頭できなかった。相手は上州虎と、近所からくる客だという若者二人である。この連中の横の連絡があるかどうか、厳に警戒が必要だったが、その点はすぐに安心できた。打っていれば楽しいという無邪気な感情まる出しの若者たちだったし、レートも安かったからだ。

「子供の遊びじゃあるまいし、達さん、サシウマ行こうよ」

という虎の提言でやりはじめたが、ほとんど虎の勝。達はどうも気がピッと張らず、虎が一人でご機嫌になっていた。

「どうしたい、本気を出せよ、俺《おれ》を馬鹿にしてるのか」と上州虎。

「そうじゃねえ、チャンとやってるよ、ただツカねえんだ」

「いやちがう、お前は先刻《さつき》、俺《おれ》のリーチにかなりきついを振ってきた。だがお前はテンパイしてなかった。この前のお前なら、あのは振ってきやしねえ」

「打ちちがえたんだよ」

「いや、なめてるんだ。――いいかい。俺ァ大正の終りに、まだ麻雀がほんのすこしのインテリの遊びだった時分から牌《パイ》を握ってるんだ。金持ちの閑人《ひまじん》でどんな強え野郎が居たかは知らねえ。だが麻雀で喰《く》いつきだしたのは、俺と俺の仲間が一番早えんだ」

「わかったよ、もういい」

「嘘《うそ》じゃねえんだぜ。ドサ健なんぞ、俺から見りゃア赤ン坊みてえなもんだ。なア、俺が叔父《おじ》さんみてえな面《つら》をしてワキについててやったから野郎も一人歩きができたんだぜ」

「いい叔父さんだな。お前、出目徳ともツルんでいたんだろう」

上州虎は会心の笑いを浮かべた。「そりゃお前、叔父甥《おい》だって勝負はすらァな。奴等《やつら》ときたら、しょっちゅう俺を見るたびに、この無え腕のつけ根を眺めるんだよ。俺を哀れがっていやがるんだ。うん、まァそいつァまだ我慢ができる。片端者と思うのはかまわねえ。それから、博打しか能のねえ虫けらだと思ったっていい」

虎はそこで真顔になった。

「だが、いっとくぞ。博打で、俺をなめるなよ。そんな顔つきして、えれえ目にあう野郎がよくいるんだぜ」

「健のことを考えてたんだ——」と達も真顔でいった。

「俺《おれ》もさっきから、これじゃいけねえと思ってるんだが、どうも乗らねえな。——虎さん、どうだろう、今夜は俺の負けということにして一応お開きにしねえか」

もう午前四時近かった。若者たちも眠そうで、達の提案に異存はなかった。

「俺はまァ雀荘《ジヤンそう》の主人だからな、無理に引きとめはしねえよ」

じゃあ、と若者たちは帰っていった。

「ここにゴロ寝さしてくれるかい」と達はいった。

「勝手にしなよ」

「虎さん、お前もだぜ」

「冗談いうねえ、俺は自分の布団《ふとん》に寝るよ」

「駄目だよ――」と達は眼で笑いながら、虎の大事な一本腕を腋《わき》の下に抱えこんだ。「商品がおいてあるんだ。品物に疵《きず》をつけねえようにするのが女衒《ぜげん》の仕事だよ。ここで仲好く寝ようぜ」

「チェッ――」

と上州虎は大きく舌打ちした。

二

チュッ、チュッ、という鳥たちの囀《さえず》りがきこえる。電車の音も遠くひびく。夜が明けているのだろう。

仮眠からさめた虎の鼻先きで、達の軽い鼾《いびき》がする。そうして虎は、抱えこまれていた腕が自由になっていることに気がついた。

眼が、すぐに隣室の襖《ふすま》に注がれる。

虎はそろそろと起きあがった。座布団を橋のように、襖までそっと並べた。畳をきしませない用心である。

歯で唇をかみながら、徐々に、襖に近づいた。達は死んだように動かない。達に当てていた視線を静かにはずして襖の方に向けた。

襖を、そっと開けた。

虎は、アッと出かけた声を危うく呑《の》みこんだ。品物が、まゆみが、前夜の姿勢のまま、大きな眸《ひとみ》でまじまじと此方《こちら》をみつめている。

「しっ――」

虎は自分の唇に指をあて、それから思いがけない敏捷《びんしょう》さで隣室にすべりこんだ。

「駄目よ――」

「しっ――」

「そばへ寄らないで」

「そうじゃねえ、話があるんだ――」

虎は押し殺した声音でいった。こんなときは相手にものをいわせないことだ。

なんでもいい、なにか話しかけて、敵を安心させるんだ。騒ぎを起こさないうちに、そばへよっちまう。そうすれば——。

「お前を困らそうてんじゃねえ、相談してえんだ、いいかね」

手の届く場所に近寄ると、いきなり虎は、掌をまゆみの口に押し当てて物言わぬようにし、敷いてあった布団の上に押し倒した。指圧の先生のような恰好《かっこう》になったが両膝《ひざ》はちゃんと女の二の腕の上にのっていた。

まゆみの眼尻《めじり》が紅くなった。

「乱暴はしねえ、俺《おれ》ァ内気なんだ」と虎は図々しくいった。「いいか、こりゃァ相談なんだ。考えてみろ、今の俺はちゃんとした麻雀荘の主人だぞ。紳士の言葉と思ってきいてくれ」

虎はそこで言葉を切って、隣室の寝息をうかがった。

「お前は健の女だった。そりゃ俺も知ってる。お前が、健のことを案じて、奴の役に立ちてえ気持はわかるよ。だがな、奴はもう駄目だ。俺たちの世界じゃ、一度落ち目になったら、そう簡単に元へ戻りゃしねえ。俺を見ろ、これでも戦争前は、ちっと怖がられて、粋がって暮したもんだ。だが一度寒い目と出りゃ、五年、十年、浮かびあがれやしねえ。俺なんか、疵《きず》が治るのをじっと待ってるうちに、この年だ」

「——」

「健の奴は短気だからなおさらいけねえ。バタバタもがいてるうちに沈んじまうんだ。もうあんな奴のことを考えるのはよせよ。それより自分のことを考えろ」

虎の掌の下で、まゆみの柔らかい唇が動きだした。だが声にならない。虎は隣室を警戒して掌の力をゆるめなかった。

「お前の財産だったこの家の登記書類は、俺《おれ》が持っている。お前が、又もとのお前に戻れる道は、考えてみなくたってわかるだろう。健の奴のことを忘れるこった。それでかわりに、俺のことを考えるんだ」

まゆみの眼が、けわしくなった。

「おい、わかってるのか。——その気になりゃア、今、何をしようと俺の自由なんだぞ。だが俺ア、乱暴はしねえ。そのつもりでもねえ。女の身体だけいたぶるのは、この年でもうあきちまった。俺の欲しいのは、心さ、一緒に暮す女だ」

虎もまゆみの乾いた眼をみつめた。

「さあ、いいえ。俺と組むか」

虎がすこし、掌をゆるめた。

「いやなこった――」とまゆみはいった。「だって健さんが、もうすぐあたしを引き取りにくるのよ」

「だまれ――」

それから虎は、すこしの間、鼾《いびき》の様子に耳をすました。

「保証してもいいぞ。健にそんな気があるもんか。若えときは皆そう思う、女なんか邪魔なんだ。俺たちはすばらしい博打を打つことだけを考えて生きてる。お前だってすぐに考えを変えるよ」

「――」

「女にゃァ、俺《おれ》みてえな年老《としよ》りがちょうど頃合いなんだよ。年老りは、女みてえに、すぐ安全ってことを考えるからな」

「――」

「いいかね、お前は又、この家で暮すようになる。俺の相棒としてだ。気に入らねえような気がするのは最初のうちだけさ。そうしろというんなら、お前の気がすむまで、ただの相棒としてだけの意味で、ここに居りゃァいい。お前がカベになって、俺が客をカモって暮すんだ」

「――」

「なあ、そうやってみようよ。俺の気持も考えてくれよ」

虎は静かに手を放した。まゆみは何もいわずに天井をみつめていた。それで虎は虎なりの昂《たか》ぶりをやっと押さえて、そっと隣りの部屋に戻った。

達が眼を開けたまま鼾《いびき》をかいていた。達はこういった。

「面白かったぜ。もっとやれよ」

「馬鹿野郎——」と虎はいって溜息《ためいき》をついた。

三

まゆみが買ってきた食パンを、三人でむしって喰《く》った。もう正午近かった。

「来ねえな——」

と達がいった。虎が笑いを含んだ表情になっていた。

「でも、健さん、来るわ。あの人が負けるなんてことないもの」

「俺《おれ》もそう思う。奴《やつ》は負けねえ」

「落ち目なんだよ、しようがねえんだ」と上州虎はいった。「俺にも覚えがあらア。強くたって同じなんだ、ツカねえときは惨《みじ》めさ」

「虎さんとはちがうわ」とまゆみは力説した。「あの人は勝負を投げないわよ、そこが他の人とちがうとこなのよ。——きっと疲れて眠ってるんだわ」

「だが、正午までに来ないとすると」と達は静かにいった。「やっぱり、同じことだな」

「あの人は勝ってるんだわ——」とまゆみは負けたバイニンのような惨めな表情になっていった。「でも、ここへ来ないのよ。そうなんだわ、きっとそうなのよ」

彼女はそこで言葉をちょっと切ってから又いった。

「でも、そんな筈《はず》はないわね。たとえ品物は流したって、お金だけは持ってくるわ」

「そりゃどういうことだ」

「男の約束はちゃんと守るわ。でも、あたしは要らないのよ。そういう人だって、ちゃんとわかってるの」

しばらく重苦しい沈黙が続いた。

「十二時だ——」

と達が腕時計を見ながらいった。

喜楽荘の玄関の戸が、その時烈《はげ》しい音をたてた。三人の視線が、そこに集中した。

ドサ健じゃなかった。入ってきたのは梅だった。

「こっちに、健の奴《やつ》、来てるかい」

と梅はいった。

「来てねえのか。畜生、野郎にひっかかったぞ」

「一緒じゃなかったのか」と達。

「歩《ぶ》を払うから帰れってから、今朝、健の所へ行ったら、居ねえ。川辺の家にも行ったんだが、川辺も事務員も、皆出かけていやがって、様子がわかんねえんだ。婆やにきくと、たしかに昨夜は打ったらしいんだが」

上州虎がいきなり笑いだした。

「わかったか。まゆみちゃん――」

「笑わないでよ」とまゆみはいった。

「あんただって人を笑えるような男じゃないでしょ」

「お説のとおりだ。だが俺《おれ》ァ健とちがって年老りだから、すべてお見とおしなんだよ。健がいくら博打の神様だって、落ち目の悪魔にゃやっぱり勝てねえ。へっへっへ、皆同じなんだ、俺だけじゃねえや」

「達さん――」とまゆみはいった。「いろいろ配慮していただいてすみませんでした。でもご厚意も無駄になってしまったようね。だから、ひとつだけお願いがあるの」

達はだまって煙草に火をつけた。

「もう五分だけ待ってください。その間にあたし、気持の整理をつけてしまうわ」

まゆみはパンの残り皿を持ち、台所に消えていった。

達の煙草がたちまち短くなった。彼はまずそうに一本吸いきると、今度は自分の方に視線が集まっているのを振りはらうようにいった。

「なにか変か、よう、俺《おれ》におかしいところでもあるってのか」

「あるな――」と梅がいった。「品物は流れたんだ。何故、出かける仕度をしねえ。達さんらしくねえぜ」

「手前にいわれなくたってわかってらア。俺の本芸は女衒《ぜげん》だ」

まゆみが台所から出てきた。

上州虎がこういった。「気持の整理って奴《やつ》はできたか」

「よし――」と虎はまゆみの返事もきかずに身を乗りだしていった。「俺が健にかわって、この品物を受けだしてやろう」

虎は一本腕を上着の内ポケットに突っこむと、すこし皺《しわ》になった大型の封筒をとりだして、達の前においた。

「これをお前さんにやる。健がいくらで質に入れたか知らねえが、こりゃアこの家の登記書類その他が全部入ってるんだ。お前の歩を加算したって悪い取引きじゃねえだろう」

「ほう――」と達はいった。「虎さんも、なかなか大技《おおわざ》をやるね」

「あたし――」とまゆみが何かいいかけるのをさえぎって、虎が叫んだ。

「手前、俺《おれ》の女よりも、女郎になる方がいいってのか」

達は前に置かれた封筒に手を伸ばして、試すように虎の顔を見た。

「虎さん、じゃ、遠慮なくこれは貰《もら》っておくよ」

「ああ、それで承知なわけだな」

「承知だ――」と達は、封筒の中味を改めながらいった。

「だけど虎さん、これは他になにか条件があるんだろう」

「むろんだとも――」

と虎も、大きな博打をする前の、彼等特有の笑いを浮かべた。

「察しが早いな。そうくりゃ話も楽なんだが――」

上州虎はそこで言葉を切って、誘うように達の顔を見た。

四

達はうす笑いしていた。

「へっへっへ。わかってるだろう」

「わかってるとも――」と達もいった。

「だがそうする義理は、俺の方にはぜんぜん無いんだぜ」

虎はそれで真顔になった。

「達さん、お前は昨夜、俺《おれ》の口説《くぜつ》を面白がってきいてたなァ。なるほど、俺ァ、女をくどく年齢《とし》じゃねえ。笑われても仕方がねえよ。だが、俺がこれまでやってきたようなふざけたスケこましと一緒にしてもらいたくもねえんだ。といって、恋の愛の、熱に浮かされたようなもんでもねえ。どういったらいいか、どうもうまくいえねえが、――つまりだな、俺ァこの年齢になって、はじめて住むところができたんだ。すると急に、いろんなものが欲しくなった。まるで、この戦争で命が助かった奴等《やつら》が急に欲深くなるようにだ。なァ、わかるかい」

達はだまって煙草を吹かしていた。

「まァわからなくたっていい。住む家の次に何が欲しくなったと思う。女房だ。いや、そういっちゃ身も蓋《ふた》もねえな。──友だち、でもいい。いや、そいつもなんだかぼんやりしてるかな。つまり、お互いに気を許し合って一緒に暮していけるような相手が欲しいんだ。一人暮らしは、年老《としよ》りにゃやっぱり辛えよ。嘘《うそ》じゃねえ。このまゆみがどうしてもいやだというなら、俺の女にしなくてもいい。娘分でいい。それもそんなふうに簡単に行かねえんなら、ただの同居人でいい。俺のことを我が身のように案じてくれるような同居人ならば、だがね」

「虫がいいぞ、虎さん。年を老ったら、博打打ちらしく野たれて死ぬこった。お前さんそういう生き方をしてきたんだろう」

「虫がいい。そりゃァ確かだ。だが俺は、そうしてえんだよ」

と虎はいった。そうしてこう続けた。

「お前は今、ドサ健に貸した金より、きっとずいぶん値の張るこの家と土地とを手に入れた。そうして、まゆみは俺《おれ》が貰《もら》った。俺は女を手に入れたが、そのかわり又、住む所を無くしちまった。こりゃ不都合だ。住む所がなくて、なんのための女だい。そこで俺ァ──」

「わかってる——」と達がいった。「そこでお前は、勝負をする気になったんだ」

「ああ——」と虎が気負って答えた。

「俺ァ女を張った。お前はさっきの登記書の入った封筒を張るんだ。どうだ、いやか」

「女と家と両方を手に入れる、こういう作戦だな」

「本当は、一か八か、サイコロと行きたいところだが、おたがい、打ち慣れた奴《やつ》でもいい。麻雀だ」

「——」

「まだるっこい勝負はいけねえ、半チャン三回だ。それでどうだ」

「何だか知らねえが、俺ァいやだよ」と様子を見ていた梅がいった。「そんな勝負に加わって巻きぞえを喰《く》いたかねえ。真剣にやる奴が勝つにきまってるじゃないか」

「大丈夫だよ、梅さん。点棒は別計算だ。俺たちは差しウマで行くんだ。相対勝負で二勝した方が勝さ。二人でセルから、梅さんは漁夫の利でかえってトクなんだぜ」

「もう一人は？」

「もう誰か、客が来る頃だろう。コンビを組まねえ証拠に、誰でもいい、最初に入って来た奴を入れよう」

達はそっと、まゆみの方に視線を当てていた。彼女は卓袱台《ちゃぶだい》の向う側で、身を硬くさせ、頬《ほお》に血を昇らせてあらぬ方をみつめていた。彼女の身内では、怒りや、不安や、困惑や、恥辱が、いずれもこれ以上ふくらみようがないほどに大きく混在しているために、彼女自身収拾がつかぬといった風情《ふぜい》だった。そうして、結局、そういう彼女は、達の心も魅《ひ》いた。

達はそのとき、女衒《ぜげん》という職業にいかにもふさわしい奇妙な感慨を持った。

(——女って奴《やつ》は、やっぱり、生きるか死ぬかの瀬戸際にいつもおいておかなくちゃいけねえんだな)

それから達は、上州虎の方に眼を移した。この、あらゆる意味で盛りをすぎた男が、達の返答を、身構えるようにして待っていた。

達は上州虎には同情しなかった。しかし、立ちあがろうともしなかった。

達は結局、ドサ健の出現を、まだ待っていたのだ。何故現われないのか、どうしても納得がいかなかった。

健が現われない限り、やがて訪れる出目徳との一戦で、健と提携するという達の心づもりも実現しにくくなるのだ。

「達さん、いやなのか、おい」

「いやとはいえねえだろうな――」と達はいった。「虎さんみてえな麻雀打ちに、差しウマ勝負を申しこまれたんだ。光栄の至りだよ」

虎が、ちらっとまゆみの方を見た。

「牌《パイ》を出しとくれ、まゆみちゃん」

ちょうどそのとき、思いがけぬブームの襲来で現金の使い道に困るという案配の芋飴《いもあめ》製造の親爺《おやじ》さんが入ってきた。麻雀にも何にも形になっていないくせに、牌を握っていればご機嫌《きげん》というクラスだ。

「飴屋の旦那――」と虎が笑いを含んだ声でいった。

「ちょうどメンバーが一人足りないところだ。すぐ出来るよ。ツイてるね」

まゆみが卓上に牌をあけた。

虎の視線がまっすぐに彼女の方に伸びて居、まゆみも又硬い表情で虎を見返していた。下を向いて点棒を揃《そろ》えていた達が、ひょいと顔をあげた。

五

飴屋の雀力は、打ち出したとたんに達にも梅にも呑《の》みこめた。

自分の手だけを見て打っているだけなので、我が手さえよければ何でも出てくるという全くの荒らし屋が一人入っているわけである。こういう麻雀は、特殊な心構えを持ってことに当らなければならない。

まず第一に、飴屋と逆の手に持っていくこと。

第二に、巧《うま》い待ちより、牌数の多い待ちにすること。

第三に、ツキを大切にすること。

この第三項についてすこし註《ちゅう》をつけると、実際四人でやっているように見えるが、実は三人と飴屋の勝負なのである。飴屋の打牌をうまく利用した者が勝ちなのだ。こういうクラスの打ち手は、セオリー無しに来るから何が出てくるか予測がつかない。偶然の打牌に恵まれる者、つまり三人のうちでもっともツイている者が、飴屋の助けを得てどんどん手を進行させる。したがって、自分の運を離さないように、その意味で綿密に打っていけばよいのである。

まゆみがお茶を運んで来、そのついでに梅と飴屋のまん中に坐《すわ》って観戦しだした。

梅はすぐにイヤな表情になって、半ばモウ牌麻雀に移ったが、飴屋はデレリとなって、一投一打、誇らしげに彼女に見せつけている。

手がいいらしい。あんのじょう、誰より早くリーチがかかった。

リーチ

七巡目のリーチだ。達は相手の技倆《ぎりょう》から推して一応ストレートに読んだ。四七索《ソー》か、ピンテンか――。

まゆみの視線が今度はまっすぐ達にそそがれていた。何気なく見返すと、彼女の視線はゆっくり虎の方へ移っていった。ほとんど同時に、虎が、をスッと切った。

「へえ、きついな」

「初回だ、おりてられるかい」

達はふたたび、まゆみを眺めた。

(――はここで切れる牌じゃない。結果的にたとえ当らなくとも、この牌を

握ったら普通は手を廻《まわ》していく筈《はず》だ）

（〝通し〟〈サイン〉をかけてるな。このアマ——）

そうか、とすぐに合点がいった。まゆみはドサ健に仕込まれて、カベ役（スパイ役）をやっていたのだろう。すると、ドサ健の一派だった上州虎とも、同じ〝通し〟がものをいう筈だ。

彼女は一言も口をきいていない。言葉を利用するサインではないのだ。言葉を使う通しはむずかしいから、女には無理ということもある。では形で示す奴《やつ》だ。

まゆみの今の恰好《かっこう》はどうだろう。きちんと四角く坐《すわ》って両手を下へ伸ばし畳に掌をつけている。上半身を心持ち前に倒し加減にして飴屋《あめや》と梅の手を注視するような形だ。だが、これがいったい何の特長であるというのだろう。

飴屋はツモの感じからして即リーチだと思う。これはほとんどまちがいはなかった。すると、飴屋がテンパイしたとき、つまり、リーチをかけたときに、彼女の身体のどこかの部分が、必ず動いていなければならぬ。それがサインだ。しかし、達の見たところ、彼女は大分前から同じ恰好で微動もしていないようだった。

むろん、彼女がどんな形のサインを送ろうとも、今すぐ達には、それがどのテンパイを意味するのかはわからない。しかし、飴屋のこのリーチがアガるかして待ちがわかった暁には、そのサインの意味が解明されるのだ。

達は、そのひとつひとつを注意深く解明して、逆に自分が敵のサインを利用してやろうと考えた。

が、かんじんのまゆみがどんな形をしたのか、それがつかめない。

オヤ、とその時、達は又彼女を見た。いつのまにかまゆみの右手が、彼女の左手の肱《ひじ》のあたりを握っている。

達は發を捨てた（飴屋《あめや》が序盤で捨てていた）。梅がポンをした。するとそのとき、彼女の右手はもう元の形に戻って畳にまっすぐ伸びていた。今度はわかった。彼女の右腕の変化は、今、卓上に現われた変化と関係あるのだ。

結局その回は流れて誰もアガれなかった。しかし飴屋はご丁寧《ていねい》に、リーチの手をあけて得意然と公開してくれた。メンタンピン、テンパイは五八筒《ピン》。

次の回は、梅がリーチをかけてきた。達は又まゆみと視線を重ならせた。まゆみは愁《うれ》わしげな眼の色で達を見、先制リーチの梅を見た。しかし今度も、あの腕の変化は彼女の肢体《したい》のどこにも現われなかった。

虎は今度もかなりきつい牌《パイ》をとおして追っかけていき、首尾よく梅に打ちこませてアガった。

おそらく〝通し〟の利が虎に気分的な余裕を持たせていたのだろう。虎はそこで連チャンをし、東のラスまでに相当な差をつけてトップ街道を進んでいた。一方、達の方は手が伸びなかった。手牌をあやつるよりも、まゆみの動作を見抜くことに懸命だったのだ。ツキを粗末にしないと思っていたくせに、事実はツキをおとすことばかりやっていたのだ。

達はこの半チャンを半ば捨てていた。勝負は三回戦だ。一度負けても、二度勝てばよろしい。差しウマ勝負だから、トップにならなくともよい。虎より黒棒一本でも多くあればよいのだ。

しかし、まゆみのサインを盗めなければ、捨てた半チャンの意味はなかった。

六

まゆみはうまく台所との往復を利用して席を変り、まんべんなく各人の手をとおしているようだった。

(――何故、虎にこれほどまでに加担するのだろう。やはり女郎よりは、虎の女になる気持を固めたのか。この俺《おれ》よりは、虎の方を信じられるのか。まァそれも、無理はないかもしれないないな――)

一回戦は虎の圧勝に終り、二回戦がもう進行していた。達ははじめて先制リーチをかけた。まゆみが彼の横に坐《すわ》っていたが、達は手をかくさなかった。そうしておいて彼女の挙動を監視するために、まゆみの方を見た。

そのとたん、ガクンとわかった。眼だ。彼女の身体の中でいつも動いているのは、視線ではなかったか。

最初、まゆみは達を見、虎に視線を移した。で、五八筒《ピン》。次は達から梅に視線がいった。これは六九万《ワン》だった筈《はず》だ。それから——と達は初回からのテンパイとまゆみの視線の動きをゆっくり反芻《はんすう》して確かめた。

たしかにそれは符合していた。だが、それだけでは単純すぎる。おそらくそれは、万筒索の色分けだろう。数のサインは何だ。

まゆみの視線がゆっくりと移動した気配を、達は横目で悟った。

(——わかったぞ)

彼女の上唇の下で、チョロッと舌の先が動いた。身体の動きばかりにポイントを合わしていたら、顔面の一部の動きは永久に見のがしていたろう。

わざわざ自分の手をのぞかせて、虎に通報させてまで解明した甲斐《かい》があるというものだ。

達は一生懸命に初回からのまゆみの表情をもう一度思いおこして、サインの整理にとりかかった。

その回のリーチはアガれなかったが、達の気持はぐっと楽になっていた。

虎が親であった。ちょうどまゆみが台所から部屋に戻ってきたとき、虎のリーチがかかった。まゆみは梅と飴屋《あめや》の間に坐《すわ》った。

まゆみの視線が達の顔にふりそそいでいた。だが達にはわけがわからなかった。不審な表情で見返した。彼女の視線はゆっくりと飴屋の方に移った。かすかに唇の中央部のあたりで舌が動いた。

(――変だな。梅か飴屋がテンパイしてるんだろうか)

それにしてもおかしい。まゆみの相方の虎はリーチをかけているのだ。オールツモ切りである以上〝通し〟をかけても無意味ではないか。

(これが通しなら――)と達は思った。

(虎にじゃない。俺にだ。すると彼女は、俺が通しを盗んでいることを知ってるんだ)

それでは、虎のテンパイは五八索《ソー》か、索子はわりに安いが五八索はとおっていない。

「さァ、これはとおるかな――」

飴屋がいった。

「なんです？かな」と達はいった。

「いや、さ。一丁とおしてリーチといくか」

「駄目だ、それは本命さ、自殺するようなもんだね」

達は強くいった。飴屋はしばらく考えていたが、彼としては実に珍しくもを持ってオンリをはじめた。このあたりにも虎のツキが離れだす前兆が現われていたのかもしれない。

その回が流れると、今度は逆に達の方へ早い手が来た。

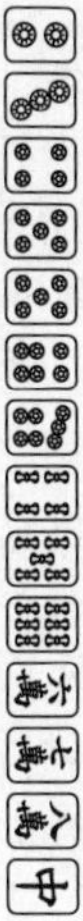

まゆみが梅と虎の間で茶碗《ちゃわん》を片づけていた。ところが、彼女の右手が、左の肱《ひじ》のあたりにかかっているのだ。誰かが飜牌《ファンパイ》を鳴きたがっている、そうだ、そのサインだ。

おそらく、鳴きたいのは荘家《チョワンチャ》の虎だろう。何を鳴くのか。東とは出ている。では發か中だ。

達は迷った。飴屋《あめや》が居る以上、牌数の多い二五八筒の方がむろんよろしい。しかしそれでは親の手が進行するかもしれない。中を鳴かしても、三面待ちなら勝負になるという考え方もある。上り点もその方が高い。

だが別の考え方もできる。先制リーチで手がつまり加減になってくると、二丁持ちの飜牌をおとしてくるケースが往々にあるのだ。これは差しウマ勝負である。他人からとるよりは安くとも当面の相手からとった方が効果的だ。

達は心を決め、親しい視線をまゆみに返すと、🀚を振ってリーチをかけた。

まゆみが立って此方《こちら》へ来た。しかし達は伏せたきり牌を開けなかった。まゆみの動きも虎に対する形式的な動きだったらしい。そのまま立ち去ろうとした。ところがそこで突然、達の心が変わった。達はふりむいてまゆみにいった。

「すまねえ、お茶をもう一杯」

そしてわざと牌をあけて手を見せた。

まゆみがどう出るか。達は試す気だった。

彼女は定位置の梅と飴屋の間に戻ると、視線と舌を使いだした。

三六索待ち——。

達は頰《ほお》が笑み崩れそうになるのをやっと押さえた。

九巡目、虎はを握ったらしく、すかさず中をおとしてきた。

「ロン――」と達はいった。

むろん手は安い。しかし虎は、音を立てるばかりにたちまちがくっとしょげ返った。

無理もないのだ。虎にとっては、麻雀にとどまらず、すべての希望を粉砕されたのだから。

「畜生奴《め》――」と虎は呟いた。「ここ一番て奴《やつ》に弱いんだ。どうしてこうなんだろう。出世できねえ男なんだなァ」

その瞬間から、住む家と、女が、ふたつとも虎の手から離れだしたのだった。

勝負再開

ー

猫《ねこ》に三種類あり、虫を好くのをムコ、魚を好くのをサコ、鼠《ねずみ》を好くのをネコというらしい。すると私などは、呑《の》み人間でも買い人間でもなくて、打ち人間ということになるのだろうか。

吉原という特飲街は、結局、私には他人の場所《しま》でしかなかった。漂客としてならともかく、達のように、この中で玄人《くろうと》として生きていこうとは思わなかったのだ。

おかしなことに、その時分の私は、どういう世界であろうと、玄人としての接触、つまり真髄に触れるばかりにのめりこんだ生き方以外に興味がなかった。おそらく若くて、生命の力がむんむんしていたときだったのだろう。そうして、そう思うこと自体、私がまだ麻雀打ちとして本格的な玄人になっていなかったからなのだろう。

　二十年たった今はちがう。たかが玄人、と思っている。ひとつの真髄に触れるより、もっと大きな、綜合《そうごう》的な生き方があるような気がしてきた。これもまた所詮《しょせん》は中年になって、生き方の限界がいやでも悟られてくるそのあがきであろうか。

　達が帰って来ないので、楼主の娘のとみ子は、私だけを助手席にのせて、例の特飲街廻《まわ》りをする。達の代りにその巷《ちまた》へ入っていっても、むろん私は何の役にも立たないのだが、それでもとみ子はノートと照らし合わせながら、あちらこちらの店の調査を命じてくる。

　阿呆《あほ》らしい限りだった。女郎の顔ぶれの調査だから阿呆らしかったのじゃない。他人の仕事の代行なのが退屈なだけだったのだ。

　とみ子と二人だけのドライブの二日目、月島特飲街のそばで、私は車をおりようとした。

「このそばに知り合いが居るんだ。今夜はそこに泊る。気にしないでいつものコースを廻って帰っておくれよ」

　とみ子は私の気持をあらかた察したようだった。

「そう。元気でね。又遊びにいらっしゃい。他へ行くなら、家でお金を使ってよ」

「ああ、そうするよ――」

　私は笑っていった。

「長いことどうもありがとう。とうさんやかあさんによろしく。それから、ニャアにもね――」

　私は車をおりようとしたが、とみ子の手が私の肩へかかってとめられた。

「ちょっと、あのね――」

　彼女としては珍しくいい淀《よど》んでいたが、

「ひとつ訊《き》きたいことがあるのよ」

「なんだい」

「達さん、あたしのこと、なんていってる?」

「べつに――」私は答えた。「何もいっちゃいないよ」

「そう――」

「君のことばかりじゃないよ――」と私は又いった。

「奴《やつ》は何もいいやしない。俺《おれ》たちが話すのはお互いの仕事のことばかりさ」

　とみ子はその人形のような顔をハンドルの上に伏せてそのままじっとしていた。

「何故。奴を好きなのか」

彼女の反応はなかった。

「だっておかしいじゃないか。奴はすぐ近所に女を囲ってるぜ」

「そんなこと、問題じゃないわ」ととみ子は不意に烈《はげ》しくいった。「あれは前にうちに居た女よ」

「店の女だと、どうして問題にならないんだい」

「——とうさんもかあさんもその気なのよ。まわりの気持の用意はみんなできてるんだけど、本人がのうてん気なのよ」

「なるほどね——」

私は、見知らぬ私などを勝手に泳がしてくれた一家の真意がうなずけた。「で、本人とは、口約束かなんかあるのかい」

「馬鹿いわないでよ」と彼女がいった。

「こんなこと、男のほうからきりだすものじゃないの」

「それじゃ、奴《やつ》と会ったら早速打診してやろう。でも返事はわからないぜ。君はあの店を継ぐんだろうが、奴は君のお父さんみたいにはなりたくないだろうからな」

「いいわよ。博打ぐらいさせとくわ」

「博打ぐらいっていったな――」私は車をおりながらいった。「その考えはやめといた方がいいぜ。手前に何かを軽蔑《けいべつ》する権利なんかあるもんか」

私はむかむかしながら歩きだした。十歩ほど歩いてから振り返ると、ひっそり停まったきりだった車が急に烈《はげ》しく吹かしはじめ、すごい勢いで走りだしていった。

私は、夕風が気持よく流れている勝鬨《かちどき》橋を渡り、ひさしぶりで築地小田原の焼け残った一劃《いっかく》に入っていった。何故、ここに来たのかわからない。どこかで車をおりたかっただけだという気がする。

（オックスのママ、どうしてるだろう――）

しかし、ママにどうしても会いたいというわけではなかった。あの路地の前を通りすぎればそれでよかった。

一時期、ずいぶんかよった路地が見えてきた。あいかわらず足場の悪い道で、降った直後でもないのに、ぬかるんでいた。私は路地に二、三歩足をふみいれた。小さな一軒家は二、三本の植込みが風に揺れているばかりで、曇りガラスの戸口がきちんと閉まって居り、なんとなく人気がなかった。今日は何曜日だったかな、と私は考えた。ママは青梅のパパに会いに行った日だろうか。それとも、築地のパパと遠出でもしているのか。

顔に見覚えのある隣家の妻君が路地に入ってき、夕闇《ゆうやみ》の中で怪訝《けげん》そうに私を見ながら小腰をかがめた。

「八代さんは、居ますか」

「ああ、あのときの——、弟さんでしたわね」

相手も笑顔になっていった。

「それがね、つい二か月ほど前に、お越しになりましたよ。知らなかったんですか」

私はもう一度、静まりかえった家を眺めた。

二

私はオックスクラブのある焼ビルの前に来た。

ママへの執着は、とっくにうすれていると思っていたのに、小田原町に居ないと知って、急に又かきたてられた思いだった。

ビルはところどころ補修され、どの階にも店ができたらしく小さなネオンがいくつもついていた。だが、オックスクラブのネオンは見当らなかった。

二階に昇ってみた。オックスの入口だったところは、グリーン・アイという灯看板があった。あの〝日本人立入禁止〟という札は見当らなかった。

私はカウンターについてウイスキイを一杯呑《の》んだ。バーテンも、女も、オックスクラブという名前に何の反応も見せなかった。

入口と反対側の扉が私の眼に入った。私は立ちあがってその方に歩いた。扉のところに居た大柄な女がこういった。

「おトイレですか」

「いや――、向こう側の部屋に行きたいんだ」

すると女は急にきつい表情になった。

「あんた、警察？」

「何故、こんな若い刑事があるかい」

「向こうの部屋はP宣伝社といって、ただの事務所よ、うちは関係ないわ。なんならのぞいてごらんなさい」

私は念のため、扉をあけて狭い廊下の向こうの元博打場をのぞきこんだ。女の言葉に嘘《うそ》はないようだった。女が不思議そうに私の顔を見ていた。

「前の店の時分、あの部屋によく来ていたんだ」

「オックスクラブね――」と女はいった。

「二か月前に手入れを喰《く》ったわ。それでウチがかわったの。ときどき、GIであんたみたいなことをいう人が入ってくるわ。けれど、ウチはお酒だけよ。さァ呑んで頂戴《ちようだい》。まだ坊やのくせに博打なんかに手を出すもんじゃないわ」

けれども私はその一杯だけで切りあげて外へ出た。ママに会いたい気分がますます強まっていた。

ママに博打場で会って、つまり――、と私は打ち人間らしいことを考えた。足腰立たないほど打ち負かしてやるんだ、私がどんなふうに育ったか、いやでも悟らせてやる。

「――ママ」と私は声に出して呟《つぶや》いた。

(――そのあとで、ママを抱いてあげるよ。僕があいかわらずちっとも変ってないってことを、ママは知るだろうよ!)

青梅へ行ってみよう、と私は思い立った。引揚者で、ママの恩人だというその男の家は知らなかったけれど、青梅に行きさえすればきっと会えるような気がした。私は国電に乗るため有楽町の方へ歩きだした。

そこで、突然、肩を叩《たた》かれたのだ。

「よお――！」

四、五人の学生の一団から脱けて、一人の若者が背後に近寄ってきていた。私は黙って相手を眺めた。

「なんだ、忘れたのかい。小沼だよ」

覚えていた。中学のクラスメートで、教練が得意で号令をかけることが好きだった奴《やつ》だ。彼は地方の高校の制帽をかぶり、昔風を気どってか高下駄をはいていた。

「皆と会うかい。俺《おれ》は地方だから、誰にもすっかりご無沙汰《ぶさた》だよ。夏休みで帰ってきたんだが、やっぱり東京はいいな。焼け野原だってやっぱり東京がいい」

彼は一人でべらべらとしゃべった。

「そうだ、おかしいんだよな、汽車ン中で、偶然、深谷と会ったんだ。どうしたって肩を叩《たた》いたら、奴《やつ》はこういうんだ、俺と会ったことを誰にもいうな、って。いったら承知しないぞって。奴、何か悪いことでもしたのとちがうか」

私たちのクラスは終戦間際に卒業したが、罹災《りさい》しているため卒業式にも集まれなかった者が半数近くいた。そうして、上級学校へ進学した者も、やはり半数くらいだった。

「お前は元気でいいな」

「元気さ。元気を出さなくてどうするんだ。お前は元の所にいるのか。親父さんたちは元気かい」

「死んだよ――」と私は嘘《うそ》をいった。

「死んだ？　そうか――」

小沼は、私が学生でないことを感づいたらしく、急にそわそわしだした。

「まア元気を出せよ。それじゃ、伴《つ》れがあるからこれで、失敬！」

彼はすこし酔っているらしく、気をつけの姿勢になって私に敬礼すると、バタバタと仲間の方へ走り去った。

私はすっかり憂鬱《ゆううつ》な家出少年に戻っていた。ママ――八代ゆきに対するセンチメンタルな感情ははるかに遠い所に去り、そのかわりに、大勢の足並みから離れて生きている不安感だけが残った。

私は無性に牌《パイ》が握りたくなった。打って、そうして勝つことだけが、この惨めな気持を解消させてくれるように思えた。

三

その頃はプロ麻雀打ちの数も増えてきて、阿佐ケ谷のY、神保町のU、三河島のT、白山下のKなど、素人殺しで名の高いクラブも相当にあり、一方、大学周辺の学生麻雀もかなり強い打ち手が輩出しているという噂《うわさ》だった。終戦直後の頃とちがって、相手に不足はしない。

銀座界隈《かいわい》では、昭和通りに一軒、Pというクラブに、バイニンが集まって巣を作っているという噂だった。私はすぐにPに足を向けた。

Pで打つなら、まずコンビ麻雀を相手にすることを覚悟しなければならない。一人で入っていけば、そばへ寄ってくるのはいずれも玄人《くろうと》だ。そういうクラブなのだ。いいことには私は若いし、金を持っているようにも見えない。奴等《やつら》はきっとなめてくるにちがいない。なめてきてくれれば、最初の一発は仕事がしやすいだろう。

相手がバイニンの場合、最初の一発で度肝を抜くべきなのだ。むろん相手はそんなことぐらいで挫《くじ》けない。だが、すくなくとも慎重になる。ひとつの技を大振りに仕込まないで様子を見ながらやってくる。

実は相手が慎重にならないで、好き勝手に大技を仕込んでくれば、此方《こちら》は一人、ひとたまりもないのだ。たいがいのバイニンがここを勘ちがいしている。甘いと見るや平常のペースで大勝するが、仕込みの腕ありと見るや、つい慎重になってその分だけ気勢をそがれる。

Pに入っていくと、絵に書いたように、一人ずつ分散して他人の卓をのぞき見していた三人が集まってきた。いかにも勝負の世界ばかりで生きてきたらしく、青黒く干し固まったような老人。わざとらしい高笑いばかりしている東洋人らしい男、もう一人は小汚ない服装《なり》のくせに頭だけオールバックでテカテカに光らした三十男。まず、典型的なバイニンスタイルだ。

私は南家《ナンチャ》だった。東洋人が起家《チーチャ》。この初回を捨てて、次の私の親で先制の一発を仕込むつもりだった。

一局目、まだ三巡目なのに親がサッとリーチをかけてきた。だが私はあまりオリる気はなかった。

まだ三巡目だ。安全牌もすくない。私の手は、

こうだったから、オリてオリられないことはなかったが、私は消極策をとらなかった。この相手と打って、リーチのたびにオンリしていたら、それこそ自由自在に大きな手を作られる。一か八か、こちらも勝味早《かちみばや》で出ることが相手を拘束することになるのだ。

それも確かにある。しかし結局、私は最初からイラついていたのだった。

🀞をツモ切りでとおし、🀟をツモって🀑を捨てた。

「えらい強気だね、にいさん――」

オールバックが苦笑していった。リーチが🀄をツモって来、私はポンをして🀓を捨てた。リーチは無表情でその牌を見送った。

そのあとも、🀇、🀀、🀍、🀒、と私は強気でとおした。

(――此方は牌で生きてるんだ。死打ちしていてたまるかい!)

私の頭の中を、小沼をはじめとする大勢の人間が足並み揃《そろ》えて行進していた。その人群れに私は踏み殺されようとしていた。こんなとき、黙って頭をさげている手はない。たとえ負けても、相手にぶつかっていくんだ。オリるもんか。

とうとう、リーチが🀚を持ってきた。

私は牌を倒したが、同時に下家の老人もロンといった。老人の手はタンヤオピンフの二五筒《ピン》待ちだった。

「そうか、頭はねられか——」と老人はいった。

ところが「ちょっと待ってくれ——」と対家《トイチャ》のオールバックがいいだし、すこしおくれてやはり牌を倒した。

「俺《おれ》もアガってるんだ——」

「ねえ、俺《おれ》も切りたかったが、切れねえんで単騎にしちまったんだ。北で一《イー》飜《ファン》ついてるからな」

「そいつは拙《まず》いね——」と私はいった。

「あんたの前の牌山が一幢《イートン》不足しているよ」

「そりゃどういう意味だ」とオールバックが私をにらんだ。「俺が、牌山をどうかしたってのか」

「まァいいさ。三家和《サンチャホウ》で流れでいいよ。続けよう」

と私はいった。

「よし続けよう」と彼も応じた。「だが今の話は終っちゃいないぞ。あとで顔を貸しな」

私もカッカとしていた。自分の親を待たず、ここで一発やってやろうと思った。達が考えてきた切返し十枚爆弾を使ってみるのだ。

私はすばやく牌をひろって、さっと切返そうとした。

扉《とびら》があいて一人の客が入ってきた。思いがけず、それが出目徳だった。出目徳は私の顔を見るとまっすぐ近寄ってきた。

「ほう、お前、吉原に居るってきいたが」

「なんだ、徳さん、知り合いかい」とオールバックがいった。

「俺のおヒキ、いや相棒だ。坊や哲ってんだ。なかなか達者な子だよ」

「チェッ、つまらねえ。お前、玄人《くろうと》か」

私は牌山を切返す時間を失ってそのまま積んだ。こりゃいけない、と思った。出目徳に、切返しを見せるわけにはいかない。奴は見ていて一度で覚えるだろう。これは出目徳と戦うときの秘密の筈《はず》だったのだ。

私は急におとなしい打ち方に変り、ツモられ続けでへこみだした。

出目徳が私のうしろで面白そうに笑った。

「お前、この辺で負けてちゃ、まだまだだなァ。明日の晩、例のメンバーでやるらねえのか――」

「ああ、ドサ健と、達って野郎の連名で、俺《おれ》ン所には知らせが来たぞ。お前は知

「明日の晩だって？」

が、大丈夫か」

四

焼酎《しようちゆう》に炭酸を割った呑《の》みもので、ホピーというのがあった。ビールと同じように大ジョッキで呑む。あれは後に、さほど珍しいものではなくなり、瓶詰《びんづめ》になって売り出されてもいたようだが、最初は山谷のようなドヤ街やダウンタウンの片《かた》隅《すみ》の屋台などで手製の呑み物としてあった。

わりに強くて、安い。梅割りにくらべてモダンだったのでドヤの若い衆が好んで呑んだ。ドサ健も、それを呑んでいた。

女衒《ぜげん》の達が肩を叩《たた》くと、健はふり向いて、さすがに緊張したらしいが、すぐにがっくり肩をおとした。健は酔っていたのだ。顔色も身のこなしも平常と変らなかったが、それはやっぱり、眼に出ていた。

「なんで、ここがわかった」

「簡単さ、まゆみにきいたんだ」

「まァ呑《の》めよ――」と健はいった。「品物は流したが、

「酒代ぐらいはあるぜ」

「何故、流した？」

達は隣へ腰をおろして相手の表情を見たが、健は黙って蛸《たこ》をかんでいるばかりだった。

「何故だ、答えろよ」

「うるせいな、手前に損はかけやしねえ」

「帰れねえんだ、あの金が無けりゃな」

達も大きなコップを口へ運んだ。

「ありゃァ吉原の、俺《おれ》の得意先が出してくれた金さ」

「だがそのかわり品物がある。その方が得意先も喜ぶんだろう」

「品物は無えよ」

「無え――？」

ドサ健は顔をあげた。

「逃げられたのか」

「いや。――おかげで俺《おれ》の手もとには、お前から預かった品物と、家が一軒、転

がりこんできたよ」

「家——？」

「下車坂の、喜楽荘だ」

　ドサ健はゆがんだ笑みを浮かべて達を見た。

「よかったな。おめでとう。乾盃《かんぱい》しよう」

「だが、金が無えんだ。金ができなきゃ、俺ァ、吉原に戻れねえ」

「此奴《こいつ》、話を堂々めぐりさせるなよ。だから品物を持って行け」

「持って行っていいのか」

「なあんだ、そういう意味か。お前、案外なお人好しなんだな。俺の女が女郎になる、できることなら、そんなあこぎな真似《まね》はしねえでおいてやりてえ。えおい、お前女衒《ぜげん》のくせに、そんなお涙頂戴《ちょうだい》を考えてるのか」

　達はゆっくりとコップの底まで呑《の》み干した。それからこういった。

「俺ァ、出目徳の家《ヤサ》を調べて、手紙を届けておいたぜ。お前と連名の手紙をな。

勝負は明日の晩さ」

　健が、きっとなった。

「場所は喜楽荘。メンバーは出目徳、哲、俺とお前の四人だ。不足はねえだろう」

「不足はねえよ、だがな——」

「いいか。女は自由の身だ」と達は口早にいった。「そいつは俺《おれ》が保証する。まゆみが今どこに居るか、もう俺は知っちゃいねえんだ。お前がなんと強がりをいおうとも、そうなんだぜ」

　健は黙っていた。

「相談てのはここだよ。俺ァ、無条件で品物を放してやった。そのかわり、お前は、今ふところに抱いているその金を、俺と二人で増やすんだ。明日の晩の勝負でな」

「——つまり」と健がいった。「俺と組もうってのか」

「作戦はいろいろある」

「作戦を、俺に授けようってんだな」

「まァ黙ってきけよ。第一に、俺は、出目徳と哲が使ってる〝通し〟を知ってる。奴等《やつら》の通しを利用することもできるし、まぎらわしくすこし組み変えて俺たちの通しを作り、奴等には嘘《うそ》の通しを流して打ちこませることだってできる。第二に、奴等の〝仕込み〟も、俺《おれ》はかんじんの所は知ってるんだ。みんな哲の野郎をちょっと頭をなでてやったらしゃべりやがった。俺とお前が握手すりゃァ、奴等の仕掛けなんかには乗らねえよ」

「いうことはそれだけか」

「なに？」

「それだけかよ」

「だから、貸金のかたは、明日の晩の勝負のあとにつけようてんだ。どっか気に入らないところでもあるのか」

という達のセリフが終らぬうち、健が大きく姿勢を変えた。身体ごとでぶつかってくるような健の玄人《くろうと》っぽい一発が、見事に達の顎《あご》の横にきまり、これも慣れっこの筈《はず》の達が、葦簾《よしず》と一緒に倒れこんだ。

「なめるなよ。手前のお情けなんかうけるかい。さァ来い、女衒《ぜげん》、立ちあがってかかってきやがれ」

達は顎を押さえながら立ちあがった。昔、喧嘩《けんか》っ早かった筈の達が、不思議に手を出さなかった。

「商談不成立だな。よし。騒がなくとも口でいやァわかるぜ」

五

「おい、俺《おれ》をなぐれよ。なぐってくれ」

とドサ健は、呂律《ろれつ》も大分怪しくなってまだ同じことをくり返していた。

「俺ァ無茶苦茶だ、そりゃ自分でよくわかってるが、どうにもならねえ。さっきな、お前をなぐったとき、すぐさまお前が、飛びかかってくると思った」

健は達の肩に手をおいた。

「えおい、女衒、弱虫野郎。何故お前は酔わねえんだ。俺を哀れがってるのか」

店の主人が二人のコップを片づけだした。

「おい、まだ呑《の》むぞ」

「もう看板だよ。お帰り」

主人は始末の悪い客と見てにべもなかった。達は、ぐずる健の腕をとって外に出た。

「そうだ、上野へ行こう」と健は叫んだ。

「上野なら、朝までの店がある」

「まだ呑めるのか」

しかし結局、達は輪タクをとめた。上野へちょっと寄ってから、健を喜楽荘へ寝かせるつもりだった。喜楽荘にはまゆみも居る筈《はず》だったから。

ドサ健が寄ったのは、例の〝かに屋〟だった。

のれんをくぐって、カウンターにつくまでに、先に立った健は気づかなかったが、達はすぐ眼に入れていた。

「親爺《おやじ》、アツいの、どんどん持ってこい」

「オヤ、健さん、珍しいね」とかに屋の亭主《ていしゅ》がいった。

「だが、おあいにくだ、酒は切らしたよ」

「冗談いうねえ、ヤミ市一斉手入れの最中だって、酒をひっこめなかったじゃねえか。この店に酒がねえって、そんな馬鹿な話があるかい」

「それがあるんだ、健さんに呑ませる酒はねえよ」

「なんだとォ」

「横を向いてみな。健さん、あこぎなことをあんまりするもんじゃない」

ドサ健は達の肩越しに視線をまわしてみて息を呑《の》んだ。小鉢《こばち》と飯碗《めしわん》を前にしてまゆみが身を硬くしていた。

「親爺《おやじ》さん、酒はいらねえよ――」と達がいった。「そのかわり、アツい茶を一杯くれねえか」

　親爺は茶碗を達の前におきながらいった。

「あの娘《こ》はうちで面倒を見る。店を手伝って貰《もら》うかわりに、いい男をみつけてやるよ。ヤクザや博打《ばく》打《ち》ちじゃねえ、もっと世間並みの男をな」

「なんでえ健さん、水臭えや」と親爺は又続けた。「ひとことといってくれりゃ、長いなじみじゃねえか。博打のコマぐらい裸になったって廻《まわ》してやるのにさ」

「ありがとよ、親爺――」とドサ健がようやく口を開いた。「だがそうはいかねえんだ。手前にゼニを借りるぐれえなら押しこみでもすらァ。フン、長いなじみだと、馬鹿野郎、俺《おれ》が酒を呑んで、手前が酒を売ってただけのつきあいじゃねえか。俺ァ、いいかげんなことで、人と慣れ慣れしくする野郎は大嫌えだ」

「じゃァ、娘ッ子はどうなってもいいのか」

「いや、手前なんざどうなってもいいんだ。だがあン畜生は――」と健はまゆみの方に顎《あご》をしゃくっていった。

「俺のために生きなくちゃならねえんだ。何故って、この世でたった一人の、俺の女だからさ。俺《おれ》ァ手前っちには、死んだって甘ったれやしねえが、あいつだけにはちがうんだ。あいつと、死んだお袋と、この二人には迷惑をかけたってかまわねえのさ。わかるかい」

「チェッ、目茶苦茶だ――」と亭主《ていしゅ》がいった。

「手前っちは、家つき食つき保険つきの一生を人生だと思っていやがるんだろうが、その保険のおかげで、この世が手前のものか他人のものか、この女が自分の女か他人の女か、すべてはっきりしなくなってるんだろう。手前等にできることは長生きだけだ。糞《くそ》ォたれて我慢して生きてくんだ。ざまァみやがれ、この生まれぞこない野郎」

不意に、まゆみは立ちあがると、ガラス戸に身をぶつけるようにして店の外に走りだしていった。すると健も間髪をいれずあとを追った。

酔った足どりがもう消えていた。健は御徒町《おかちまち》のガード下のところでまゆみに追いついた。

新聞売りの台にまゆみは腰をかけ、人気の絶えた大通りの空気を深く吸いこんだ。

「ごめんよ――」と健が苦しい声でいった。

「今いったことは皆嘘《うそ》だ」

「わからないわ。どこが嘘なの」

「生まれぞこないはこの俺さ。お前をこんなふうにする気じゃなかった」

「あたし――」とまゆみはいった。「あの店の世話になる気はないわ。田舎《いなか》に帰るつもりだったの。叔母《おば》さんの所にね。あんたのことも、忘れるわ」

「忘れられねえよ、きっと――」

「何故」

「俺《おれ》がそうだったからさ」

ガードの上を、貨物列車が長いこと重たい音をひびかして走りすぎていった。

「今度はじめて、それがわかったんだ。辛かったよ。俺が女郎になる方がまだいい」

「あたしはわりに平気だったわよ。売り飛ばされたって、きっとすぐに逃げだして、あんたのところに戻っていったかもしれないわ。邪魔にされてもね」

「田舎《いなか》はどこだい」と健はきいた。

「教えないわ」

「教えろよ。きっと追っかけていく」

「博打をやめて?」

「いや、やめない。博打を打って、それでお前を養っていくんだ」

「虫がいいのね」

「虫がいいよ。それが人間らしい考えさ」

「じゃァあたしも虫をよくするわ」と彼女はいって、健の方に向きなおった。

「健さんを手に入れて、そうして博打をやめさせるの」

「どっちが勝つか。一番やってみるか」

健は笑った。しかしまゆみは笑わなかった。

「健さん、あんた、忘れっぽいのね」

「なにがだ」

「あたしに身内なんかないって前にいったでしょ。あたしの身内は死んだお父さんだけよ。田舎《いなか》なんか無いのよ」

六

一方私は、昭和通りのP荘で出目徳とぶつかって、誘われるままに徳の家へ泊った。

翌日のドサ健たちとの勝負について、新しい作戦でも持ちかけてくるかと私は待っていたが、出目徳は案外、淡々としていて、麻雀のことにはほとんど触れなかった。

私としては、出目徳のその新方式をある程度きいてから、もう相棒《コンビ》を廃業したいと切りだすつもりだったのだが。

翌日、喜楽荘に出かける頃になって、つい待ちきれず私の方から切りだした。

「なにか、新しい作戦でもあるの」

「ないよ——」と出目徳はいった。「だが、お前たちはそれぞれ考えてるだろうな」

玄関のところで徳はちょっと足をもつれさせて倒れかかった。

「まァいいさ。時の運だ、俺《おれ》ァこいつを頼りにするよ」

彼は金属製の石鹸《せっけん》箱のようなものから注射針をとりだし、アンプルを器用にポキンと折った。

「ヒロポンかい」私は眉《まゆ》をひそめた。

後年のようにヒロポン禍はその頃まだおこっていなかったが、私は中学の頃、その錠剤を呑《の》んでひどく胃を荒らした経験があった。

「俺《おれ》ァ年老《としよ》りだからな。若え奴等《やつら》とハンデ無しで打つのは苦しいよ。だが、こいつさえありゃァ大丈夫だ」

出目徳の老妻が切り火を打ってくれ、私たちは出かけた。喜楽荘でドサ健と達とまゆみが、もう私たちを待っていた。

早速、場所がきまった。出目徳、私、達、ドサ健の順。私がトイレに立って帰ってくると、起家《チーチャ》はもう達にきまっており、皆が配牌《はいパイ》をとりかかるところだった。

達はもう顔に血を昇らせ、誰よりも心を張らしているように見えた。

この開局第一局はすこしくわしくのべる必要がある。

私の配牌第一群は。第二群は。第三群は。そしてチョンチョンが。

つまり、

という感じだった。第一ツモでをツモり、を捨てた。

「ポン――」と達がいった。

私の第二ツモはだった。私はを捨てた。

「ポン――」と又、達がいった。

出目徳が顔をあげて達の方を見た。私はいそがしく達と出目徳の表情を盗み見

〈図〉

た。西をポンして達が捨てた發を、私もポンし、🀕を切って、とりあえず手を早めた。達はまったくの無表情。何かをツモって、東を切った。

出目徳の視線が今度はこちらに向かっていた。出目徳はちょっと考えた末、北を試すように捨てた。

「ポン――」と達がいった。

私の背中がピッと伸び、出目徳の眼が私を見据えて動かなくなった。

大四喜《だいスーシー》十枚爆弾。出目徳の得意技を、しょっぱなから早くも達が仕込んだか。達の考えた〝切返し〟という手段でさすがの出目徳もその早業を捕えきれなかったのか。

しかし、それよりも私はもっと緊張せざるを得なかった。これが大四喜十枚爆弾だとしたならば、北家《ペーチャ》の私が打ち込み番として狙《ねら》われているのだ。サイの目が計十七の場合は、北家が不要の南西北と捨てて、次の不要牌が大四喜への当たりになる筈《はず》だった。

（いかんぞ——！）

その証拠に配牌で北南西の三枚が来ている。

以前に説明をつけてあるが、もう一度、念の為に解説すると、十枚爆弾としたら、達の山は前頁の上の図のようになっていた筈《はず》だ。

この左隅のABの二枚に同じ牌、例えば中をおけば南西北を鳴いた段階で、東東東中という手になっている筈だ。

では私の手に別れてきたABの片割れは何だろう。

私は配牌《はいパイ》の形をもう一度頭に描いた。

幸いに理牌《リーパイ》してない。一ブロックの四枚を、上二枚、下二枚と開けていくから、その順で考えると南の下の牌、だ。

（だろうか。とはすこし変だ——）

中やならわかる。配牌で浮きやすいからだ。しかしだとすると、私がを手の中で使ってしまったらどうする気だろう。その可能性は強いのだ。

或いは、大四喜に見えるが何でもない手なのかもしれない。達は東を捨てている。

いや、は四枚仕込んでおいてわざと一枚切ったのかもしれない。そうでないとしたら、をポンしてこんなに早くを捨てるわけがない。

では待ちか。私はをツモってこんな手になっていた。

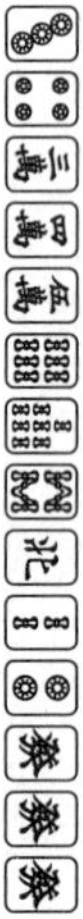

むろんを切った。次にをツモってきた。待てよ、と私は考えた。を四枚、カモフラージュに仕込んだのなら、ＡＢはと。つまり適当な牌が拾えなかったために置いたといえる。それでなければ変だ。ここは積極的に出て逃げよう。

私はを捨てた。

「ロン――！」と達が牌を倒した。

これが達の手だった。私は声も出なかった。出目徳の眼が私に突き刺さり、私は首まで赤くなった。比較的第三者のドサ健が、

「は出るな。俺《おれ》のところに配牌でが四枚だもの」といった。

勝負の終り

一

皆が自分の手を崩しながら、達が和了《ホーラ》したその手を見た。特に出目徳の視線が烈《はげ》しかった。その烈しい眼がそのまま私の方へ来た。

（――出目徳が怒ってる）

これは出目徳お家芸の大四喜十枚爆弾だ。達にそれを教えたのは誰か。私以外にない。主人役の徳を裏切ったオヒキの私に対する怒りは濃い。それはわかる。バイニンにとって奥の手の秘芸は自分のいのちのようなものなのだ。

そしらぬ顔をしていたが、むろん私も心中で悔恨の塊《かたま》りになっていた。青天井ルールだから、これは十万点だ。打ちこんだ私は初回から大きなハンデをつけられたことになる。しかし悔恨の理由はそれではない。そうして、出目徳に対する不義理のせいでもなかった。徳が、あの芸を私に教えた以上、その時点で私に口外されることを覚悟すべきだったのだ。

私の悔恨は自分自身の甘さに対してだった。もともと達は、この顔ぶれでは地力が落ちると自認している。しかも安全保証のない勝負には手を出さない男なのだ。私との提携が不充分のままだったように、ドサ健との提携にも、恐らく失敗したのだろう。だからこそ、必死なのだ。勝負はいつも、不利を一番自覚している男が、まず吠《ほ》え出す。

何故、それを覚らなかったのだろう。起家《チーチャ》もまだきまらない初回の積みこみは、どこへ流れこむかもしれぬ一か八かの技《わざ》だ。だが仕込みの腕でも劣る達は、皆の神経が比較的張ってこない初回に、それをやらざるを得なかったのだ。達の二重の仕込みで🀒を四枚仕切られた下の🀑を、たまたま私は持っていたが、私でなく出目徳やドサ健なら振ったかどうか。麻雀の腕はともかく、勝負にかけては私が一番甘いのではあるまいか。

もうひとつ、出目徳を裏切ったことには何の呵責も感じなかったが、達にそれを口外した私自身の甘さがやりきれなかった。大四喜《だいスーシー》十枚爆弾ばかりではない。

し二の二の天和《テンホー》も、大三元積みも、抜き業のコツも、おまけに出目徳との間の通し(サイン)まで、ベラベラとしゃべってしまった。

相棒になろう、という達の言葉を、まさか私も信用したわけではない。あのとき私に口を開かせたのは、もっと別の、得体の知れぬ人なつこさだ。あのとき達に感じた一種の友情、あれは何なのだったのだろうか。家族や、女や、又もっとうすっぺらな世間の表面の人間関係いっさいが嫌《きら》いで、自分からジャングルに飛びこんだつもりで凄《すご》んでいた私が、こうした人なつこさの虜《とりこ》になるとはどうしたことだろうか。

そのあとの積み場をドサ健がひろい、健と出目徳の親は私がかぶせて打って出て、いずれも早あがりした。むろん私はサインを通さなかったし、出目徳も何の反応も見せなかった。私と出目徳はいまや完全に敵となったようだったが、この意味でも、達の緒戦の一発は効果的だったといえる。

次が私の親、ここを大切にするために点差を考えないアガリをしたのだ。私はこの親で仕込むつもりだった。

ガチャッ、と牌《パイ》をひとまぜしたところで、健の手の下をかいくぐって私はすばやく三枚の白板《パイパン》を手元へひきよせた。その頃になって出目徳がようやく前局のツモ賃をくれたが、それは五百点棒（現在の五千点棒）だったので、私は右手で釣りを出さねばならなかった。左手が、やっと二枚の緑発《リューファ》をつかんだ。しかし紅《ホン》中《チュン》がいくら探してもなかった。完全に一枚も見えないのである。出目徳は大きな掌で牌を抱くようにして忽《たちま》ち山を積みあげている。誰も声を発しない。私はサイを振った。七は私の得意の目だ。

七——。対家《トイチャ》の健がもう一度振る。何を出すか。偶数と出ろ。偶数なら中盤で私の山をツモる時分に白板《パイバン》三枚、緑発二枚が入る。だが健の振った目は奇数だった。三——。小目だからまだよい。仕込みをツモるまで何か細工ができる。しかし、紅中は四枚とも、どこに行ったのだろうか。

私の第一打が南で、続いて達が北を振った。

「ロン——！」と出目徳が叫んだ。

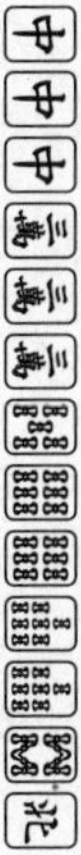

「人和《レンホー》だな。こりゃ地和《チーホー》なみの値段だろ」と出目徳。

ドサ健がキラキラと眼を光らせて、

「きついなァ、おっさん」

といい、達は獣のような表情になった。

私は狐《きつね》につままれたような思いだった。私の仕込みを見て、出目徳がわざと五百点棒を出し、私の手を釣銭でふさいでおいて、三元牌のひとつを先に隠したものとばかり思っていた。だが配牌は健の山と達の山とからとったのだ。では健が先くぐりをして中をひろったのか。いやいや、出目徳の釣銭作戦はいかにもわざとらしかった。

出目徳のひろった中が、徳の山を開けずに手の中に入るのは、抜き業か。つばめに類するすりかえ業か。

南入り、達の親で、第一打のときに達がようやく口を開いた。

「畜生奴《め》、この牌はゲンが悪いぜ。まさか、今度は当らないだろうな」

北を振った。

「ロン――!」と出目徳が又いった。

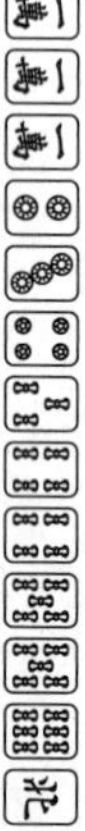

「へへえ、ついてるぜ」と出目徳が喜悦の声をあげた。

「こんな手ばかり来りゃァ何の苦労もいらねえや。麻雀はいい商売だな」

ムッと重たい空気が以前に増してその場に立ちこめた。

もはや誰も、この夜の麻雀を、ツキで打とうとは思っていなかった。これは仕込みの技の勝負なのだ。

といって、こうなった以上、誰もたやすく仕込むわけにはいかなかった。皆が、他人の手さきを監視することに夢中になったからである。

出目徳に倣って、点棒を払うとき、特に次の親になる者に対しては、大きな点棒を出して釣銭を要求した。すぐに、誰もが、山を積み終るまでは釣銭を出さなくなった。釣りを勘定していたのでは、次の局面でどういう不幸に見舞われるかわからなかったからだ。

そこで、なおのこと、山を作る時が緊張の状態になった。一人が三元牌のひとつに手を出せば、次の瞬間、他の三人が三元牌に手を出して、皆散らしてしまう。又一人が、最初に筒子《ピンズ》に手を出すと、南米の猛魚ピラニアが襲った如く、場の中から筒子がひとつもなくなってしまう。

重要牌になると思われる牌は、いつもすぐに無くなって、クズ牌ばかりが場に散っていた。けれども、誰の山にも派手な仕込みが入っていたわけではない。出目徳すら、二度と先刻《さつき》のような手は見せなかった。

二

二チャン目、ドサ健が、以上の雰囲気《ふんいき》を見事に利用した。

彼は積む手を、わざと皆よりおくらしたのだ。その効果はすぐに現われた。

三巡目、健は何気なさそうに九萬をポンしたが、そのすぐあと、親の達がちょっと考えこんだ。

達の手は、

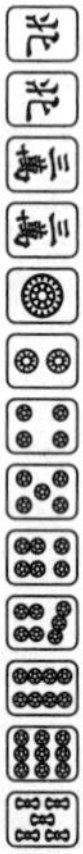

ここへを持ってきたのだ。北は初牌であり、三萬はおろせば、健の方が万子《ワンズ》一色にしろチャンタにしろ、当らないまでも進行させてしまう筈《はず》の牌に思えた。達も親が可愛《かわい》い。全体に安い索子《ソーズ》をおろしていけば安全だったが、これは安全だけにこちらで待ちにしたいところだ。
「下家《しもチャ》は、テンしてるだろうか」
達は或る牌を伏せて脇《わき》へおきながらいった。
誰も答えない。

「あんなものを鳴く以上――」と達は自問自答した。

「テンか、大物だな」

この級だと誰のアガリもスピードがある。まだ序盤だが、ひょっと大物のテンパイをしてるかもしれない。達は又迷った。

するとちょうど煙草に火をつけようとしていた出目徳の太い指が自分の手にさわって端の二、三枚が倒れた。

「あッ、ごめんよ――」

彼はすぐ直したが🀈🀃🀄あたりが見えたようだった。

達は、伏せて脇《わき》においた牌🀓を手の中に入れ、🀃を捨てた。

健の手はこうだったのだ。

🀡🀡🀡🀘🀘🀂🀂🀂🀇🀈🀏🀏🀏

するとここに🀗をツモり、🀈を捨てた。達の方へも🀛が入ってきて🀃を捨て、三六索《ソー》のテンパイになった。だが達は慎重にリーチをかけなかった。

健が何かをツモって、又手を変えた。そうして、達がその次にツモったのも又🀃だった。チェッ、と彼は舌打ちした。索子をおろしていたら、ツモアガリしていたのだ。

(——なんてまァ、下手の考え休むに似たり、だな)

当然といえば当然だが達はそれしか考えなかった。そして北をツモ切りした。

「それだよ——」とドサ健がいった。アッと達は声をあげた。

「ちょっと——」と達は出目徳に向かっていった。「手を見せてくれないか」

出目徳はすこしも慌《あわ》てなかった。

「こうかい——」

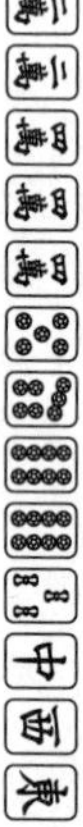

「さっきは——」

といいかけて達は口をつぐんだ。いったところで仕方がない。私も同じ思いで出目徳の手を眺めていた。北が徳の手にあるのを私も確認していたのだ。だがそれだけの話で、その場で手を押さえぬ限り、やられた方が悪いのである。素人《しろうと》麻雀とはちがうのだ。

まゆみが手製の握り飯を作って部屋に運んできた。

「ひと息入れようぜ」

と私はいった。

「よかろう」と出目徳も応じた。「達さん、ゲンを直しなよ」

皆が握り飯に手を伸ばしたが、達だけはうしろへひっくり返ったままだった。

彼は弱い笑いを浮かべていた。

(――駄目だ、俺《おれ》は出目徳に狙《ねら》われている)

さっきの北は、俺に打たせるために、奴が健の方に送りこんだのであろう。だがそのタイミングのよさ。手際の見事さ。奴《やつ》の技を見破ることができない以上、万に一つも勝ち目はない。

しかしこうなったらもはや、やめられなかった。たとえどうなっても、やめる、とはいえない。この一戦に参加したことをしみじみ後悔したが、それももう後の祭。

お茶をついでまわっていたまゆみが、出目徳のうしろに坐《すわ》った。まゆみとドサ健の視線が合っている。ぼんやりとそれを眺めていた達は、ふとあることを思いついて、身をおこした。彼も皆の真似して握り飯に手を出した。

(——そうだ。まゆみが健の奴に〝通し〟を送れば、俺はそいつを盗めるんだった——)

出目徳と私が、達の初回の一発のおかげですっかり連絡を絶ち、通しをやめていたため、達もこの二人の通しを盗む恩恵に浴さなかった。だが、考えてみたら、先日の上州虎との一戦で、ドサ健側のサインもかなり読みこなせる筈《はず》だったのだ。

達はいくぶん元気づいて、再び牌を手にしたが、予期に反してまゆみは立ちあがり、台所の方に行ったまま今度は出てこなかった。

寝ちまったのかな、そんな筈《はず》はないが、と達は思った。

(出てこいよ、まゆみ。健のためにも出てきてやれ。でないと奴《やつ》だって、この海坊主みてえな野郎に結局はカモにされちまうぜ)

三

二チャン目と三チャン目、健が好調で連続トップをひろったが、それは健が山を積む手をひと呼吸おくらして残ったクズ牌で丹念に仕込んだせいだった。したがって彼のアガリは一九牌を利用した形が圧倒的に多かった。しかしそれも短い間のことで、まもなく又出目徳のペースに戻っていった。

いかん、と私は思った。

(――このままじゃいけない。牽制《けんせい》だけに終始してたら、ますます出目徳のペースだ)

私は八枚だけ、いつも牌をひろって山の左端につけていた。だがむろん皆眼が早い。かなりの荒業だから、タイミングがすべてを決する。

一度、やりかけたが、途中で上家《かみチャ》のドサ健の眼が、すうっと薄くなったような気がしたので、途中でやめた。

その次の回だった。六巡目で出目徳が牌を伏せて、リーチ、といった。そうして、

「ちょっと待ってくれ」

彼はゆっくり便所へ立った。

「おうい、まゆみ――」と健が叫んだ。

するると寝ているとばかり思ったまゆみが、返事とともに隣室から現われた。

「おい、ちょっとおっさんの代りにツモってやれよ」

達の顔がぱっと明るくなった。リーチまでの徳の打牌は、

🀂🀛🀐🀅🀗🀃

だったが、達は迷わず、🀜を振って、

「とおればリーチ！」

高々と叫んだ。いそいで戻ってきたらしい出目徳に、健がいった。

「彼女に代打ちさせたぜ。どうせリーチでツモ切りだからいいだろ」

「うむ――」

といったが、出目徳は珍しく苦りきった表情になった。

又一巡して、今度はドサ健が、徳の方にはやはりかなり強い🀉を切って、追っかけリーチに来た。

「🀋だ、当れ！」

出目徳がドシンと振る。私は🀁。達がこれも危険牌に見える🀘を気合を入れて振った。だがそれ等は当らず、健がひきの強さを見せて🀓を一発でツモった。三暗刻《サンアンコー》、🀓単騎の手だった。

「当りはこれじゃないか」とドサ健がその🀓を見せた。「どうも臭くて振りきれなかったよ」

出目徳は、フフンと鼻で笑った。

うつむいて坐《すわ》っていたまゆみが立ちかけたが、出目徳は彼女を呼びとめた。

「ああ、ちょっと。——すまないが山を積んでくださらんか」

彼はあぐらをかいたまま身をずらせ、アンプルをポキンと折り、注射針を中へ差しこんだ。それからチュッと空中に液を放散させ、なれた手つきで二の腕に打ちこんだ。

「ポンか。おっさん、俺《おれ》にもアンプルひとつ呉れよ」と達がいった。

「いいよ、そのかわり自分で打ちなよ」

ああ、これが神の示したチャンスでなくて何であろう。私は八枚の牌を左端に仕込み、腕によりをかけてぶっこ抜いた。

ちょうどまゆみの山の右端から配牌《ハイパイ》をとりはじめるようになった。第一ブロックの四枚をとって、そのうち二枚を手を戻す途中ですばやく私の山の右端につけ、同時に左手を早く動かして左端の二枚を抜く。まゆみの山からとった四枚のうち指の中に残った二枚と、左手で抜いた二枚を合わせて手牌として開ける。第二ブロックの四枚、第三ブロックの四枚も、同じ動作で、私の山の右端に二枚をつけ、代りに左端から二枚抜く。計六枚の仕込み牌を配牌時に手の中へ入れてしまうのだ。

　ここまでは、俗に〝カッパ〟又は〝ブッコ抜き〟といわれる技であるが、私はさらに、少し乱れた私の山を直すふりをして、私の手の中の不要牌を二枚すばやく右隅に移しかえておき、その二枚を山の右端につけ、山を前に押し出しながら左隅の二枚を抜いて手の中へ持ってきてしまう。都合八枚を入れかえるわけである。

　もしもっと相手をなめている場合は、あらかじめ仕込んだ八枚と関連した牌を二枚、卓の下に隠しておき、今度は卓の上下で二枚ずつを移動させる。するとどんな手でも、天和《テンホー》か、それに近い形になる。このやり方で配牌《はいパイ》即ち大三元を仕込むこともできる。

　出目徳が二度続けて人和《レンホー》を作ったのも、この手の応用にちがいなかった。後年知ったことだが、一人天和のうち、〝かすみ〟と呼ばれるやり方もこれに沿ったものだ。

　私の仕込んだ八枚は、

だった。そして配牌の方では、
🀚🀛🀜🀝🀞の五枚が残った。正確にいえば🀑🀒の二枚があり、山を直す形で最後の🀀二枚を抜く折り、どちらのメンツを残そうかと迷ったのだが、注射を打ち終ってまゆみと代った親の出目徳が、第一発に🀙を振ったのだった。

私は我ながら呆《あき》れる早さで🀑🀒を山に返し、🀀二枚を抜いた。ほとんど同時に、南家のドサ健が第一ツモを引き、卓に打ちつけて、

「ツモった！　地和《チーホー》だ！」と手を倒し、私の「ロン――！」という声と重なった。

健も私も、お互いの手をまじまじと見た。健も、このチャンスに私と同じ大技をやったにちがいなかった。

窓の外は早くも白んでいたが、誰の頭の中にも、時間などはもう存在していなかった――。

四

ずっと後に、つまりこの勝負が終って我々が人心地をとり戻した頃になって、

ドサ健が私にこう訊《たず》ねてきたものだ。

「さっきの人和《レンホー》なァ、お前、あれも出目徳に教わったのか」

「――いや」と私は正直に答えた。「偶然だよ。実はあの勝負の最中に、ふっと思いついたんだ」

「ふうん――」

ドサ健はだまりこんだ。

健がそのとき何を考えていたか、想像がつかぬでもない。おそらく、健は、はじめて出目徳と戦って完敗したあの日から、必死になって、必殺の新型攻撃兵器を考えたのだろう。

私も達もそうだったのだ。そして健ほどの打ち手が再び勝負を挑む以上、その攻撃兵器はできていたのだ。その武器は、一人天和だ。そうにきまっている。我々に残された開発点は、プロ麻雀打ちならば誰もが夢と願っている一人天和を我が物にする以外にない。

奴《やつ》は、一人天和を考え出した。あとは、いつ、それをやるか、そのタイミングだ。荒業を自由に許すメンバーではない以上、タイミングの助けを借りなければならぬ。そうして千載一遇のチャンスが来た。親ではなかったが、彼は敢行した。

それなのに、健ほどの考えに至らなかった私が、ヒョイと似た技を思いついて間髪の差で成功させてしまったのだ。

勝負とは、なんと不思議なものだろう。頭脳が切れなくては上級者との太刀打ちはできない。しかし頭脳の切れが、すべてを決しない。ツキ（偶然）に乗ることが大切だ。そしてツキもすべてを決しない。

では仕込みの腕で決するか。目茶苦茶に仕込んだとて、仕込んだ方が必ず負ける。そこには、冴えた思考が必要だ。敵の虚を衝いていく鋭い頭脳がなければ、何の効力も発しない。

達がそうであった。最初は虚を衝いていたのだ。出目徳に狙《ねら》われて手負獣になると、余裕を失って、することなすこと直線的になった。達もそれを覚っていたかもしれぬが、熱し切ったものを、自力で冴えさせるのがむずかしい。

それが実力、というわけか、達はますますいけなくなり、翌日の午前十時頃には、ついにこの家の登記書の入った封筒を出した。

ドサ健が、上州虎が、かつて吐いたセリフを達も又いった。

「すまねえ、今度からこれで精算してくんな。値はどう査定されても文句はいわねえよ」

「よし、じゃァこれだけで買ってやろう」

大分勝ちこんできた健が、千円札を二十枚並べて、封筒を受けとった。健はそれを紙くずのようにまるめて隣室にほうった。

「ホイきた、まゆみ、贈り物だぜ」

出目徳がニヤリと笑った。

「そりゃまだ早えぜ」

「いいんだ」

「ゲンが悪いぞ。終ってからするもんだ」

「だって――」と健はいった。「最後にゃ俺《おれ》も裸になってるかもしれねえじゃないか」

ゲンはいっこうに健の方には響かなかった。女衒《ぜげん》の達が悪すぎたのだ。達はすっかり打牌が消極的になって居、毎局オリが早くなっていた。こうなったら麻雀は負けだ。オリたとて、完全安全牌はさほど多くない。だから手がツマる。冴えていれば、オリずに遠廻《とおまわ》りしながらいけるのだ。

そこで、達のオリ打ちが狙《ねら》われる。攻撃もできず、防禦《ぼうぎょ》でまた破綻《はたん》する。その日が暮れ、都電の音も間遠になり、勝負のはじまりから三十時間になる頃には、途中融資の二万円も危なくなってきた。

達は便所へ立った折り、そっとまゆみを呼んだ。

「ここへ電話をかけてな、しずという女を呼びだしてくれ。至急、巣へ戻って、現金と、通帳印鑑類一切が入った手文庫を持ってこいと、そういってくれ」

「もうおやめなさいよ達さん。きっと日が悪いのよ。運に逆らってもつまらないわ」

「わかってる――」と達は足もとをふらつかせながらいった。「そういえば奴《やつ》はすぐわかるよ。あんたに迷惑はかけない。頼んだぜ」

まゆみはすぐには立たなかった。彼女にとって博打という奴は、負けたときの苦しみのみ印象に深い。そして、達の負けも他人事とは思えなかった。

彼女は心を決めかねて、しばらく茶の間に坐《すわ》っていたが、そのとき、フッと牌の音がやんだ。

「どうした」

「おい、変だぞ――」

という声がきこえ、まゆみも立ちあがって隣室をのぞいた。

「おっさん、振る番だぜ、気分が悪いのか――」

汗だらけの出目徳があぐらをかいたまま横向きになり眼をぎゅっとつぶっていた。顔がまっ蒼《さお》だった。健と私が左右からにじり寄った。徳は唇《くちびる》を突きだすようにしてかすかにいった。

「——窓、——窓」

「窓がどうした、あけるのか」

まゆみがいそいで窓をあけた。

おい、と健が顎《あご》をしゃくって、私に出目徳の手をみろといった。

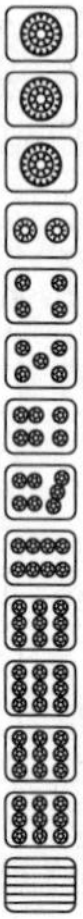

私は出目徳がツモっていた牌をあけた。だった。私と健は顔を見合わせたが、そのとき出目徳がうす眼をひらき、両手で胸のあたりをかきむしりだした。スウスウと音がして、つぼめた口からほんのすこし空気が入った。そうしてそのまま背後へ倒れこんだ。眼蓋《まぶた》が開いて、どろりと白眼が現われた。
まゆみが表へ走り出そうとした。
「まゆみ」
「お医者を！」

「待ちなよ、ここへ医者を呼ばれてたまるかい」

「だって——」

「待てってば」

健は出目徳の身体を揺さぶり、胸に耳をあて、ためつすがめつしてからいった。

「医者は無駄だ、おっさんはもういけねえ、手おくれだよ」

五

皆が呆然《ぼうぜん》としていたのは、ほんの短い間だった。

健が、出目徳のダボシャツの下の腹巻きへ手を突っこんで、まず財布を曳《ひ》きずりだすと畳の上に投げた。

ズボンのポケットからは、象牙《ぞうげ》のパイプと巻煙草と小銭が出てきた。これに、徳が坐《すわ》っていた所においてあった注射道具とアンプルを合わせると持ち物のすべてだった。

それから健は、出目徳の着衣を脱がしはじめた。

まゆみが叫んだ。「健さん、気でもちがったの、なにをするのよ」

「奴《やつ》は死んだ——」と健は答えた。「つまり、負けたんだ。負けた奴は、裸にならなくちゃいけねえさ」

「あ、——いやだわ」

まゆみが隣室に逃げこんだ。出目徳の下着まで、はぎとりだしたからだ。

出目徳は生まれたときとそっくりの姿で、うつぶせになって転がっていた。

「さ、これでよしと——」と健はいって元の座に戻った。

「さア、勝負を続けようぜ」

健は私たちの顔を見まわした。

「どうしたい、やろうぜ。勝った奴が、勝ち点だけ、奴の財布から金を貰《もら》ってい
くんだ。着てるものなんかは百にもならねえだろうが、文句をいっちゃいけねえ。

俺《おれ》たちでそっくりわけなくちゃな」

「健さん、いいかげんになさい——」と隣室からまゆみがいった。「そんなこと
って許されないわ。あんたたち、死体冒瀆《ぼうとく》よ。今に警察がきて——」

「誰だってこうしてるんだよ」と健がいった。「死ねば皆に喰《く》われちまうんだ」

健はもう一度、私たちをうながした。

「いやなのか」

「サンマア（三人麻雀）かね」と達がいった。

「そうさ」

達は東南西を抜きとって、ガラガラかきまわした。

「おっさんの最後の手に敬意を表して、筒子《ピンズ》は全部おっさんに呉れてやろう。筒子抜きのサンマアだ」

私たちは場所をいれかわった。

打ちはじめてみると、なるほど、存外に私の気分もおちついてきた。これが出目徳に対する恰好《かっこう》の葬いのようにすら思われた。

まもなく私は、出目徳の死体がそばにあることも忘れた。

達が、見ちがえるように早いよい手をあがりだした。

「面白いもんだねえ、達さん」と私はいった。「おっさんが、あんたの腐りまで背負ってちまったよ」

「そうかもしれねえ、だが、そうばかりでもねえよ」と達が答えた。「俺ァ、他の誰にでもねえ、おっさんに負けてたんだ。俺の初っぱなの切返しを、いつ又やるかと奴ァ俺の手もとばかりにらんでやがった。それで俺ァ何もできなかったんだ。健、お前はどう思うか知らねえが、おっさんは負けて死んだんじゃねえよ」

しかし健は頑としてこういった。

〈図〉

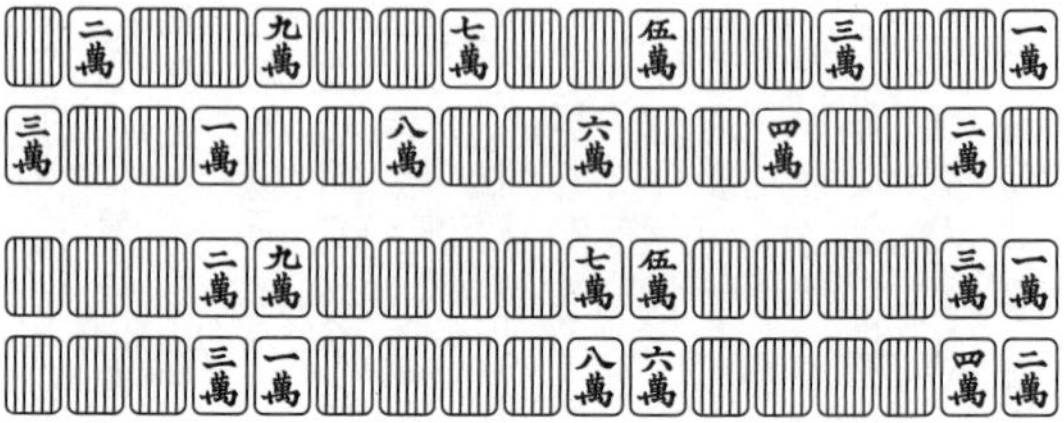

「死んだ奴《やっ》が負けだ。結着はそれしかねえんだ」
　サンマアはツキできまるという。なるほどその傾向も強いが、しかし独特のセオリイもあるのである。サンマアだと特に一色傾向を狙《ねら》う人が多いが、タンヤオに副役をつけて面前であがる方がずっと効果的である。もう一色をやるなら他の二家が同系の一色をガメリはじめたときである。
　裏芸の方でいえば、サンマアは積み込みが成功しやすい。ツモ中心の仕込み、いわゆるゲンロク系統なら上列下列ともに二枚おきに好牌をおけばよろしい。四人麻雀なら外筋九枚中筋八枚しかおけないが、三人麻雀は上下列合わせて十二枚おける。チーを禁止しているルールが多いから、ツモがわりに変動しないので、この十二枚がそっくり入ってくることが多い。
　配牌《はいパイ》中心の仕込み、俗にいうバクダンは、サイ二度振りならやはり配牌で十二枚入れられる。四人麻雀なら最高十枚であろう。サイの目の算え方が四人の時とちがうのですこし面倒だが、十二枚入ればオンの字である。その他天和《テンホー》などの作りもやさしくなる。ラス場で達がややリードしていた。しかし達は親なので逃げの手を打つことはできない。先行者としてはもっともやりにくい局面である。

「さァここだ——」と達は呟《つぶや》いた。

「おっさんならどうするかな」

私は達の積む手つきを盗み見ながら、自分の山をこしらえた。私が思ったとおり達は大きい勝負に出ていた。万子《ワンズ》をひろってゲンロク型に仕込んでいたのだ。万子を仕込むということは、かりに達に万子がかたまっていくとしても、他の手にも、索子《ソーズ》や飜牌《ファンパイ》がかたまるということだ。誰があがっても大きな手になる。先行者の親としては、後続を振り千切ることができるかわり、一発逆転の可能性も強い。一か八かの危険なやり方だ。だからこの場合、仕込まずに、牌を散らすことに専念する手もある。けれども達は、朝から消極的な手を打って失敗してきた。ここはムキになって大物でくるだろう。私はそう読んだ。

達に習って、私は万子をバクダン型に積んだ。配牌《はいパイ》で万子を入れておき、ツモを変えて達の仕込んだ万子を利してあがる。これが私のたてた作戦だった。

サイの目はひとつちがって出たが、私はすばやく山の右端を二枚、右手に隠しどってサイの目に合わせた。

こんな手が私の配牌だった。第一ツモで私は二枚一緒にツモって来、多牌をした。チーは禁止されていたし、上家《かみチャ》の達からは仕込んだ万子《ワンズ》は出ないだろうから、ツモを変えるにはこうするより仕方がなかった。

私はを捨て、二枚とった牌とのうち、を卓の下にかくした。字《ツー》牌《パイ》はポンされやすいから握りつぶそうというわけだ。

次のツモから、と来た。ギロリと達が眼を剝《む》いた。その次はだった。

私はを捨てた。

むろん待ちはとだけですくないが、準九連宝燈《チューレンパオトン》にこだわったわけだった。まだ四巡目なのだ。だが、次のツモがだった。私は顔をあげた。達を見、健を見た。その次は、その次はだった。しかも意外にも達が

三萬を振ってきた。もし一萬を捨てていればアガリだったのだ。これだけでもむろんトップは逆転している。

達はさらに九萬八萬と振ってきた。しかし私のツモは万子がばったり途絶えた。二人のうちどちらかが、やはり多牌をして狂わしたのにちがいない。今度は少牌をすればツモは戻るが、それでは手を崩すことになる。

結局、達がアガった。索子の面チンだった。

「おっさんならこう打つんだな——」と達はご満悦でいった。「万子に気をわざと持たして、索子を作る。万子山をはずせば索子ばかりにきまっとるわい」

それから私の手をのぞきこんで、ははァ、といった。

「その手は駄目だよ。おっさんでさえ、アガれなかったんだ」

しかし私はその瞬間に、重大なミスをしたことに思い当って顔をしかめていた。私は卓の下に、もう一牌、北を持っていたのだ。あのとき、この北を振っておけば、少牌しなくとも、ツモをかえられたのではないか。

六

「おい、おっさんの死骸《しがい》、どうする」

達が一回、私が二回、トップをとり、健がそれを追い上げてきていた。おっさんの持ち物は綺麗《きれい》に分割されて、勝負は再びお互い同士の懐《ふところ》のやりとりになっていた。もうそろそろ夜明けが近かったろう。

「そうだな、このままというわけにはいかないな」

その半チャンが終ると、

「よし、死骸を運んでやろう」

健がそういって立ちあがった。

「俺《おれ》、ひとっ走り、上野駅まで行ってくる」

「なにをしに？」

「まァ見てろよ」

まもなく、玄関のところで、輪タクのベルが鳴った。健が輪タクを一人でこいで来て、幌《ほろ》をあけて待っていた。

「さァ、そいつをここへ運んでこいよ」

達が頭の方を、私が足を持った。だが重たくて、寝不足の二人ではとても持ちあがらなかった。

健があがりこんできて、腰のあたりを持った。私たちは素裸のままの出目徳を、幌の中へ押しこんだ。出目徳はもう硬直していて、幌の中へうまく入れるのに、かなり骨を折った。

「お前たち、おっさんの家を知ってるんだろう。道を教えながらついて来いよ」

ドサ健が、やせた身体を弓のようにそらしてペダルをこぎはじめた。私と達はうしろから幌を押した。

最初はちょっとふらついたが、夏の冷たい夜気の中を、輪タクはすぐに他目《はため》にもおかしくないくらいのスピードを出した。私も達も息をはずませて走った。

「大通りは避けた方がいいんじゃないか」

「何故」

「ポリが居るだろ」

「平気だよ」

御徒町の出目徳の家につくのにたいして時間は喰《く》わなかった。例の小さなバラックが、ひっそりと寝静まっていた。

私たちは、彼の家の前の路上に、死骸《しがい》を放りだした。

「泥溝《どぶ》ン中に入れろよ」

「泥溝ン中へか？」

「馬鹿。通行人が騒いだり、車がひいたりしちまうぞ。早くしろ」

私と達が曳《ひ》きずって、泥溝の中におとしこんだ。出目徳の肥った身体が窮屈そうに埋まりこみ、曲がった足だけがぼんやりと闇《やみ》に浮んで見えた。

「いい勝負だったな、おっさん――」

と健がいった。

「俺たちも、もうあんな博打は二度とできねえかもしれねえや。おっさんのことはずっと忘れねえぜ」

達も進み出ていった。

「おっさん、俺《おれ》もおっさんみてえなバイニンになって、おっさんみてえに死ぬよ」

「おっさん――」と私もいったが、あとが言葉にならなかった。

私は、自分の人なつこさに又驚いた。出目徳のみならず、健にも、達にも、精一杯の友情を抱いた。この、仲間のような、敵のような男たちに。

帰り道は私が自転車をこぎ、健と達が幌《ほろ》の中におさまった。上野駅で輪タクを返すと、私たちは又下車坂に向かった。勝負の残りをやるために――。

解説

北上次郎

阿佐田哲也『麻雀放浪記』が双葉文庫に入るのは今回が初めてだという。双葉文庫の創刊は1982年だが、その創刊ラインアップに入っていたか、あるいは途中からでも文庫入りしたに違いない、と勝手に考えていた。というのは、『麻雀放浪記』は双葉社の雑誌に連載された名作だからだ。その会社の文庫に入っていないとは思ってもいなかった。

もちろん、双葉新書やフタバノベルスとしては刊行されていたが、双葉社の文庫としては今回が初。他社の文庫ですでに読んでいる人も、この機会にぜひお買い求めください。『麻雀放浪記』がようやく、本家本元の双葉社に帰ってきたのだ。

この『麻雀放浪記』の連載が双葉社の週刊大衆で始まったのは1969年1月。それから4年間、前半の半年が連載、9月に単行本化というサイクルが続いて、全4巻で完結。つまり、約50年前に書かれた小説である。『麻雀放浪記』を読んだことのある人にこんな注釈は無用だが、未読の方の中には「50年前の小説なんて、かったるいんじゃないの」と思う方もいるかもしれない。あなたの指摘はある意味で正しい。娯楽小説の場合は、というただし書きをつけるけれど、多くの小説は歳月とともに古びていく。それは、常に時代に寄り添って生きるエンターテインメントの宿命といっていい。その一瞬一瞬に多くの人に読まれ、そして忘れ去られていくことこそ、時代と併走するエンターテインメントの宿命であり、栄光なのだ。

ただし、例外はある。50年たっても古びないエンターテインメントもある。その奇蹟的な例外がこの『麻雀放浪記』である。

ではなぜ、古びないのか。それは『麻雀放浪記』が根源的なものを描いているからだ。物語の表面で描かれているのは、麻雀であり、チンチロリンであり、さまざまな博打の克明なディテールだが（これが群を抜くほど色彩感に富んでいて面白いことは言うまでもない）、その底にあるのは、誰にも生き方を束縛されたくないという自由の希求であるからだ。表面に流れるストーリーが面白すぎるので、物語の底を流れるその自由のひびきをつい忘れてしまいがちだが、『麻雀放浪記』がずっと読まれているのは、そういうことだと思う。

たとえば、オックスクラブのママにイカサマを教えられたとき「どうも嫌だな。気にいらねえや」と坊や哲が言うのも、あるいは出目徳の「二の二の天和」の相棒にされたとき、「勝つことがきまってる博打なんか、なんの値打ちもあるもんか」と述懐するのもその道筋を示している。自由のひびきから遠ざかることを坊や哲が徹底して嫌っているとの『麻雀放浪記』の構造こそ、この物語の本質を示唆している。

この文庫で初めて『麻雀放浪記』の存在を知った方の中には、麻雀なんて知らないから縁がないな、と思う方もいらっしゃるかもしれないので、一言。大丈夫、麻雀を知らなくても面白いのでぜひ読んでくれ、と付け加えたい。麻雀を知っているほうが面白いのは事実だが、知らないからといって、その面白さが減じることはないのだ。それが阿佐田哲也のすごいところなのである。

『麻雀放浪記』は全4巻で、本書はその第一部「青春編」。このあとに、第二部「風雲編」、第三部「激闘編」、第四部「番外編」と続いていく。通して読むと、戦後の大衆文学の最高峰と言われていることがあなたも実感できるだろう。本文庫で続けて刊行されるので、未読の方はこの機会に揃えて堪能されたい。

この第一部「青春編」の冒頭は、上野で男たちがチンチロリンに興じる場面である。そこに早くもドサ健が登場している。『麻雀放浪記』の主人公は、作者をモデルにしたと思われる坊や哲だが、このドサ健も重要な登場人物だ。後年、『ドサ健ばくち地獄』というとてつもない傑作を阿佐田哲也は書くのだが、このタイトルからわかるように、そのときの主人公がドサ健なのである。

この奇蹟的な傑作についてはまた書くこともあろうかと思うので、ここでは、若き日のドサ健が登場していることを指摘するにとどめておく。なんと、「ドサ健と呼ばれている生っぽい若者」と描写されているのだ。もっとも旧制中学の学生服を着ている坊や哲もこのときはまだ十代の少年だったから、ドサ健とそう変わらない。そのとき、坊や哲はこう述懐している。

「私は、この場でただ一人洋服（クタびれた服だが）を着て、伸ばしかけた髪にべっとりポマードをつけたシャレ者らしきこの青年を注目した。年齢が近い親しみなどではない。この男が張る気をおこすのはどんな時なのかそれを観察していたのだ」

『麻雀放浪記』をもう何度も読んでいるというのに、最初の登場シーンでドサ健がこんなにも若かったことをすっかり忘れていた。いま読むとそれが妙に新鮮だ。この男については、『ドサ健ばくち地獄』の印象が強いのである。考えてみれば、『ドサ健ばくち地獄』は『麻雀放浪記』から約10年後を描いているから、『麻雀放浪記』のときにドサ健が二十歳だったとするなら（年齢の記載はないが、坊や哲と数歳違いということなので、それくらいと推定できる）、『ドサ健ばくち地獄』のときはまだ三十歳ということになる。現代なら青年の部類だが、『ドサ健ばくち地獄』のドサ健には中年男の風情がある。疲れていて、渋くて、エネルギーはあっても若さはない、そんな男である。その印象が強いので、チンチロリンの場に、ただ一人、洋服を着て、ポマードをべっとりつけた生っ白い青年が座っていると奇異に思えてくる。ドサ健にも若き日があったのだと。

「激闘編」の冒頭に、「終戦直後の十六歳のときから」という坊や哲の述懐が出てくることを忘れていた。第一部「青春編」の冒頭で坊や哲が十六歳なら、ドサ健は数歳違いということなので、このとき彼は十八歳くらいと推定できる。『ドサ健ばくち地獄』はその十年後なので、なんとドサ健はまだ二十八歳。三十前だったことになる。あの『ドサ健ばくち地獄』のときにそんな青年だったとは意外。いや、これは寄り道しすぎた。

このチンチロリンの場には、隻腕の上州虎も一緒にいるが、坊や哲とは久々の再会で、「鶴見工場じゃよく博打を教えて貰ったなア」と言う。上州虎は、坊や哲が勤労動員で行っていた鶴見の工場の工員で、ボイラー室の大屋根の上でよく一緒に博打をやったのである。『麻雀師渡世』の中に、このころのことを次のように書いている箇所がある。

「空襲のサイレンが鳴ると、釜もとめるから、いちもくさんに屋根の上へ行く。ほかの連中は防空壕に飛び込むが、我々はポン、チー、パクリである。ある日、グラマンに急襲された。超低空で機銃掃射だ。こいつにはあわてた。屋根からおりれば、下の連中に見つかる。といって屋根の上では隠れるところがない。我々は右往左往して逃げまどったが、これが癖になったようで、その後も二、三度、グラマンに襲われた」

中学生の身で大人にまじって博打していたのは作者だけで、そういう大人の中に上州虎もいたというのだ。いや、上州虎の部分は創作かもしれないが。

この「青春編」に、クラブで知り合ったバイニンの清水と歩いていたら、突然進駐軍の車が止まり、車から飛び出してきた米軍将校に清水が拉致される場面がある。この清水というバイニンは、ガン牌（牌の模様や色を目印にして牌の中味をおぼえこむこと）の名人で、「アメリカ人相手は楽だ」と言っていたから、恨みを買ってしまったのかもしれない。坊や哲の目の前で拉致され、結局清水は二度とこの物語に登場していない。「青春編」の冒頭が昭和20年10月であることを引くまでもなく、『麻雀放浪記』には終戦直後のいかがわしさ、無秩序な混乱があふれている。この大長編は、そういう時代に生きた無法者の世界を鮮やかに描いている。清水の挿話もその典型例だろう。戦後の成熟の中で我々が失ってしまったものが、ここには生のかたちで、つまり剝き出しの状態である。この物語がまぶしいのはそのためだ。

ここからこの男たちがどこへ向かうのか、さあ、『麻雀放浪記』の開幕だ。

※北上次郎氏の解説は、
第2巻以降も続きます。

本作品は一九六九年に双葉社から刊行されました。その後、一九七九年に角川文庫、二〇〇七年に文春文庫から刊行されました。

本文中には現在の人権擁護の見地に照らすと、不適切と見られる表現がありますが、著者自身に差別の意図はありません。また、著者が故人であること、作品の文学性や芸術性、執筆当時の社会的及び文化的雰囲気を考え合わせ、このような表現については原文のままとしました。

（編集部）

双葉文庫

あ-01-05

麻雀放浪記《まーじゃんほうろうき》(1)青春編《せいしゅんへん》

2021年8月8日　第1刷発行

【著者】
阿佐田哲也《あさだてつや》

【発行者】
箕浦克史
【発行所】
株式会社双葉社
〒162-8540 東京都新宿区東五軒町3番28号
［電話］03-5261-4818(営業)　03-5261-4829(編集)
www.futabasha.co.jp（双葉社の書籍・コミックが買えます）
【印刷所】
大日本印刷株式会社
【製本所】
大日本印刷株式会社
【カバー印刷】
株式会社久栄社
【DTP】
株式会社ビーワークス

【フォーマット・デザイン】
日下潤一

ISBN978-4-575-52490-1 C0193
Printed in Japan